講談社文庫

タイムカプセル

折原 一

講談社

目次

タイムカプセル

本文イラスト　大川心平

プロローグ

1

「ただいまから、栗橋《くりはし》町立栗橋北中学校の卒業式を執《と》り行います」

講堂に雑音まじりの放送が響いた。「これから天皇陛下の玉音放送があります」と告げられても、卒業生の祖父母だったら、すんなりと信じてしまいそうな雰囲気だった。戦後何十年もたってから生まれた生徒たちにしても、そうした古い校舎や講堂で三年間もすごしてきたのだから、玉音放送と言われても、意味は知らないにせよ、特に違和感を覚えることはないかもしれない。

木造の講堂は太平洋戦争後まもなく建ったもので、かなり老朽化していた。建設された当時は、吹き抜けの広い空間が斬新だと近隣の市町村から教育関係者が視察にきたほどだ。しかし、さすがに時の流れは非情で、今は壁のあちこちに補修がなされ、継《つ》ぎ接《は》ぎだらけの印象がある。

キーンと耳障りな音が流れた後、校長の挨拶《あいさつ》があり、来賓《らいひん》の紹介と退屈な挨拶が長々とつづき、タイミングを図ったかのように卒業生代表のお礼の言葉、在校生代表の送辞、歌などがつづいた。

時々、金属的な雑音を挟みながら、式は粛々《しゅくしゅく》と進行し、ようやく最後のイベントというべき卒業証書授与になった。

クラスの数はA組とB組の二つで、それぞれ二十二名と二十三名で合計四十五名。

「卒業生起立!」の号令とともに病欠などによる欠席者を除く四十二名が立ち上がった。卒業生と在校生の間にはそれまで弛《し》緩《かん》した空気が流れていたが、一瞬にして緊張感がみなぎった。

椅子《いす》が床を擦《こす》る音、衣擦《きぬず》れの音がひとしきり講堂内に響いた。

「青木《あおき》一郎《いちろう》」と最初に呼ばれた生徒は、いつも俺が一番先なんだよなあと不満な顔を露《あらわ》に校長の立つ壇上《だんじょう》へ上がっていった。つづいて、伊藤美紀《いとうみき》、宇野良夫《うのよしお》といった生徒が壇の下で待機した。

「青木一郎、あなたは本中学校において……」

　校長が卒業証書を読み上げる。最初の生徒だけ文面を全部読むが、次の生徒からは名前の後に「以下同文」と繰り返されるだけだ。生徒たちはベルトコンベアに乗った製品のように機械的に名前を呼ばれ、証書を受け取ると、壇から降り、元の席にもどる。

〝儀式〟が大詰めに近づいた頃、またキーンと耳をつんざく音がした。放送機器の具合がだんだん悪くなっていくような感じだ。それから、ネズミがコードをかじるようなガリガリという音がつづき、何人かの女子生徒は耳を押さえて、困惑顔で機械を扱っている教師を見た。

　B組の最後の生徒、渡辺祐介《わたなべゆうすけ》が卒業証書を受け取り、ちょうど壇から降りるところだった。突然、喪服のような真っ黒な服を着た人物が立ち上がり、壇上に向かった。小さなひそひそ声がやがて大きなどよめきに変わっていく。その人物はそうした周囲の状況を意に介《かい》さず、堂々とした足取りで階段を上がり、校長の前に立った。

　校長はえへんと咳払《せきばら》いした後、顔色一つ変えずに卒業証書を手に取った。名前を読み上げた時、またマイクの調子が悪くなり、雑音が名前を消しそうになった。

「不破勇《ふわいさむ》。以下同文……」

　それに対して、何か不満があったのか、その人物は校長に対して激しく首を振り、

「おまえは誰なんだよ」と言った。校長ははっとした顔になり、「申し訳ありません」と謝っているように聞こえた。いくつかのやりとりがあった後、その人物は誇らしげに卒業証書を受け取り、校長に一礼した。そして、壇から降りる時、卒業生や父母たちを見まわし、みんなに見えるように卒業証書を広げ、得意げな笑みを浮かべた。

………

2

ここはどこなんだろう。

意識をとりもどした時、自分がどこにいるのか、わからなかった。夢から覚めたばかりにしては、ここは暗すぎる。夜というわけでもない。どこかで鳥のさえずる声が聞こえるし、空気の中にもまぎれもなく朝のにおいを感じるからだ。

寒い。体を抱き寄せるようにすると、ジャンパーを着ているような感触。

それから、記憶が一気にもどってきた。

「ねえ、みんな、どこにいるの?」

自分の声がひどく悲しげに聞こえる。こんなに小さな声ではみんなの耳に届かない。大きく息を吸いこんで、声を張り上げた。

「ねえ、誰か助けて。ここから出して。お願いだから」

甲高い少年のような声。

だが、応答はない。暗闇の中で方向感覚がないので、両手を広げて前に歩きだした。歩いていけば、壁か何かに突き当たるはずだ。そこまで歩いていけば、どこかに脱出できるはずだ。

しかし、いくら歩いても壁に突き当たらなかった。宇宙空間と思えるほどの広さ。本当に宇宙に投げ出されたのかと信じてしまいそうなほどだ。

どうしてここに来たのか。記憶ははなはだ曖昧《あいまい》だった。それにいつからここにいるのか。

その時、足が空《くう》を踏んだ。下ろしたところに踏むべき土がなく、バランスを崩した体は宙を飛んだ。落ちると思った次の瞬間、顔面をコンクリートのような硬い壁に打ちつけた。

意識がなくなった。そして、そのまま時が流れた。

…………

3

新聞受けにガサッと何かが差しこまれる気配がした。その時、「郵便」というような声がしたが、意識がもうろうとしていたので、聞き間違えたのかもしれない。ふっと目覚めた彼女が枕元の時計を見ると、まだ午前四時を少しすぎたばかりだった。この時間の郵便配達の可能性はかぎりなくゼロに近い。

朝刊の配達は、毎朝だいたい五時頃だ。オートロック式のマンションなので、新聞配達所の人間は直接建物内に入れない。配達所がマンション内に居住する購読者の一人と契約し、その購読者が入口の外に置いた新聞の束を受け取り、建物内の購読者に配る仕組みになっているのだ。その配達の仕事は三階に住む主婦がアルバイトでやっていると聞いていたが、その人を一度も目にしたことはなかった。

配達者はスニーカーを履《は》いているのだろう。ゴム底なので足音は聞こえない。しかし、ドアの外を早足で歩く気配ははっきり伝わってくる。

新聞配達にしては時間的にちょっと早い。それに、スニーカーとは明らかに違う硬質な靴音《くつおと》のような気がするのだ。エレベーターの開閉音が伝わってきた。これも変だ。新聞の配達者は最上階までエレベーターで上がり、新聞を配りながら、階段を降りる。エレベーターをいちいち使うより、そのほうが効率的に新聞を配ることができるからだ。

じゃあ、今の音はいったい何なの？

彼女はベッドから起き上がった。寒い。暖房費節約のため、夜間はエアコンのスイッチを切っている。湯たんぽを入れ、布団を何枚もかければ、全然寒くはないが、トイレに立つ時はさすがに寒い。北からの強風がベランダ側の窓に吹きつける。どこかに隙間《すきま》があるのか、空気が抜けているのか、さっきからピューピューと悲鳴のような音がしていた。

さっきから？　そう、何かが新聞受けに入れられてからだ。風が狭い隙間を抜けて、喘息《ぜんそく》の苦しい息のような音を立てた。

厚手のガウンを着て立ち上がり、寝室のドアを開けた。キッチンをすっと冷たい風が抜けているような気がした。何だろう、この妙な感覚は。

玄関の新聞受けを見るが、朝刊は差しこまれていなかった。やっぱり新聞じゃなかったんだわと思う。では、いったい何だったのだろうと思いながら、部屋にもどりかけた時、ドアのそばに白い封筒が落ちているのが目に入った。

手紙？　こんな時間に？

ダイレクトメールにしても、やはり入れる時間が気になった。

拾い上げてみると、住所はなく彼女の名前だけが記してあった。わたし宛《あて》の手紙？　だが、奇妙なのは、切手が貼《は》られていないことだった。封筒の裏を返して差出人の名前を確認しようと思ったが、何も書かれていない。

封が糊《のり》づけしてあったので、いったん寝室にもどり、ハサミで封を切った。少しふくらんでいた封筒は、空気が抜けて、ぺったりとなった。その空気にふと黴《かび》のようなにおいを感じたのは、敏感になっていたせいか。

中に薄い紙が一枚入っていたので、抜き出してみる。一昔前の古びた便箋《びんせん》のような、粗末な感じのものだった。筆圧が強すぎて、紙に凹凸《おうとつ》ができている。手書きというより、二枚重ねの紙の真ん中に黒いカーボンを挟み、下の紙に写したような感じだった。

彼女はけげんに思いながら、そこに書かれている文章を読んだ。だが、書かれている内容は、ずいぶんなれなれしいものだった。

栗橋北中学校、三年A組のみんな、元気にしてますか？

十年前、彼女が卒業した中学校の木造の校舎のイメージが鮮烈に湧《わ》いた。不審な手紙とこの妙に明るい内容のギャップは何だろう。彼女は先をつづけて読んだ。

突然の手紙で驚いたと思います。みんなは卒業式の後、タイムカプセルを埋めたことを覚えているよね？

忘れるわけないじゃないの。彼女は無意識のうちにそう声に出していた。気分がなぜか高揚してきた。あの時の卒業式、解散の後、仲間が集まって校庭の片隅に行ったのだ。

十年後にみんなで集まり、タイムカプセルを掘り出すこと、約束したよね？　そろそろその十年がたち、タイムカプセルを開くことが現実のものになります。どう、興奮しませんか？

みんな、当然、あの時のことを覚えていると思うけど、確認の意味で手紙を差し上げました。十年後の三月十日。中学校の校庭に集まりましょう。

手紙を読んでいる彼女は興奮してきた。そうか、あれからもう十年がたったのか。でも、わたし、あの時、何を書いたんだっけ？　手紙をカプセルに収め、地中に埋めたという儀式は覚えていたが、手紙に具体的に何を書いたのか、不思議にも忘れている。なぜなら……。

手紙はまだつづいている。

栗橋北中学校・三年A組卒業生の選ばれ死君たちへ告！

「日時　三月十日、午後二時
場所　栗橋北中学校　校庭
○出席　欠席」

本日はご挨拶がわりの「サプライズ」を差し上げました。お気に召したでしょうか。

お粗末さまでした。

日時と場所が指定され、出席と欠席を問う形になっているが、出席のほうにすでに

○印がつけてあった。差出人が勝手に○をつけているのだ。いや、もし欠席に○をつけて返送するにしても、どこへ送ればいいのだろう。
文面は出欠を問うところで終わり、差出人の名前はなかった。誰が何のために、この手紙を送ってきたのか。

それに、案内状なのに、今どき手書きで送ってくるなんて変だわ。パソコンで文章を作って印刷すれば簡単なのに。

でも、非常に凝《こ》っている手紙だ。粗悪な便箋に差出人の強い意志を込めた文字。

その時、彼女はおやっと思った。手紙の右下に何かが押されていたのだ。

「時之穴道住人謹製《ときのあなみちじゅうにんきんせい》」

第一部　再会

1

明け方、小さな地震があった。

石原綾香《いしはらあやか》は背中に軽い波動を感じ、目を覚ました。ベッドを通しても、この波動を消すことはできない。彼女は子供の時から敏感な体質だった。微動が背中をくすぐるようにしばらくつづいている。初期微動。これが長くつづくほど震源地は遠い。

それから、小さな揺れがあった。震度3かな。無微軽弱中強烈激。綾香の頃までは中学の理科の授業の時、暗記したものだ。無が震度0、微が震度1、軽が震度2、弱が震度3。その後に中震、強震、烈震、激震とつづく。

彼女の体内震度計は震度3、弱震と告げていた。今、テレビをつけて、地震速報のテロップを見れば、彼女の診断が正確であることが証明されるはずだ。当たったから、どうというわけではない。それでほめられることでもないし、単なる自己満足なだけ。

揺れが収まって、また睡魔に襲われそうになった時、ずしんと何か重いものが落ちる音がした。書棚の一番上に置いていた本が、地震が引き金になって落ちたようだ。

だが、それにしては重すぎるような感じがする。そのまま寝ようと思ったが、少し気になって、再び目を開けた。

何だろう。ベッドから起き上がり、明かりをつけると、床の上に転がった濃いアズキ色のアルバムが目に入った。

中学校の卒業アルバムだった。

「あれっ、どこから出てきたんだろう」

綾香の口から思わずそうした言葉が漏《も》れたのは、ここ一週間、探してもずっと見つからなかったからだ。

彼女はフリーのカメラマンだった。東京のある私立大学芸術学部の写真学科を卒業した後、写真事務所でアシスタントの仕事をやっていたが、いつまでも下働きの立場でいることに我慢ができず、所長と喧嘩《けんか》したのをきっかけに「明日から独立します」

と言って飛び出してしまったのだ。

しかし、カメラマンの仕事はむずかしい。何の実績もない彼女に仕事が来るわけがないし、食べるためにはアルバイトをしなくてはならなかった。練馬《ねりま》区内の実家に居候《いそうろう》しているのだが、いつまでもそうしてるわけにもいかないと思っていた。

そんな追いつめられた彼女が思いついたのが、過去を発掘する作業だった。過去の事件現場を訪ね、過去と現在を対比させる仕事だった。二、三本の原稿を作って、ある出版社にネタを持ちこんだところ、それが気に入られた。応対に出た三十歳くらいの編集者には、その仕事の内容よりむしろ彼女の人柄が好ましく思われたのかもしれない。

持ちまえの強心臓で、底抜けに明るく、どんなところも恐れずに取材できる能力があると見られたのだ。持ちこみの仕事は採用されなかったが、雑誌グラビアのカメラマンとしての仕事が舞いこんだ。

彼女自身、それでもよかった。実力をつけ、実績を積み上げたうえで、自分の好きな仕事ができるようになれば満足だと思った。写真事務所の下積みの仕事よりはるかにやり甲斐《がい》がある。

仕事が軌道に乗りかかった時、また新たに思いついた企画があった。それをするためには卒業アルバムが必要だった。

過去の友人たちに会いにいく。なんて素晴らしい試みなんだろう。自画自賛と笑われるかもしれないが、これが彼女にとって最初の大仕事になる予感があった。

タイトルはすでに決まっている。

「タイムカプセル――今、あなたは何をしていますか?」

年齢的にちょっと早いかなという気もする。二十五歳といえば、まだ大学を卒業したばかりで就職していない者もいるだろうし、明確に人生の計画を立てていない者も多いだろう。せめてあと五年たって三十歳になった時のほうが話はよりおもしろいかもしれない。

しかし、別の考えもある。今回の取材からまた十年たって、三十五歳の時、二度目の取材を試みるのだ。その頃にはみんなも家庭を築いたり、仕事に頑張っているだろう。十年刻みの人生の軌跡を追うわけだ。

そう思うと、はやる気持ちを抑えることはできなかった。しかし、それを進める時に卒業アルバムがなければ話にならないのだ。

どこへしまったのか。高校や大学の卒業アルバムはちゃんとあるのに、中学校のアルバムはどこにも見あたらない。実家の物置や納戸、箪笥《たんす》の中などすべて調べたのに、アルバムは「時の穴」にすっぽり落ちてしまったように消えてなくなっていたのだ。

そんなことが一瞬の間に頭の中を駆けめぐった。

「信じられない」

あれだけ探して、あきらめかけていたものが、小さな地震の揺れにより、再びこの世に出現したのだ。彼女はそんな不思議な思いにとらわれた。やっぱりこれは運命なんだわ。

すっかり目が覚めていた。彼女は落ちているアズキ色のアルバムを拾い上げ、ベッドの上で開いてみた。

「うわあ、懐かしいなあ」

まだ十年しかたっていないのに、はるか昔のような気がする。こう思うのは、校舎が木造の古い建物だったのが大きいのかもしれない。いずれあの建物が取り壊されるという話を風の便りに聞いている。そうした切羽詰《せっぱつ》まった事実も、今のうちに取材をしておかないと取り返しのつかないことになると彼女に思わせたのだ。

昭和二十年代のにおいを漂わせる校舎の前で二十数名の生徒がかしこまった様子で並んでいる。一列目の中央に校長先生と担任が座り、その両わきを挟むように学級委員長と副委員長。彼女自身は一列目の端に座っていた。

二列目はそのまま立ち、三列目は台の上に立っている。校舎が古く、田舎《いなか》の学校ということもあって、生徒たちの顔もどこか垢抜《あかぬ》けていなかった。カラー写真ではあるものの、五十年前の卒業写真と言われれば、そのまま信じてしまいそうだ。

集合写真の一人一人を見ていると、懐かしい記憶が生々しく甦《よみがえ》ってきた。父親の転勤で、中学校を二回転校した綾香だったが、三度目に来たこの学校が一番思い出に残っている。

さっきの地震が幸運を呼びこんだような気がした。どこを探しても見つからなかったアルバムがひょんなことから見つかる。これはいいことが起こる前兆かもしれない。

彼女がその思いを強くしたのは、その夜、意外な人物から電話があったからだ。

夜の九時すぎ、綾香は自室のベッドでアルバムを見ながら、どのように取材を進めたらいいか考えていた。アルバムを見ることによって当時のことが徐々に思い出されてくるのはよかったが、卒業生の住所と電話が載っておらず、どうやって連絡をつければいいのか見当がつかなかった。

誰か知っている人に連絡しなければと思っても、年賀状のやりとりをしている同級生はいなかった。彼女自身、家族とともに東京に出て、大学に進学、就職している間に連絡が跡絶《とだ》えてしまったのだ。親友というべきクラスメートは……。

「綾香」と呼ぶ声に物思いが途切れた。はっとして、耳をすます。

「綾香、電話よ」

階下から母の声が聞こえた。綾香は部屋を出て、階段を降りていった。

「三輪《みわ》さんという男の人」

母は受話器を押さえながら、小声で言った。「とうとう、おまえにもいい人ができたのかな」

「三輪さん？」

仕事関係に三輪という名前の男はいなかった。過去の記憶をたぐっても、思いあたらない。受話器を受け取った段階でも、彼女はまだそれが誰なのかわからないでいた。

「石原ですけど」

「よおっ、綾香、元気にしてる？　オレだよ、オレ」

オレとは言っているが、男の声ではなかった。少し声は低いが、間違いなく女だ。

「もしかして……」

綾香の記憶の領域が一瞬にして広がり、中学校の木造校舎の映像が鮮やかに脳裏に映し出された。「もしかして、ヨシカズ？」

「そうだよ、ヨシカズさ」

今見ていた卒業アルバムの中の一人から電話がかかってくるとは、なんという奇跡。テレパシーが通じたとしか考えられない。

「わたし、ヨシカズに会いたかったんだよ」

思わず涙声になった。

三輪美和《みわ》。「みわ・みわ」が本名だが、男まさりの彼女は「みわ・よしかず」と男子にからかわれていた。それをちゃっかり自分でも使っていたのが、三輪美和のすごいところだ。

二十五歳の綾香は、一気に十五歳の少女にもどっていた。彼女のいる空間が歪《ゆが》み、時の穴に呑《の》みこまれたような気分になった。でも、そこは心地よい記憶の中の空間だ。

2

綾香が三輪美和と会ったのは、その三日後、二月二日の金曜日だった。

都会でも強い北風の吹く寒い日だった。話したいことがたくさんあって、電話ではとても話しきれそうになかったので、どこかで会おうということになったのだ。美和は東京の中野《なかの》のマンションで独《ひと》り暮らしをしているという。綾香が住んでいるのは練馬なので、会いやすい場所ということで新宿《しんじゅく》を選んだ。

大型書店の一階のエスカレーター前で午後六時に待ち合わせることにした。

だが、週末の午後六時は、待ち合わせの人でいっぱいだった。恋に縁のない身にとって、これから待ち合わせてどこかへ食べにいく恋人たちがうらやましい。同世代の若者がいる中で、十年ぶりに会う友を探すのはけっこうむずかしかった。人待ち顔で立っている女性を見ても、どれが三輪美和なのか見分けがつかない。

十年前は男まさりの性格で、髪を短くして刈り上げにしていた。みんなからは「刈り上げ君」とからかわれていたが、本人は気にもとめず、「オレのことをカラアゲと呼んでくれ」と逆に喜んでいたほどだ。

綾香があの中学校に転校したのは、中学二年の二学期だった。その時、最初に近づいてきたのが美和だった。女子が自分のことを「オレ」と呼んでいるのには、さすがにびっくりしたものだ。

六時十五分になった。待ち合わせの人の波は増えることはあっても、減ることはなかった。無事に会えて夜の新宿の町へ消えていくカップル、あるいは飲み仲間とおぼしき男女混合のグループ。

彼女が美和かなと思った女性は何人かいた。しかし、彼女が声をかけようとした時、別の女性が近づいてきて、人違いだとわかったりして、結局、美和と会えていなかった。携帯電話の番号を教えているのだが、連絡は入ってこなかった。痺《しび》れを切らし、彼女が携帯でメールを打とうとした時、背後から肩を叩《たた》かれた。

「石原綾香？」

ふり返ると、そこには髪の長いスリムな女性が立っていた。黒い毛皮のコートを着たいかにも東京の垢抜けたＯＬといった感じだ。

「えっ、あなた、ヨシカズ？」

「そう、オレだよ、オレ」

美和はわざと低い声を出して、笑った。隣りに立っているサラリーマン風の中年男がどきりとした様子で美和を見た。

「さっきからずっとここにいたんだよ。綾香かなと思って、ずっと見てたのさ」

これがあの「ヨシカズ」なのか。ボーイッシュな少女と都会の洗練された女。そのギャップに綾香は驚いていた。

「どうしたんだよ」

「だって、髪が長くなってるし、昔の面影、全然ないじゃない？」

「そりゃそうだよ。オレ、いやわたしだって、いつまでもヨシカズじゃないよ。十年もたてば、恋もするし、就職もする。失恋すれば、髪だって伸ばすさ」

何だかわけのわからないことを言っているが、男っぽい口のきき方や調子のいい話っぷりは、間違いなく昔のヨシカズだった。

「ほんとにヨシカズなんだね」

綾香は嬉《うれ》しくなって、美和の両手を握った。

「おいおい、いつまでもヨシカズはないだろう。ミワと呼んで、ミワと」

「うん、ごめん。三輪美和さん」

〝みわみわ〟という名前も何となく変だ。

「『みわみわ』と呼ばれるのも気色悪いなあ。わたしも早く結婚して名前を変えたいと思っているのさ。例えば、立花美和《たちばなみわ》とかね」

「その立花って誰？」

「会社の先輩」

「付き合ってるの？」

「まさか。憧れてるだけ」

十年ぶりの再会だったが、二人の間の時は一気に流れ去り、中学時代の親友同士にもどっていた。

「どこか飲みに行こう」

二つのデパートに挟まれた裏通りにあるショットバー。薄暗い店内だが、暖房がほどよくきいて心地よかった。

カウンターのスツールに腰を下ろすと、二人はビールを頼み、再会を祝して乾杯をした。

「うーっ、うまいねえ」

美和はビールを飲むと、口元の泡を手の甲で拭《ぬぐ》った。その言い方は、中年の男性サラリーマンのようで、外見とのギャップがありすぎる。

「ねえ、会社でもいつもそんな口のきき方をしてるの？」

綾香が訊《たず》ねると、美和は首を左右に振った。

「まさか。会社ではおとなしくて有能なＯＬさ。でも、たまにこういうところで発散しないとストレスがたまるからね」

「美和って、ジキルとハイドみたいな二重人格なんだね。『ミワ』の部分と『ヨシカズ』の部分が共存してるんだ」

「こら、人を二重人格扱いするな」

そう言う美和の魅力的な外面と男っぽいからっとした性格の差に、綾香はまだ違和感を覚えていた。

「でも、女の部分がまさると、もてるんじゃないの？」

「それで、いい相手が見つかればいいんだけど、相変わらず三輪美和のままさ。すぐに化けの皮がはがれてしまうから。性格改造はむずかしいよなあ」

美和はふふふと笑い、グラスのビールを空けた。それから、綾香の頭のてっぺんから足の先までをしげしげと見た。

「綾香はカメラマンなんだって？」

「はい、売れない新人カメラマンです」

「意外だな。綾香のほうが昔のわたしみたいじゃないか。髪はショートカットだし、ラフな格好がよく似合ってるよ」

「行動的じゃないと、この仕事はできないからね」

綾香はそう言いながら、そろそろ本題に入ろうと思った。「それでさ。この前、電話で話した件なんだけど……」

美和は二杯目のビールを注文すると、急に真顔になった。

「わたし、怖いのよ」

彼女は急に顔をくもらせ、恋人に庇護《ひご》を求めるか弱い女性のように綾香に体を近づけてきた。

「怖いって、何が怖いの?」

それまで見ていた男まさりの部分が消え失せ、美和は無防備な女性になっていた。その急激な変化に、綾香は驚いた。

「手紙が届いたのよ」

「どんな手紙?」

「タイムカプセルの案内の手紙。綾香のところには届いてない?」

「届いてないよ」

「タイムカプセルのことは覚えてるよね?」

「もちろん。あんなことがあって、行けなくなっちゃったけど、わたしも一口乗ってるからね」

「じゃあ、これを見て」

美和はそう言って、ハンドバッグの中から一通の封筒を取り出した。綾香はけげんに思いながら封筒を受け取り、中から一枚の便箋を抜き出した。

栗橋北中学校、三年A組のみんな、元気にしてますか？
突然の手紙で驚いたと思います。みんなは卒業式の後、タイムカプセルを埋めたことを覚えているよね？
十年後にみんなで集まり、タイムカプセルを掘り出すこと、約束したよね？　そろそろその十年がたち、タイムカプセルを開くことが現実のものになります。どう、興奮しませんか？
みんな、当然、あの時のことを覚えていると思うけど、確認の意味で手紙を差し上げました。十年後の三月十日。中学校の校庭に集まりましょう。
告！　栗橋北中学校・三年A組卒業生の選ばれ死君たち
「日時　三月十日、午後二時
場所　栗橋北中学校　校庭
○出席　欠席」
本日はご挨拶がわりの「サプライズ」を差し上げました。お気に召したでしょうか。

お粗末さまでした。

「ねえ。これ、どう思う？」美和が訊《き》いた。

綾香が手紙を読み終わるのを待って、美和が訊いた。

「別に変だと思わないよ。普通の通知だと思うけど」

「でも、おかしいと思わない？　差出人の名前もないんだよ。誰が出したのかわからないなんて、気持ち悪いよ」

「サプライズってあるじゃない。幹事の悪ふざけなのよ」

「幹事って誰？」

「男子の誰かに決まってるじゃない」

「消印もないんだよ。わたしの部屋に直接届けにきたんだよ」

美和はぶるぶると体を震わせた。

「そりゃ、いたずら好きの男子のしわざだな」

「例えば？」

「わからないよ。男子といえば……」

「そいつ、わたしが独り暮らしだってこと、知ってるんだ」

美和はそう言ってから未明の不思議な出来事を語り始めたのだ。「まだ夜が明けないうちだよ。新聞配達より前なんだ。そんな時間にこれを配りに来るなんて、異常だと思わない？　気味が悪くて」

「でも、美和のマンションを知ってる男子はいるはず。今の変身ぶりにくらっときた男子がね」

「冗談言わないでよ。ストーカーじゃあるまいし」

「単なるストーカーだったら、タイムカプセルの話を知ってるわけがないわよ。この手紙の差出人は限られた何人かに決まってる」

「じゃあ、誰がやったの？」

美和の顔は薄暗い照明の中でも青ざめているのがわかった。「オートロック付きのマンションに明け方入ってきて、わたしの部屋の前まで来たんだよ。サプライズのいたずらにしても、やりすぎの気がする。郵便と言ったんだ」

「郵便？　そんな時間にありえない」

「そ、そうだろう。でも、そう聞こえたんだ」

「ずいぶん手が込んでるね」

綾香は素早く推理した。「やっぱりメンバーの男子のいたずらとしか考えられないよ」

「メンバーか」

美和が遠い過去に思いを馳《は》せるように目を細めた。「あの連中に話を聞く必要があるね」

3（十年前）

メンバー——。誰がそういう名前をつけたのか、わからない。ただ何となく特別の〝選ばれた者たち〟という意味でつけられたのだ。

最初にきっかけを作ったのは、学級委員長の湯浅孝介《ゆあさこうすけ》だった。冬休み明け、世間では正月気分がまだ抜けきらない第二週、最初のホームルームの時だ。教壇に立った湯浅が、クラスの生徒たちに向かってこう切り出した。

「三年A組の思い出となるものを何かやりたいと思っています。これはという意見がある人、いませんか？」

この提案に対して、文集作成、記念植樹といったものが出てきたが、ありきたりすぎるし、おもしろみがないということで、みんなの支持を得られなかった。もっと刺激的という意味で、深夜の校庭マラソンとか、肝《きも》だめし大会なども提案されたが、少数意見で終わった。少数意見で終わった。与えられた時間が少なくなる中で「タイムカプセル」はどうだろうという意見が飛び出した。

六時間授業の最後の時間ということもあり、高校受験を間近に控えて、みんな帰りを急いでいたし、つまらないホームルームを早く終わらせたい気持ちがあったのだろう、賛成の意見が強くなった。欠席者二名を除く二十名のうち、十二人の賛成を得て、それが卒業の記念行事に決まったのだ。

「では、タイムカプセルに決まりました」

湯浅孝介がほっとしたように言った時、タイミングよく授業の終了を告げるチャイムが鳴った。

だが、タイムカプセルに決まったとはいっても、それなりに問題があった。タイムカプセルに何を入れるのか。何十年も保存するのに、どういう素材のものを使えばいいのか、誰も知らなかったのだ。

そのデータを調べてきたのが鶴巻賢太郎《つるまきけんたろう》だった。鶴巻の父親は都内の銀行に勤めていて、いろいろな会社の事情にくわしいのだ。鶴巻はその二日後にはタイムカプセルのパンフレットを学校へ持ってきた。放課後、クラスの全員を残し、鶴巻が説明した。

「一番の問題は保存なんだね。十年以上たって、カプセルを開けた時、入れていたものが腐っていたり、濡《ぬ》れていたりしたら、みんな、いやだよね。だから、それを防ぐためには、ある程度、品質のいいカプセルが必要なんだ。具体的には、密閉性にすぐれていて、乾燥を保てるものだね」

「鶴巻の説明はむずかしくてわからねえよ」

竹村祐太《たけむらゆうた》が鼻をほじくりながら言った。「俺みてえなバカにもわかるように説明してくれよ」

「要は金を出せば性能のいいのが入手できるのさ」

鶴巻は父親の影響で株をやっているというのがもっぱらの噂《うわさ》だった。勉強そっちのけで経済関係の新聞や会社情報誌に目を通し、日本の経済に通じていると豪語していた。ろくに勉強しているふうもないのに、成績はいつもトップクラスなのがみんなのしゃくの種だった。

「実を言うと、ここに持ってきてるんだ」

鶴巻は教壇の下にあらかじめ置いていた段ボールの箱をみんなにわかるように出した。「これさ。おやじに買ってきてもらったんだ」

教室が一瞬にして期待を含んだ沈黙に包まれた。鶴巻が箱の中から発泡スチロールに包まれた物体を出すのを、クラスの全員が固唾《かたず》を呑んで眺《なが》めていた。鶴巻はみんなの視線を意識しながら誇らしげに包みを開けると、ロケットのような円筒形の容器を胸の前に抱《かか》えた。長さは四十センチ、筒の直径二十センチほどのステンレス製で、円筒の上に半球状の蓋《ふた》がある。いかにも未来へのメッセージを入れておくのにふさわしいように見えた。

「ほら、これがタイムカプセルさ」

そこで担任の武田《たけだ》先生が口を挟んだ。先生は教室の前の隅にずっと立っていて、生徒のやりとりを黙って聞いていたが、質問せずにはいられなくなったようだ。

「鶴巻。それ、どのくらいしたんだ？」

「三万円です」

生徒の間にどよめきにも似た溜息《ためいき》が漏《も》れた。

「ずいぶん高いんだね」

「先生、みんなで割れば、そんなに高くないですよ」

鶴巻はいっこうに動じた様子も見せずに言った。「三万円をクラスの二十二人で割ったら、一人あたり千四百円をちょっと切るくらいです」

彼はそれからカプセルには乾燥剤と酸化防止剤が入っていること、密閉性があるので、二十年以上土の中に埋《う》めておいても問題がないことを説明した。

「でも、その大きさで、クラス全員の分が入るかなあ」

武田先生がこの企画に水を差すようなことを言ったので、教室内が少しざわついた。それを見た鶴巻が「先生、それ、反則ですよ」と聞こえないようにつぶやき、むっとした態度を露《あらわ》に両手を前に突き出した。

「みんな、静かに。大事なことを話し合ってるんだからさ」

ざわつきが収まると、鶴巻は教室全体を見まわして、大きな声を張り上げた。

「じゃあ、参加希望者は手を挙げてください。僕は、あるいはわたしはこの計画に乗ってもいい。そう思う人ですね」

ぱらぱらと手が挙がりかけた。しかし、挙手した者の中にも他の連中の反応が知りたくて、おそるおそるまわりを見て、慌てて手を下げたりする者もいて、結局、残ったのはわずか六人だった。

「えっ、たったこれだけなの？」

鶴巻は拍子《ひょうし》抜けしたように言い、素早く頭の中で計算した。「六人だとつまり、一人あたり五千円の出費になる。あと少し参加してもらえると、助かるんだけどなあ」

金の亡者《もうじゃ》という印象の強い鶴巻は、クラス内でそれほど人望が厚くなかった。委員長の湯浅孝介が参加者を募《つの》ったら、もっと違った展開になっていたのかもしれない。

その後、「タイムカプセル計画」に賛同した者が教室に残った。

鶴巻賢太郎、湯浅孝介、三輪美和、富永《とみなが》ユミ、佐々倉文雄《さ さ くらふみお》、石原綾香の六人だ。勉強のできるできないは別にして、いろいろな意味でクラスの中で目立つ者たちだった。学級委員長が湯浅孝介、副委員長が富永ユミ、株のプロの鶴巻賢太郎、男まさりの女三輪美和、医者のどら息子佐々倉文雄、転校生の石原綾香。

「みんな、ケチだよなあ」

鶴巻が不満そうに言った。「たった五千円じゃないか。お年玉、そのくらいもらってるよなあ」

「鶴巻にとっての五千円は安いかもしれないけど、小遣《こづか》いをもらってる身には、けっこうきついんだぜ」

湯浅孝介がその他の者の気持ちを代弁した。

「夢がないよな。五千円で未来が買えるんだぜ。夢に投資したつもりで金を出せばいいんだよ。みんな、先が見えてるな」

「そんなこと、言ったって……」

富永ユミが言った。「まだ受験が終わってないし、その気にならないのよ。申し込みの期限をつけて、もうちょっと待ってみない？　お父さんやお母さんたちで、興味を持つ人がいるかもしれないし……」

富永ユミは副委員長で女子のリーダー的存在だったので、彼女の意見を取り入れて、クラス全員の家庭にタイムカプセルの申込書を配付することにした。

その結果、最終的に計画に賛同したのは八人になった。

「一人あたり三千七百五十円だな」

鶴巻賢太郎が電卓を使うまでもなく、頭の中で素早く計算した。

4

石原綾香は愛用の一眼レフカメラをテーブルの上に置いた。

カメラマンとしてはまだ駆け出しだが、自分の職業に誇りを持っている。今度の企画は、その最初の大きな仕事になるかもしれない。できれば、クラス全員を訪ねたかった。まだ半分も消息がつかめていなかったが、クラスの何人かに会って取材をしているうちに、おいおいわかってくるだろう。

腕時計に目を落とすと、午後六時半を少しすぎたところだった。

今日の取材相手は、三年A組の学級委員長だった湯浅孝介。待ち合わせの場所は新宿の西口、彼の勤務する商社の近くの喫茶店に午後六時半だ。会社が終わるのが六時で、もし急な残業が入ったらメールで連絡するということだったが、これまでのところメールは届いていなかった。

綾香は約束の時間より三十分も早く着いていた。注文したコーヒーはもう飲み終え、二杯目を頼もうかどうか迷っていた。少し緊張しているのかもしれない。さっきトイレに行ってきたばかりだ。もっと落ち着かなくては、と心に言い聞かせても、逆に意識してしまい、胸がどきどきする。

彼はわたしをどのくらい覚えているだろうか。十年もたてば、わたしのことなんか、すっかり忘れているのかもしれなかった。

時計を見ると、六時四十分。商社マンって、忙しいのだろうか。子供だって名前を知っている一流の会社だものね。湯浅に向いた仕事なのだと思う。

その時、綾香は誰かに監視されているような気がした。ふと三輪美和のことを思い出した。彼女に明け方、届けられた手紙のことだ。サプライズとはいえ、いたずらの度がすぎていると思う。

誰がその手紙の差出人なのか、それを調べるのも綾香の「仕事」の一つだった。

彼女がいるのは二人用のテーブルだった。彼女は椅子から少し腰を浮かせ、まわりを見た。二つ隣りのテーブルに、グレーの背広を着た精悍《せいかん》な顔つきの若い男が座って、彼女をじっと見ていた。スポーツをやっているのか、体が引き締まっている。

彼女は男に十年前の面影を見いだし、無言で人差し指を相手に向けると、男は笑みを浮かべてうなずいた。

「石原だよね？」

湯浅孝介はコートとアタッシェケースを持って席を移ってきた。「さっきから君を見てたんだけど、ずっとそうじゃないかなあなんて思ってたんだ」

彼は通りかかったウェートレスにコーヒーを注文した。

「声をかけてくれればよかったのに」

綾香はカメラをテーブルから足元の鞄《かばん》の中に入れながら言った。ずっと見られていたのかと思うと、顔から火が出るように恥ずかしかった。

「それ、商売道具？」

「そう。カメラマンのたまごなの」

綾香が差し出した名刺を見ながら孝介は言った。

「ふうん、石原らしいな」

「石原らしいって、どういう意味？」

孝介の言葉が気になって、綾香は聞き返した。

「石原って、すごく好奇心旺盛だったじゃないか。カメラマンが性《しょう》に合ってるような気がする」

「わたしのこと、そんなふうに見てたの？」

「うん、おまえが二年の時に転校してきた時、東京の子って、ずいぶん垢抜けてるなって思ったもんだよ」

「嘘《うそ》。わたしなんか、全然目立たなかったよ」

「いやあ、目立ってたさ」

「冗談ばっかり」

彼女は照れ笑いを浮かべながら、孝介と唇《くちびる》を重ね合わせた時のことを思い出していた。

　十年前、中学三年の冬休み前のある日のことだった。たまたまその日、綾香と孝介が掃除当番になり、放課後残っていた。教室のごみ箱を二人で持ち、校舎の裏側にある焼却炉へ運ぶことになった。

　校舎の背後は小さな山になっていて、太平洋戦争中は防空壕が掘られていた。その近くにあるのが焼却炉で、各クラスの当番が放課後ここにごみを持ち寄り、用務員に燃やしてもらうことになっていた。綾香と孝介はホームルームが長引いた関係で、ごみを集める時間に少し遅れてしまい、焼却炉に着いた時、火は消えかかっていた。巨大な鋳物《いもの》でできた焼却炉はまるで蒸気機関車のボイラーのようで、いつもは玉沢《たまざわ》さんという用務員のおじさんがごみ箱を生徒から受け取り、中身を炉にくべるように投げ入れたものだが、そこに玉沢さんの姿はなかった。

　焼却炉に上がるには、階段を三段登らなくてはならず、段を上がった孝介が下にいる綾香からごみ箱を受け取り、その時、〝事件〟は起きた。体の位置を変えようとした孝介がバランスを崩し、綾香のほうに落ちてきたのだ。

　あっと思った次の瞬間、二人の体は重なっていた。下に綾香、上に孝介、二人の顔は接して、偶然唇が重なり合ってしまったのだ。起き上がろうとした彼は手を挫《くじ》いたらしく、また彼女に乗りかかってきた。

それをたまたまクラスの何人かに見られてしまったのだ。「ふたりが抱き合っていた」という噂はたちまち校内に広がった。

でも、綾香は本当は嬉《うれ》しかった。あまり目立たない女の子である自分が、クラスの委員長であり、校内でもっとも人気のある男子である湯浅孝介とキスしたことが。どんな形であれ、抱き合ってキスしたのは事実だったのだ。

それから、綾香に対して、クラスの女子の態度が冷たくなったような気もしたが、孝介自身が毅然《きぜん》とした態度をとったので、噂はいつしか消え、彼女もまた普通の女の子にもどっていった。孝介と二人きりになることは何度もあったが、彼はあの時のことに触れることはなく、かえってよそよそしくなったような気がした。

＊

「石原。おまえ……」

孝介の声で夢想から覚めた。過去の出来事に靄《もや》がかかり、空気が歪んだ。はっとして気づくと、目の前の彼が心配そうな顔をして綾香を見ていた。間近で見る湯浅孝介はやや長めの髪を真ん中から分けて、背広をきちんと着こなしていた。日焼けしているのは、出張で国内外を駆けまわっているからだろうか。

十年前のことを思い出していたと言ったら、彼は笑うだろう。いや、もう覚えていないにちがいない。ずいぶん昔のことだもの。

「え、何か言った？」

「石原。おまえ、かっこいいな」

予期せぬ言葉に彼女の心は乱れた。

「そ、そんな……」

「なんかさあ、自分にぴったりの仕事を見つけて、いきいきしてるような感じだな」

「ああ、そうかもしれない」

綾香は自分が考えすぎたことを苦笑しながら、足元のカメラを見た。「わたし、昔から写真が好きだったの」

「そうか。おまえ、絵とか好きだったよね。休み時間によくマンガを描いてたのを覚えてるよ」

「ふうん、そういうことって、覚えてるんだね」

焼却炉の一件を彼は覚えているだろうかと思いかけた時、孝介が言った。

「例のタイムカプセルの件だけどさ。僕んとこにも案内が来たよ」

「それ、見せてくれない？」

孝介はアタッシェケースから白い封筒を取り出した。三輪美和に見せてもらったものと同じだ。綾香は封筒を受け取ると、封筒の裏を返した。差出人の名前はない。もちろん切手も貼られてなかった。

中から便箋を抜き出す。これも美和のものとまったく同じだ。字は手書きで、薄い紙質の便箋にめりこむように強く書かれている。エンボス加工という押しつける印刷方法をふと思い出した。文面も美和が受け取った手紙とまったく同じだった。二通の手紙を並べたら、クセまで寸分も違《たが》わぬほど同じなのではないか。

「ねえ、これ」

と言って綾香は顔を上げる。彼女をじっと見つめる孝介の目と視線がからみ合った。一瞬の気まずい間。彼女は内心うろたえながら、意識的に手紙に目を落とし、うつむきながら訊いた。

「この手紙なんだけど、いつ受け取ったの？」

「二、三日前かな」

「届いたのは早朝？　新聞受けに入れられてたの？」

孝介はけげんな顔をして首を左右に振った。

「いや、夜の十時くらいだよ。会社からもどって、風呂《ふろ》に入ってる時、チャイムの音がしたんだ。『郵便』って聞こえたような気がするんだけど、こんな時間に郵便配達はないよなと思って、そのまま風呂に入ってたんだ。それに、僕、ちょっと酔っぱらってたから、聞き間違えたのかもしれない」

「それから？」

「風呂から出たら、その手紙が部屋の床に落ちてるのに気づいたんだ」

「床の上に？　それ、何か変じゃない？」

「どういう意味？」

「手紙を届けた人が、直接部屋の中まで持ってきたのよ」

「え、まさか」

孝介は手紙の意味することをまだ理解していない。

綾香は、同じ文面の手紙が、三輪美和のところに夜明け前に届けられたことを話した。

「状況から見て、手紙の差出人が、湯浅君がお風呂に入っている時に部屋に勝手に入りこんできて手紙を置いていった」

彼の目に恐怖の色が浮かんだが、すぐに苦い笑いに変わった。

「おいおい、冗談言うなよ」

彼は首を傾《かし》げ、やや不快そうに眉間《みけん》にしわを寄せた。「確かに、それが本当のことだとしたら気味が悪いけど、それはありえないよ」

「チェーンは掛けてた？」

「いや、記憶にないなあ。酔って、ふらふらだったし……」

湯浅は自信なさそうに言う。「サプライズって書いてあるし、何か趣向があるのかなとは思ったけど」

「湯浅君が書いたの？」

綾香はずばり訊ねて、相手の反応を見た。

「僕が？」

孝介は自分の胸に指を突きつけて笑った。「まさか。どうして自分で自分に手紙を書くんだよ」

綾香には、彼が嘘をついているようには見えなかった。

「じゃあ、誰が書いたと思う？　あのタイムカプセルの関係者としか考えられないんだけど」

「まあ、確かにメンバーの一人だと思うけど。鶴巻あたりが臭《くさ》いかな。あいつなら、すごく凝《こ》ったことをやりかねない」

「人の家にわざわざ忍びこんだり？」

「いや、それが本当なら、ちょっとやりすぎだと思うけど、夕刊にまぎれこんでいたのが落ちたんじゃないかなあ」

孝介は、手紙が届けられたことをそれほど重い事実としてとらえていないようだった。

その時、彼は腕時計に目を落とした。

「ねえ、それより、どこかで食事でもしながら、もっと楽しい話をしないか？」

待ち合わせた喫茶店は新宿駅と東京都庁を結ぶ地下道にあったが、孝介は彼女を駅の方面へ誘った。行き慣れた感じで、あるビルの中に入り、エレベーターに乗りこんだ。

三十五階にある和食の店だった。案内された窓際の席からは、新宿の高層ビル群が間近に見えた。綾香はこんなところで食事をしたことがなかったので、気分が高揚した。

二人は食事をしながら、お互いの近況を話したりしていたが、綾香は時間がたつうちに十年のブランクが埋まり、三輪美和と会った時と同様、二人の間の距離が急速に縮まったように感じていた。まるで昨日別れたばかりのクラスメートと話しているような感じだった。

そうはいっても、中学三年の時、男女がこんなに親しく会話を交わしたかといえば、必ずしもそうではない。あの頃は男子も女子もお互いの性を意識しだす微妙な時期で、男女間で積極的に会話した記憶はあまりないように思う。そんなところを誰かに見られようものなら、変な噂がたちかねないのだ。特に、あんな小さな田舎町では。

彼女はタイミングを見て、今度のタイムカプセルのことに話をもどした。三輪美和の味わった「恐怖の体験」を改めてくわしく孝介に話した。

「美和、すごく怒ってたよ。独り暮らしの女の子を怖がらせるなんて、いたずらにしても度がすぎてるって」

「なるほどね。確かにやりすぎって感じだな。それを聞くと、僕のところに来た手紙も薄気味悪いな」

孝介はぶるっと肩を震わせた。「今、思い出したけど、玄関の鍵を掛け忘れたような気がする。マンションの一階がオートロックだから、安心してるところがあるんだよな。他のメンバーも手紙をもらってるのかな？」

「それをこれから調べてみたいの」

「石原。おまえにも手紙は来たんだろう？」

「わたしはメンバーの一人だけど、カプセルを埋める時、立ち会っていないから」

綾香は不慮《ふりよ》の怪我《けが》で卒業式を欠席したことを苦々しく思い出していた。当然、卒業式の後に行われた〝儀式〟にも参加できなかったのだ。

「ああ、そうだったね。おまえはあの時、いなかった」

孝介は窓の外の景色を眺《なが》めながら、しばらく当時のことを回想している様子だった。

「寂しかった？」

綾香は冗談まじりに言った。

「うん、寂しかったよ」

彼がすんなり肯定《こうてい》するとは予想していなかったので、彼女は逆に慌てた。

「おまえ、あのまま引っ越していなくなっちゃったから、みんな、寂しがってたんだぞ」

なんだ、考えすぎかと思って、綾香はほっとすると同時に残念な気がした。

「うん、そうだよね。あれ以来、みんなと会っていないんだものね」

その間に成人式はあったが、綾香は住民票のある練馬区役所で見知らぬ若者たちと成人式を迎えた。

「でも、カプセルには何か入れたんだろう？」

「うん、武田先生に手紙を託《たく》して入れてもらったの」

「何を書いたの？」

「それは内緒《ないしょ》」

もちろん、何を書いたのかはっきり覚えているが、ここで言えるわけがない。「でなかったら、タイムカプセルの意味がないじゃない？」

「まあ、確かにそうだ」

「湯浅君は？」

「僕は手紙を二通入れた。十年後の自分と友だち宛にね」

どんな内容だったのだろう。綾香は知りたかった。

「他の子たちはどうだった？」

「小説を入れた奴がいたけど、大体は手紙みたいだね」

「わたしね、一昨日《おととい》電話でも話したけど、あの頃のみんなを訪ねようと思ってるの。それをルポ風にまとめたいんだ」

「それ、おもしろいな。昔の仲間を訪ねていくルポだろう。おまえ、いいところに目

「でも、今からだと時間があまりないし、タイムカプセルに絞った構成にしたほうがおもしろいかなって思うの」

孝介と話しているうちにふと思いついた企画だ。漠然としたものが明確な形になりつつあるように思えた。

「お金にはならないけど、カメラマンとしてやりがいがあるからね」

孝介がうなずいてくれたので、綾香は気持ちが舞い上がった。

「わたし、あの時に立ち会っていないから、わからないことがいっぱいあるのよ。もっと教えてほしいんだ」

「ホームルームでタイムカプセルに決まったけど、希望者が少なくて困ったよね。鶴巻が三万円のすごく高いカプセルを買ってきちゃったから、みんな、反発しちゃったんだよな」

5（十年前）

タイムカプセルの企画には八人の希望者があり、一人あたりの分担が三千七百五十円になった。せめてあと二人くらい参加すればもっと安くなるだろうとしばらく様子を見たが、それ以上の参加者はなく、担任の武田先生が個人参加という形で付き合うことになって、一人あたり三千三百三十三円で落ち着いた。

「三並びの数字だし、縁起がいいんじゃないか。余った一円は俺が払うよ」

鶴巻が先走りすぎ、おせじにも成功したとはいえない企画だった。本人に少しは反省の気持ちがあるかといえば、まるでそんな様子もなく、逆に自分の先見の明を手柄のように言いたてた。

湯浅孝介はその計画に乗ったが、やり方によってはクラスのほとんどが参加したのではないかと内心思っていた。鶴巻の強引な手法がみんなの反発を買ったことに本人は気づいていない。また、たとえ気づいているとしても鶴巻の性格なら認めないのではないか。

参加を表明した八人のうち、六人が放課後、教室に集まった。

教壇の上に立てられたタイムカプセルは、まるで宇宙ロケットのような銀色の輝きを放っている。

縦型で高さ四十センチ、直径二十センチ。上部がドーム状、つまり半球形になっていて、帽子のように着脱できる仕組みが未来への時間旅行機《タイムマシン》を連想させた。

鶴巻は得意げに彼の周囲に立つ他の五人を見て、「何か質問は？」と言った。

「素材は何なの？」

副委員長の富永ユミが訊いた。

「ステンレスだよ。魔法瓶《まほうびん》というか、ポットのようなものと思ってくればいいね」

富永ユミが「わたしに持たせて」と言ったので、鶴巻は少し不満そうにカプセルを彼女にわたした。

「あら、意外に重いんだ」

ユミはカプセルを両手に抱いてみて、感想を言った。

「重さは約四キロさ」

鶴巻の説明にユミはうなずき、カプセルを軽く振った。内部に何か入っているのか、かさかさと音がした。ユミは傍らに立つ委員長の湯浅孝介にカプセルをわたす。

「なるほど。頑丈な感じはするけど、みんなが入れると、どうなるかな？」

湯浅孝介は石原綾香にカプセルを手わたした。

「何を入れたらいいのか検討したほうがいいよね」

綾香は銀色の不思議な物体の感触を楽しみながら提案した。「記念となるメダルとか、おもちゃとか、そういったものはだめなの？」

綾香は右隣りに立つ佐々倉文雄にカプセルをわたす。佐々倉は開業医の長男で、親の後を継ぐ運命らしいが、成績はそれほどふるわない。だが、本人はそんなことに頓《とん》着《ちゃく》せず、あまり勉強をしているふうでもなかった。

「金目の物はだめだよ。掘り返して盗まれたらたまらないからな。手紙とか絵とか写真なんか、当たり障りのないものがいい」

「佐々倉は夢がないなあ」

鶴巻が笑いながら言い、専門的な言葉で付け加えた。「タイムカプセルといっても、保安よりむしろ保存の面で不安があるんだ。気密性とか、湿気とか埋設場所の地質や温度変化などの問題だね」

「密閉性はどうなの？　紙にしても酸化するって言うじゃないか」

湯浅孝介がやや高度な質問を挟むと、鶴巻は「よくぞ聞いてくれた。さすが委員長」と茶化すように言った。

「まあ、俺は密閉性にすぐれたものを選んだんだけど、やっぱり地中に長い間埋めておくわけだから、当然雨で水浸しになったりすることもありうるよね。この日本にいるかぎり、梅雨《つゆ》は避けられない。だから、カプセルの中には、最初ドライヤーで乾燥させておいてから、乾燥剤を入れるんだ」

鶴巻はポケットから粒状の薬のようなものが入った袋を取り出した。

「これが乾燥剤だ。お菓子に入ってる乾燥剤の強力なやつだと思ってほしい。あと脱酸素剤を入れる。紙に関してはもちろん中性紙だけど、保存の面ですぐれてる紙を用意した。これで保存の面でかなり条件がよくなる」

鶴巻は教壇に置いてある白い紙の束を示した。「この中性紙をみんなに配るから、これに手紙を書くなりしてほしい。封筒は各自で調達する。そうしてカプセルに詰めて蓋を閉じた後、六角ネジをレンチで締めつける」

鶴巻のよどみない説明に、ほうと溜息に似た声が何人かの口から漏れた。鶴巻が購入したのは本格的なタイムカプセルのようだった。

「これで、まあ二十年は大丈夫だな」

「二十年たつと、みんな、三十五歳だよ」

三輪美和が素《す》っ頓狂《とんきょう》な声を上げる。「オレ、三十五歳の自分が想像できないよ。もう結婚して、子供を二人くらい産んでるかなあ」

「ヨシカズみたいな男おんなは結婚は無理だよ」

佐々倉文雄がばかにしたように笑った。

「あれ、佐々倉だって、医者になってるかなあ？」

美和も女のくせに口では負けていない。「佐々倉の今の成績では医大は無理だと思うよ」

「ちぇっ、意地でも医者になってやろうじゃないか」

ある意味、自分の痛いところをつかれ、佐々倉が狼狽《ろうばい》を隠そうと大声を張り上げた。

その時、教室の後ろの扉が開かれ、担任の武田《たけだ》が入ってきた。

「どうだい、相談は順調に進んでるかい？」

武田亮二《りょうじ》は四十五歳で、娘が二人いる。いつも娘の写真を持ち歩き、自慢げに見せるが、父親似で、あまり可愛くないというのがもっぱらの評判だった。中年太りの親ばか教師。受験生を受け持っているが、そんなに熱心ではない。

それでも、親の評判がいいのは、そののんびりとした風貌《ふうぼう》ゆえかもしれない。泰然《たいぜん》とかまえて「お母さん、大丈夫ですよ。おたくの息子さんなら、絶対合格できます」と言われると、保護者として怒る気がなくなってしまうのだという。実際、隣りのB組は受験前のぴりぴりと緊張した雰囲気があるのに、A組は自由でのびやかなムードが漂っており、それも親たちの支持を得ていた理由の一つだった。

「先生、今、タイムカプセルを何年後に開くべきか検討してたんです。二十年後という案が出てるんですけど……」

鶴巻が言った。

「二十年後か」

武田は大きな腹に乗せるように腕組みをし、天井を見上げた。「その頃、私は六十五歳か。この肥満体型だし、死んでるかもしれないぞ」

冗談まじりにいった言葉だが、確かにその可能性が高いと、その場の生徒たちは真顔でうなずき合った。それを見て、武田先生は慌てて付け加えた。

「おいおい、人をそう簡単に殺すなよ。私だって、もっと生きたいよ」

担任の話が冗談だとわかり、どっと笑いが起きた。「だったら、十年後にしないか。五十五歳なら、先生、まだ生きてると思う。娘たちのためにも早く死ぬわけにはいかないからな」

十五年後という案も出た。三十歳になっていれば、すでに社会に出ているし、職場である程度の地位についているだろう。男女とも結婚して子供をもうけている人もいるはずだ。十年後の二十五歳はまだ若者の延長で学生気分が抜けていないし、成人式から五年ということで、タイムカプセルを開くおもしろみに欠けるだろう。

十五年後案に支持を表明する者がいたので、結局多数決で決めることになった。その場の六人に武田を加えた七人による多数決の結果、四対三で「十年後案」が支持された。生徒間では三対三だったのだが、武田が「十年後案」に加わったのだ。

「いやあ、おまえたちに何か申し訳ないなあ。私がキャスティング・ボートを握《にぎ》ってしまったわけだからな」

「キャスティング・ボート。つまり、決定権を持つ少数派ということですね」

すかさず、鶴巻がフォローしたが、他の連中もその意味を知っているようだった。

「責任を感じるが、多数決の論理では仕方がないね」

武田は自らの立場を正当化するように言った。「まあ、私の残り少ない人生を考えたら、それで正解なのかな。十年後の時点で、もっと埋めておきたければ、おまえたちがまたカプセルを埋めもどして、さらに十年後に開いたらいい。そういう選択も可能だ」

「なるほど、さすが先生」

鶴巻はそつなく担任教師を持ち上げる。彼にとってもう内申書は関係ないが、二つ下の学年に弟がいるので、今後のことを考えた物言いをしているのだ。

その時、武田先生はくたびれた背広の内ポケットから茶封筒を取り出した。

「これなんだけど、タイムカプセル代として一万円入っている。私が三千三百三十四円、他の二人が三千三百三十三円、三人分で合計一万円だな」

「先生、あの二人からお金をもらえたんですか？」

富永ユミが意外そうに言った。

「ああ、もらってきた」

「えーっ、そうなんだ」

三輪美和が大げさに両手を返すジェスチャーをし、驚きの声をあげた。「先生、よくもらえましたね。尊敬しちゃうなあ」

「まあ、私は担任だからな」

三年A組には不登校の生徒が二人いた。その二人がタイムカプセル計画に乗ってきたのは、メンバーにとって驚き以外の何物でもなかったのだ。

「栗橋北中の三年A組の名簿に載ってるんだから、記念にどうですかと二人の両親に提案したんだ。本人の意向というより、まあ、ご両親の気持ちだろう。私にはよくわかるよ。子供が学校に存在した証《あかし》を残したいと思うのは親として当然の心情だ」

「なるほど、そういうことだったんですか」

湯浅孝介が納得したようにうなずいた。今回の計画に加わる者にとって、参加者の数が増えれば負担する金額が減るメリットがあったのだ。

……………

6

彼女は暗い夜道をマンションに向かって歩いている。さっきから背後に人の気配がして、ずっと気になっていた。

ちょっと飲みすぎたかもしれない。残業の後、会社の同僚四人と新宿で飲んだ。この日は疲れがたまっていたので、早く帰ってやすみたかったのだが、同期の女性に付き合ってほしいと頼みこまれた。嫌いな先輩男性に無理に誘われ、二人きりになるのがいやなのだという のだ。そういうことなら、わたしだけでなく、他の男性社員を呼んでにぎやかに騒ごうということで、全部で五人のグループになって新宿へ繰り出したのだ。

明日は土曜日で休みだし、少しくらい遅くなってもいいかと思っていた。最初の店を出た後、カラオケの店に入り、気がつくと、終電の出発時刻ぎりぎりになっていた。四人にことわって店を出たが、彼らは楽しそうに歌に興じていた。

なんだ、わたしなんか必要なかったじゃないの。誘った当人は嫌いなはずの先輩と楽しそうに話しているし、付き合って時間を損した気分だった。

最終電車の女性専用車両は、座席はほぼ埋まっていて、立っている人がちらほらといった情況だ。最初の到着駅で運よく一人が降りたので、彼女は空いた席に座り、そのまま眠りこんでしまった。次に目を開いた時、窓の外を見ると、彼女の下車すべき駅だった。慌てて立ち上がり、ドアが閉まる寸前に飛び下りた。

それで酔いがまたまわってしまったようだ。タクシーで帰ろうと思ったが、乗り場にはタクシー待ちの人たちの列ができていたので、歩いて帰ることにした。歩いても十分以内の距離だし、もしタクシーに乗っても、運転手にいやな顔をされるに決まっている。

途中にあるコンビニで酔いざましの飲み物を買い、ぶらぶらと歩いている時、不意に背後に人の気配を感じた。いったん立ち止まって背後をふり返る。若い女性が一人、歩いているだけだった。

最近、誰かに見られているような気がしてならなかった。過労から来る考えすぎだと思うのだが。

足がひどく重い。彼女は引きずるように歩きながら、次の角を曲がった。もうすぐマンションだ。帰ったら、シャワーを浴びて寝てしまおう。明日はお昼すぎまで寝るぞと思うと、大きなあくびが出た。

ふっと緊張感を抜くと、心に隙ができた。その時、背後から風が巻き起こった。実際、その夜は曇り空で無風状態だったが、風が南のほうから吹きつけてきたように思えたのだ。突然、エンジン音がした。酔ってはいても、防御本能は働いたので、とっさに右へ体を動かした。たった今まで彼女が立っていた場所を猛スピードで無灯火のバイクが通りすぎていった。そんなに大きなバイクではない。原付バイクだろう。

「とみながさーん、郵便」

一瞬、自分の名前を呼ばれたような気がした。バイクの風圧というより、全身を一気に恐怖感が包みこみ、彼女は右へよろめいた。そして、そのまま民家の生け垣に体が突っこんでしまった。

小さな悲鳴が彼女の喉《のど》から漏れる。

どこかから足音が聞こえた。ハイヒールを道路に叩きつけるような音。

「大丈夫ですか？」

女の声だ。彼女の背中に手がまわされ、体が起こされる。

「しっかりして」と声をかけられ、彼女の混濁《こんだく》した意識がふっと元にもどった。

「すみません。大丈夫です。バイクが後ろから来たものですから」

「わたし、見てたわよ。ライトをつけてないバイクがあなたのほうへ向かったから、危ないと思ったの」

女の顔は街灯の明かりの陰になって見えにくいが、彼女の母親くらいの年齢のように思えた。

「最近、この辺、ひったくりが多いのよ。だから、もしかして……」

彼女は女に支えられて、立ち上がった。めまいもなく、問題ないようだ。

「警察に通報しようかしら」

女が携帯電話を出したので、彼女は止めた。

「大丈夫です。何ともないですから。それに何もとられていないし……」

彼女はバッグが無事であることを確認した。「すみません。お騒がせしました」

彼女は一礼すると、マンションへ向かって歩きだした。

「あら、ちょっと待って。落とし物よ」

背後から女が声をかけてきたので、彼女は立ち止まった。「手紙みたい。あなたのものじゃないの？」

女が差し出したのは白い封筒だった。

「わたしのじゃないと思いますけど」

「あなた、富永さん？」

「ええ、そうですけど」

「だったら、あなたのものよ」

ユミは女から封筒を受け取った。街灯の明かりに「富永ユミ様」という宛名《あてな》が浮かび上がった。女が去っていった後、ユミはマンションに向かって歩き始めた。なぜか心の中がざわついている。得体の知れない何かが彼女の心の中に入りこんでしまったのか。

住所のない手紙、さっきの無灯火バイクの人物がメッセンジャーとして彼女に置いていったのだろうか。あれは男だったのか、女だったのか。

封筒を裏返しにすると、差出人の名前は空白になっていた。粗悪な紙にうっすら指紋のような汚れがついていた。親指。大きな親指。バイクの運転者が自分の名前を呼んだような記憶が甦る。

背中の中心に生じた寒けが、毛虫が這《は》うようなゆっくりした歩みで、もぞもぞと全身に広がっていく。不安の触手《しょくしゅ》が彼女の体の表面を撫《な》でまわしている。全身の毛穴が開き、総毛立った。

恐怖をふり払うために、マンションに向けて走りだした。早く、早く。わけのわからない追手から逃れようと彼女は必死だった。

マンションはオートロック式だった。彼女は暗証番号を押してエントランス・ホールに入った。背後から誰もついてきていない。ほっとした思いで、エレベーターのほうへ向かった。二つあるエレベーターの一つが一階にあり、もう一つが彼女の住む六階から下へ降りてくるところだった。内部が無人であるのを確認してから、彼女はエレベーターに乗った。六階に止まって、扉が開く時も、外に誰もいないことを確認した。

もう一つのエレベーターが一階からまた上がってくる。エレベーターを降りて通路を自分の部屋に向かった。部屋の前に達し、鍵穴にキーを差しこんだ時、もう一つのエレベーターの扉が開く音がした。

怖い。

彼女は部屋に入ると、ドアにもたれ、真っ暗な玄関でしばらくじっとしていた。廊下の足音がこつこつと聞こえる。ハイヒールのような音。この階に女の人っていたっけ。

ハイヒールの人物の足音は、自信に裏打ちされたように着実で少しの乱れもなかった。メトロノームで計ったかのように、リズムにいささかの狂いもない。

コツッ、コツッ、コツッ。一定のリズムでヒールがリノリウム張りの床を叩く。そのままドアにもたれていると、酔っているせいか、子守唄を聞いているように眠気が襲ってきた。

うとうとしているうちに、子守唄を歌ってくれたおばあちゃんの夢を見た。祖母は坂道をベビーカーを押しながら歌ってくれた。彼女が一番最後にベビーカーに乗ったのは三歳の時だ。風邪《かぜ》をこじらせてしばらく寝こんでいたが、ようやく治ったある春の昼下がり、祖母が孫に新鮮な空気を吸わせるために散歩に連れていってくれたのだ。勾配《こうばい》の急な坂道に祖母の息は苦しそうになっていく。幼心に、祖母がそのまま死んでしまうのではないかと思った。そして、祖母の息が止まった。呼吸が停止した。

彼女ははっとなった。祖母が死んだ。そんな。

いや、これは夢だ。自分がマンションの玄関のドアにもたれ、立ったまま眠っていたことに、ようやく気づいた。そうだ、早くシャワーを浴びて寝てしまおう。

ふと足音がしなくなっているのに気づいた。

エレベーターから降りてきた足音の主《ぬし》は、もう自分の部屋に入ったのだろう。彼女が部屋の明かりのスイッチを押そうとした時、ふと廊下の様子が気になった。

ドアスコープから外をのぞくと真っ暗だった。凹凸《おうとつ》のあるレンズで廊下の様子が拡大されて見えるはずなのに、外を見ることはできない。廊下の照明が消されてしまったのか。いや、違う。あれは一日中、ついているのだ。

ということは、つまり……。

誰かがこの部屋をのぞきこもうとしている。その目と彼女の目がぶつかって、何も見えないのだ。ゴキブリの触角のようなものが蠢《うごめ》いていると思った次の瞬間、廊下の明かりが見えた。

つまり、ドアの向こう側の誰かがいなくなったということか。恐怖が今度は足元から頭のてっぺんまで一気に駆け上がった。

チェーンを掛けたままドアの錠《じょう》をはずし、少しだけ開いてみた。廊下の右側には誰もいない。それから、いったんドアを閉めて、今度はチェーンをはずした。もし誰かがいたら、思いきり悲鳴をあげよう。わたしの声はすごく高くて響くんだから。

「危険だから、やめておけ」と引き止めにかかる内なる声もあった。

でも、このままでは引き下がれないと思った。わたしを恐怖で締め上げようとしても、全然怖くないんだぞと相手に知らしめたい気持ちが強かった。

恐怖心が薄らいだのを感じると、彼女はチェーンをはずし、一気にドアを開いた。開いたというより足で思いきり押したといったほうがいいだろう。もしドアの陰に誰かが隠れていたら、そいつにダメージを与えられるはずだ。

ドアが壁に勢いよくぶつかった瞬間、彼女は廊下に立った。

誰もいなかった。廊下の左右には、人の気配さえなかった。

わたしの考えすぎか。わたしの弱気の虫がパニックを起こしただけなのか。

部屋に入り、ドアを閉めた。錠とチェーンで二重にロックし、部屋の明かりをつけた。その時になって、さっきの封筒を左手に握りしめていることに気づき、彼女は封筒のしわを伸ばしてから、指で封を切った。

薄っぺらな紙に点字のように凹凸のある字が書き連ねてあった。


栗橋北中学校、三年A組のみんな、元気にしてますか？

突然の手紙で驚いたと思います。みんなは卒業式の後、タイムカプセルを埋めたことを覚えているよね？

十年後にみんなで集まり、タイムカプセルを掘り出すこと、約束したよね？　そろそろその十年がたち、タイムカプセルを開くことが現実のものになります。どう、興奮しませんか？

みんな、当然、あの時のことを覚えていると思うけど、確認の意味で手紙を差し上げました。十年後の三月十日。中学校の校庭に集まりましょう。

告！　栗橋北中学校・三年A組卒業生の選ばれ死君たち

「日時　三月十日、午後二時

場所　栗橋北中学校　校庭

〇出席　欠席」

本日はご挨拶がわりの「サプライズ」を差し上げました。お気に召したでしょう

か。

お粗末さまでした。

「何なの、これ？」

文面はタイムカプセルを開けるイベントの案内だった。便箋の右下の部分に「時之《ときの》穴道住人謹製《あなみちじゆうにんきんせい》」とゴム判で押されたような印があるが、これは意味不明だ。

サプライズ？

確かに、中学卒業時に仲間たちが集まって校庭の片隅でタイムカプセルを埋める「イベント」をやった。それを開くのが十年後ということも約束していた。考えてみ

ると、その日まで、あと一ヵ月ほどだ。

あの時の六人、不在のメンバーを含めれば八人のうちの誰かがこの手紙を出したことになる。

あの中にこんな手間のかかる悪ふざけをするお調子者がいただろうか。ある意味、犯罪すれすれの危険な行為だ。ちょっと間違っていたら、わたしはバイクにぶつかって大怪我をしていたかもしれない。

最初に思い浮かんだのは、タイムカプセルの企画を持ち出した鶴巻賢太郎だ。しかし、彼はこんなことをするだろうか。

彼は今、何をやっているのだろうか。

その時、携帯電話がメールを着信した。誰だろう、こんな時間に。

「ご無沙汰《ぶさた》してます。覚えてますか。中学の同級生の石原綾香です。お暇な時どこかで会えませんか？　連絡をお待ちします」

覚えてるわよ、あなたのことを忘れるわけないじゃないの。

石原綾香からのメール。タイムカプセルの通知。この二つが同時に届いている。

これって、偶然なのだろうか。

7

石原綾香の前に座る女は、同年齢のはずなのに、ずいぶん大人びて見えた。富永ユミ。栗橋北中学校三年A組の副学級委員長に十年の歳月を重ねれば、そのまま今の彼女になるように見えた。いや、正確にいえば、知性と高慢さを年齢の分、足した感じだろうか。ちょっと悔しいけれど。

新宿駅の東口にある喫茶店で二人は十年ぶりに会った。綾香の取材開始から三人目になる。十年の空白はあったが、お互いすぐに相手を認め合った。「なんだ、昔のままじゃない？」といった印象だったのだ。

二人はすぐに喫茶店を出て、近くのイタリアン・レストランに場所を移した。ユミは中学時代からすらりとした体型で、運動が万能だった。日本人離れした顔だちは、人目を引いたが、祖母がフランス人だという噂だった。大きな目、抜けるように白い肌、スタイル抜群の体型は女子生徒から見ても魅力的だった。「四分の一」を意味する「クォーター」という響きが、田舎の中学校では魔術的な作用をもたらしたのだ。

もちろん、栗橋北中学全男子生徒の憧れの的だったのは言うまでもない。当然のことながら、学業も優秀で、さまざまな小説をよく読んでいた。読書感想文は いつも優秀賞に選ばれていたし、習字や絵画でも地域のコンテストで入賞の印の金紙が貼られていた。中学卒業後、県下の名門女子高を経て、東京にある国立大学の文学部へ進んだ。だから、ユミがマスコミ関係の仕事をやっていると聞いても、綾香は少しも意外に思わなかった。

富永ユミが日本理論社の文芸部門の編集者をやっていることは初めて聞いた。カメラマンである綾香もそうした出版関係の仕事と密接なつながりがあるし、いずれその会社の雑誌部門で仕事をしてみたいと思っていた。

綾香がそれとなく探ってみると、ユミは首を傾げた。

「さあ、どうかなあ。わたしもそうだけど、石原はまだ駆け出しだし、結果を出していないからね。でも、わたしが担当してるところで使ってみてもいいわよ。ちょっとしたコラム的な仕事になるかもしれないけど」

「ありがとう。わたしも実績を出さなくてはいけないと思ってるんだ。今度の企画のこともその一つなのよ。中学時代と現在を対比させて、おもしろいものが引き出せないかなって」

「試みとしてはおもしろいと思うよ。出来上がりを楽しみにしてるわ」

ユミは仕事をばりばりこなしているやり手の編集者のようだった。出版社内で彼女の地位が確立するまでにそれほど時間はかからないだろう。

食事が進み、アルコールも適度に入ったところで、ユミが言った。

「ねえ。あれって、石原、あんたが仕掛けたサプライズなんでしょ？」

ユミは深夜に体験した奇妙な出来事を語りだしたのだが、語り手の演出もうまいのか、聞いている間中、綾香はぞくぞくと寒けを覚えていた。それにしても、深夜の独り暮らしの女性の不安心理をつく悪乗りしたいたずらだと思った。

「違うよ。メールはたまたま偶然が重なっただけなんだよ」

綾香は慌てて首を左右に振った。「わたし、あのタイムカプセルの時、参加していなかったし、卒業式の直後に東京に引っ越してるから、差出人はわたしの住所がわからなかったと思うんだ。だから、送付リストから漏れてしまった。手紙が来るものなら、来てほしいと思ってるんだけど」

綾香は本心を言った。

「石原、ほんとにそうなの？」

ユミは大きなエキゾチックな目で綾香を見た。

「嘘をついたって仕方がないじゃない？」

「うん、わかった。あなたを信じる」

「実は、ヨシカズも同じようなことを経験してるんだ」

綾香が三輪美和の恐怖の体験を話すと、ユミは目を大きく見開いた。

「それ、わたしと同じパターンじゃない。いくらサプライズの企画だからって、若い独身女性相手にちょっとやりすぎだと思わない？」

「確かに、ひどいよね」

二人はうなずき合った。

「誰がやったんだろう？」

ユミは深夜の一件を思い出して震えるどころか、逆に怒りを露にしている。「もしわかったら、ただではおかないから」

「犯人は無灯火バイクの男じゃないかしら」

「あれ、男かどうかわからないんだ」

「女だったの？」

「ヘルメットをかぶってたし、暗いところでちらっと見ただけだから」

「あと、手紙が落ちてるって差し出した中年の女は？」

「うーん、あの人は善意で手紙を渡してくれたんだと思うの」

「じゃあ、マンションでユミの部屋をのぞきこんでいたハイヒールの女は？　その人は中年女と同一人物なの？」

「わからないのよ。何が何だか」

「つまり、怪しいのはバイクの人間、声をかけてきた中年の女、部屋の外のハイヒール女か」

二人は〝犯人〟の可能性のある人物を一人一人挙げていったが、犯人と特定するまでには至らなかった。

「ところで、ヨシカズ、元気だった？」

ユミは三輪美和に話題を変えた。

「うん、あの頃、女のくせにオレなんて言っちゃってさ。女らしくなかったじゃない？　でも、今は全然違うよ。もう名前の通り、美和って感じで、すっかり垢抜けた東京のＯＬになってるんだから」

「ふうん。それは意外だね。会ってみたいなあ」

「ユミは他に会ってみたい人、いる？」

今度は綾香が話題を変えた。

「そりゃあ、いるよ。卒業式以来、会ってないんだもの」

「成人式も出なかったの？」

「興味ないからね。あんなひらひらした着物なんか着てさ。みっともない」

「まあ、確かにユミは西洋人みたいな体型だからね」

「ちょっと混ざってるだけだよ」

ユミはそう言って笑うと、ソルティー・ドッグを注文した。綾香はアルコールにくわしくないので、ユミと同じものを頼んだ。注文した飲みものが出てくると、二人は改めて乾杯した。口当たりがよく、どんどん飲んでしまいそうだった。

「そうだなあ。誰に一番会いたいか」

ユミはグラス越しに綾香を見た。「やっぱり、湯浅孝介だよ。彼、元気にしてた？」

「うん、商社マンでばりばりに働いてるみたい」

「彼、石原が好きだったみたい」

ユミは探るように綾香を見た。

「嘘だよ。湯浅はユミとお似合いだったよ。正副の学級委員長だったんだから。教壇でホームルームやってるところなんか、息がぴったり合ってた感じ。みんな、噂してたじゃない？」

「ううん、違うの。湯浅は石原が好きだった」

「なぜ、そんなことを言うの？」

十年前という過去のことなのに、綾香は自分が必要以上にむきになっているのを感じた。もっと軽く受け流せばいいのにと思うが、自分の気持ちと裏腹に感情が先走ってしまうのだ。

「石原はね、東京から転校してきたから、みんなに一目置かれてたのよ」

「そんなことはないよ。わたしなんか、あまり勉強できなかったし、スポーツもだめだったもの」

「都会のにおいがしたんだ。洗練された都会っ子って感じだった。わたしね、石原がうらやましかったんだよ」

かつての優等生、富永ユミに持ち上げられて、綾香はこそばゆい気がした。

「校舎の裏で石原と湯浅が抱き合っていたの、噂になってたじゃない？」

「あれは、転んで偶然ああいう形になったのよ」

綾香は弁明したが、ユミがそんなことに今でもこだわっているのが不思議でならなかった。

「それに、石原は自分の好きな道に進んだじゃないの。カメラマンなんて、憧れるよ」

「そんなことないよ。ユミの編集者だって、すごくかっこいいじゃないの」

綾香はこの話題を打ち切ろうと思った。ユミと話していると、いつも自分が劣っていると感じてしまうのだ。「もうこんな話やめようよ。せっかくひさしぶりに会ったんだから」

「うん、わかった」

ユミは不満そうに口を閉じた。

「今、ユミが担当してる新人作家で有望な人っていないの？」

「いないことはないけど、石原はミステリなんか読んでる？」

「けっこう読んでるけど」

「じゃあ、不破勇《ふわいさむ》は？」

ユミが放った名前は、綾香の心を妖しく騒がせる。「メンバー」という言葉がふっと浮かんで、彼女の心が揺らいだ。

「不破勇……」

「今度、不破の小説が出たら読んでよ。たぶんおもしろいはずだから。わたしが担当している作家なんだ」

8（十年前）

担任の武田が教室を出ていった後、その場に「タイムカプセル計画」のメンバー六人が残り、困惑気味に顔を見合わせた。

「不破勇もメンバーの一人になるのか」

鶴巻賢太郎がみんなの気持ちを代弁した。「それだけ一人あたりの負担が減るわけだから、歓迎はするけど……」

鶴巻は湯浅孝介を見た。

「おまえは学級委員長だから、当然不破のことを知ってるよな？」

「名前は知ってるけど、見たことはない」

「富永、おまえは？」

鶴巻は富永ユミに目を移した。

「わたしも会ったことないよ」

ユミは両手を表に返し、肩をすくめてみせた。四分の一だけ西洋人の血が混じっている彼女がやると、いやみに見えず、それなりに決まってしまうから不思議だ。

「じゃあ、委員長と副委員長も知らないのか。絶句しちゃうよなあ」

そう言いながら、鶴巻は他のメンバーを見た。「誰も不破を見たことがないのか」

「でも、不破君みたいな人が仲間に加わったら、メンバーの存在自体がかえってミステリアスでおもしろいんじゃないのかな」

三輪美和が茶化すように言った。「負担金が減るんだったら、オレは大歓迎だよ」

「おまえは能天気でいいよなあ。誰も会ったこともない奴が計画に加わるんだぞ。薄気味悪いじゃないか」

鶴巻は眉間《みけん》にしわを寄せ、大きな目玉をさらに大きくした。

「でも、先生は会ったことがあるんじゃない？」

「そりゃ、担任だからな」

不破勇——。ある意味、厄介《やっかい》で不可解な存在だった。

なぜなら、不登校の生徒だったからだ。不破が栗橋北中学校に転校してきたのは、三年の二学期に入ってしばらくたってからのことだ。運動会の準備をしていた頃だから、十月前後だったのかもしれない。

武田先生がホームルームの時、転校してきた生徒がいると言い、黒板に大きく「不破勇」と書いた。先生が「明日、本人が来るけど、見てのお楽しみだ」と謎《なぞ》めいた笑みを口元に浮かべたので、教室に未知の生物を期待するような雰囲気が盛り上がった。しかし、翌日、先生が残念そうに言った。

「うーん、今日は本人が病気で行けなくなったとお母さんから電話があった」

「なんだ、それ」

誰かが裏返ったような声をあげた。風船の空気を抜いたように、期待感がどこかへ飛んでいってしまった。

問題はそれで終わらなかった。不破という転校生はその後、一度も登校することがなかったからだ。噂によると、前に住んでいた東京の中学校でも不登校だったという。それが父親の仕事の都合で栗橋町に引っ越してきたのだが、新しい環境に変わっても、不登校をつづける気でいるつもりらしい。

「不破の奴でも入れる高校、あるのかな。内申点、ひどいだろうなあ」

鶴巻が疑問を投げかける。

「今はいろいろ選択肢があるんだよ」

情報通の湯浅孝介が言った。「定時制もあるし、単位が取れていない高校生を対象にした通信制の高校もあるし……」

「高校へ行かなくても、高卒認定試験があるわよ」

物知りのユミがすかさず付け加えた。「中学は義務教育だから、極端な話、全体でも卒業させてもらえるし、高校なんか行かなくたって、高卒認定試験を通れば、大学受験の資格がもらえるのね」

「ふうん、そうか。オレもそうしようかな」

三輪美和が感心したようにうなずいた。

「単純だなあ、ヨシカズは」

それまで黙っていた佐々倉文雄が言った。「そんなに楽に高卒認定試験は通らないよ。俺もそうしようかなと思ったら、おやじに怒られた」

医者の息子である佐々倉は、何が何でも医大に入れと親から発破をかけられているが、本人には勉強する意欲がなかった。県下で中程度の私立高校に単願推薦で入学が決まっているらしいが、それが本人の意欲をますます奪っている。

「不破の金は先生がもらってきたんだよね？」

鶴巻が先生からもらった一万円札を偽札《にせさつ》ではないかと疑うように蛍光灯に透かして見た。

「らしいな」と孝介。

「お母さんにもらったんだろうなあ」

「きっと、そういうことだ」

「まあ、金さえもらえれば、いいよ。カプセルに入れるものは先生がもらってくるそうだ。小説だって噂だ」

「小説？　マジかよ」

鶴巻が言った。「あまり厚いとカプセルに入らないぞ」

「でも、せっかくメンバーに入ったんだから、少しは大目に見てやろうよ」

綾香が言った。

「わかった。でも、どうせくだらないものだろうから、原稿用紙五十枚以内にしてもらうぞ」

謎の転校生の小説の話でいったん盛り上がりかけたが、時間が遅くなり、外が暗くなってきたので、火玉の落ちた線香花火のようにすぽっと打ち切りになった。

9

その人物は、薄暗い部屋でスタンドの明かりを最大にして作業にかかっていた。

デスクの上には白い紙がある。「時之穴道住人謹製《ときのあなみちじゅうにんきんせい》」と彫られたスタンプを強く押しつけ、紙にめりこむような印を作る。

「よし、できた」

誰に聞かせるともなくつぶやく。それから、同じ文面の手紙を書きだすのだ。サンプルの手紙を右に置き、間違えないように一字一字ていねいに写していく。

タイムカプセルのオープンのセレモニー。

何人集まるかな。楽しみだな。

みんな、どんな顔をして集まってくるのだろう。どんな顔をして。

十年ぶりに中学校の校庭に立ち、期待に満ちた顔でタイムカプセルを掘り出し、開いてみる。笑顔、笑顔、笑顔。それがすぐに困惑に変わる。顔を引きつらせて、互いに顔を見合わせ、そして恐怖に変わる。

ああ、それが見たい。時間を早送りできるのであれば、すぐに見たい。知りたい。

いや、そこへ至るまでの過程をたっぷり楽しまなくてはならない。

文面を一字一句、間違えないように。

まるで写経をやっているようだ。

「南無阿弥陀仏《なむあみだぶつ》、南無阿弥陀仏、南無阿弥陀仏」

三回唱えると、心が落ち着いてくる。

ああ、早く復讐《ふくしゅう》したい。校庭におまえたちの十年分の悲鳴が響くのを聞きたい。

念仏を唱えて落ち着いた気持ちはすぐに消え去り、その人物は、やがて怒りに顔を紅潮させた。暖房のないその部屋でも、怒りで体が煮えたぎっていた。おまえたちの顔が恐怖で歪むのをこの目で見てみたい。

早く、早く。おまえたちが……。

その人物は、今度は笑った。低い笑いがクレシェンドをかけるように次第に大きくなっていく。部屋の中に笑いが渦巻く。

ふっと意識がもどり、隣室の物音を耳がとらえた。

「うるさい！」

床を踏み鳴らすような音がした。

「わかったよ」

つぶやきは、北風が雨戸を叩く音に呑みこまれた。

運命が扉を叩く。はて、誰が言ったことだっけと思いながら、その人物は耳にヘッドホンをあてた。聞こえるのはベートーヴェンの「第五交響曲」。

………

石原綾香の次の取材相手は鶴巻賢太郎だった。十年前のタイムカプセルの提案者である。十五歳の少年のいたずら好きそうな大きな目が、彼女の記憶に強く残っている。好奇心旺盛な目。

10

鶴巻が中学の時、銀行員の父親に資金をもらって株をやっているというのは仲間うちでもよく知られていた。父親の口座を使ってだが、けっこうもうけていたようだ。そんなにもうかりもしないと本人は言っていたが、ゲームや珍しいキャラクターの人形など、子供の小遣い程度では買えないものをたくさん持っていた。

彼は特に勉強はしなかったものの、地元のトップレベルの私立高校から東京の一流私立大学といわれるK大の経済学部に進んだ。サークルは株式研究会。そこで彼はひともうけしたようだ。

天才的な運用術で株価の動向を読み、かなりの財産を作った。もちろん、大学で学ぶべきものは何もないと考えて中退し、自ら投資運用会社を設立し、二十五歳にしてその代表の座におさまっている。もちろん、本人が後に語ったことだが。

「わたしのこと、覚えてる？」

綾香が鶴巻にコンタクトすると、懐かしそうな声が返ってきた。

「もちろんだよ。忘れるわけないじゃないか。おまえのことがずっと気がかりだったんだ」

「そんなはず、ないじゃないの。鶴巻君は株のことしか考えてないんでしょ？」

「実を言うと、君のこと、忘れてた。でも、今思い出したぞ」

実務的な人間の鶴巻にとって、冗談を言うのは苦手のようだ。

綾香が取材の意図を話すと、鶴巻は気安く受けた。

「いつでもいいよ。ただし、後場《ごば》が終わってからだな」

要するに、株式市場が終わってからという意味だ。残務整理があるので、午後六時すぎに事務所に直接来てくれという。

二月十六日。教えてくれた場所は四ツ谷駅の北、歩いて五分くらいのところにあった。新宿通りに面しているビルの五階。六時ともなれば、すでに日は落ち、ビルについた住所表示の文字も暗くて読みにくい。北から吹きつける埃《ほこり》っぽい寒風に震えながら、綾香はどうにかそのビルを探しあてた。四ツ谷栄光ビル。名前だけは威勢がいいが、銀行の店舗《てんぽ》のある大きなビルに挟まれ、窮屈《きゅうくつ》そうに建っていた。完全に名前負けしている。

「正面のドアは施錠されているから、横の通用扉を使ってくれ」と指示されていた。

彼女は小さなドアのノブをまわそうとした時、ふと誰かの視線を感じた。通りのほうをふり返ったが誰もいない。気のせいかと思って、そのままビルの中に入った。一階に管理人室があるが、すでにカーテンが閉められ、外に「巡回中」の札が立てかけてあった。しかし、管理人が巡回しているとは考えにくく、とうに帰っているものと思われた。

薄明るい蛍光灯が一階の突き当たりにあり、エレベーターが一基あった。ちょうど五階にエレベーターが停まっていたので、彼女はボタンを押した。階数表示盤の数字が鈍牛《どんぎゅう》の動きのようにゆっくりと数を減らして降りてくる。

世の中の動きを素早く読まなくてはいけない職業についている者にとって、このようなスローペースのエレベーターは苛立《いらだ》たしいだろうなと思っていると、背後の階段を慌ただしく駆け上がるような足音が聞こえた。カタカタカタと女性のヒールらしき音。階段をあんなに早く上がったら危ないのにと思ったその瞬間、足音が止まり、靴だけが階段を落ちてくるような音がした。カタン、間が開いてまたカタン、そして、一階に落ちたように、間近に聞こえた。

エレベーターが一階に到着したので、綾香は乗りこんだ。

五階でエレベーターを降りると、フロアの左右に一つずつ事務所があった。一つは弁護士事務所、もう一つが彼女がこれから訪ねる鶴巻の事務所だ。ドアに「鶴巻投資ファンド」と書かれたプレートが貼りつけてある。

チャイムのボタンが見あたらないので、彼女はドアをノックした。中からくぐもった声で「どうぞ」と応答があった。この小さなビルの狭い一室に鶴巻賢太郎が一人でいるらしい。ビルを見たかぎりでは、成功しているとはとても思えなかった。

彼女はドアをおそるおそる開けた。その瞬間、まばゆいばかりの照明が彼女に降り注いできた。そこは老朽化した古いビルとはとても思えない時代の最先端を行く機能的な部屋だったのだ。

部屋を取り巻くように十台くらいのパソコンが設置されている。一つの壁には大きなパネル、それから資料類のぎっしりつまったキャビネット。

その部屋の窓際に大きなデスクがあり、一人の男が彼女に背中を向けてコンピュータを扱っていた。

「はい、どうぞ」

男はふり返らずに言った。「そこのソファに掛けててね」

そのまま綾香の存在を無視したようにしているので、彼女は声をかけた。

「鶴巻君。ひさしぶり」

その声に男の肩が痙攣《けいれん》するように動き、椅子がくるっと回転した。

鶴巻は短めの髪を上に突き立てるような変わったヘアスタイルをしていた。フレームなしの眼鏡の奥の大きな目は、十年前の好奇心旺盛な少年の目そのままだった。その目が困惑気味に綾香を見ている。

「石原か。ふうん、ずいぶんきれいになったなあ」

「鶴巻君って、お世辞を言いそうにもない人だから、その言葉、ありがたくいただいておくわ」

「あ、ああ。いやあ、おまえ。とにかく、びっくりした」

鶴巻はゆるんでいたネクタイの結び目に手をやり、強く引っ張って整えた。高価そうな背広、腕に金色の腕時計がはめられている。彼は綾香の全身を興味津々の目つきで見つめた。

「大丈夫？　もし泥棒が入ってきてコンピュータを何台か盗んでもわからないんじゃない？」

「こんな薄汚いビル、誰が侵入すると思う？」

「でも、中がこんなに近代的な設備でびっくりしたわ」

「尾形光琳《おがたこうりん》の世界だな」

鶴巻は意味不明の冗談を言って笑った。「つまり、外から見えないところに金をかけてるんだ」

「でも、鶴巻君のその格好、成り金みたい」

「おおっ、痛いところを突くねえ。他に金をかけるところがないもので……」

彼は口元に苦笑いを浮かべた。

「恋人は？」

「おっと、女と付き合う暇はないよ。朝から晩までここに張りついてるんだから」

「夜は？」

「マンションに帰って寝るだけ。もちろん、ここに泊まることもある」

鶴巻は顎《あご》に軽く手をやった。不精髭《ぶしようひげ》が伸び始めている。

「電話で話したことなんだけど、知ってるでしょ？　タイムカプセルの通知のことなんだけど」

「いや、僕はもらってないよ」

「そんなはずはないと思う。気づいていないだけなんじゃない？」

綾香はタイムカプセル計画の「メンバー」に届いた手紙のことを手短に話した。

「いや、本当にもらってないんだ」

鶴巻ははっきりと否定した。「君はもらったのか？」

「わたしはタイムカプセルに一口乗ってるけど、埋める時、その場にいなかったのよ。たぶん、引っ越しとかしたりして、謎の幹事は連絡先がわからないんだと思うの」

綾香は目の前にいる男が手紙の差出人なのかどうか、さりげなく探りを入れた。だが、鶴巻の顔色に変化は見られない。

「その辺に何かヒントがあるかもしれないな。だって、みんながみんな、前と同じところに住んでるわけじゃないんだからね。実家で聞いても、怪しんで教えないうちもあるはずだよ」

その時、ドアにノックがあった。綾香と鶴巻は顔を見合わせた。

「お客さん？」

「いや、アポイントメントはないけど」

鶴巻は不安げに首をひねる。

「じゃあ、事務の人？」

「とっくに帰ってる」

ドアの向こうから声が聞こえた。まるで合成音のような性別不明の声。

「鶴巻さあん。郵便です」

二人はまた顔を見合わせた。

「郵便がこんな時間に？」

「速達かもしれない」

速達なら事務所まで直接届けにくることはあるだろう。だが少し不可解な気がした。綾香は三輪美和とユミの話を聞いているだけに、郵便が来た事実を素直に受け取れなかった。

「見てくるよ。君はここにいて」

鶴巻は立ち上がると、ドアまで行った。そして、おそるおそるドアを開き、廊下をのぞいた。

「おかしいな。誰もいないけど」

綾香も立ち上がり、鶴巻のそばに行った。彼女は外の廊下に白いものが落ちているのを見つけた。

「鶴巻君。それ、手紙じゃない？」

「あ、ほんとだ」

鶴巻は再び廊下に出ると、腰を屈《かが》めて白い封筒を拾い上げた。「噂をすれば、何とやらだね。ついに僕のところにも来たか。あれっ、違う。君宛だよ」

確かに封筒には「石原綾香様」と書いてある。封筒の裏側にも凹凸ができそうなくらい筆圧の強い文字。綾香が封筒の裏を返すと、宛名の文字は裏にまで凹凸を作っていた。手紙の書き手の心の振幅を表すかのように。差出人の名前はもちろんなかった。

「どうして、わたしがここにいることを知ってるんだろう？」

綾香の背筋を戦慄が駆け上がっていった。このビルに入る時に感じた誰かの視線。つけられていたのだろうか。

「封筒に消印がないでしょ。それに住所がないし、差出人の名前もない」

「幹事の趣向なのかなあ」

「幹事って誰？」

「さあ、誰なんだろう。僕ではないのは確かだけど」

綾香はハサミで封筒を開封すると、中身を取り出した。他の連中がもらったのと同じ便箋だった。綾香は手紙にさっと目を通すと、鶴巻に手わたした。

内容もまったく同じだった。

「告！　栗橋北中学校三年A組卒業生の選ばれ死君たち」

そこから始まるタイムカプセルのオープンイベントの案内。

前に三輪美和に見せてもらった手紙に比べて、字がやや乱暴になっている気がした。書き手の気持ちがすさみ、その荒れた状態で文字を書きなぐっているような。

「それにしても、悪趣味だな。選ばれ死なんて、縁起でもないぜ。パソコンなら誤変換はあるけど、手書きで『死』の字を間違えるわけないよね。意識的に『し』を『死』にしたとしか考えられない」

「タイムカプセルを知っている人よね」

「ということは？」

鶴巻は指を使って、タイムカプセルのメンバーの名前を一人一人挙げていった。

「湯浅孝介、鶴巻賢太郎、三輪美和、富永ユミ、石原綾香、佐々倉文雄。これで六人だよね」

「あと武田先生を忘れないで。オブザーバー役だけど」

「確か、全部で九人だったよね」

「あと二人よ」

「不登校の二人だな。不破と大河原だ」

「セレモニーの時、その二人は参加したの？」

「いいや、来なかった。タイムカプセルを埋めた時に立ち会ったのは、先生を含めて六人だった。入院中のおまえと不破と大河原の三人を除いて……」

鶴巻はその時、あっと言った。

「何か思い出した？」

「カプセルを埋めた後、記念撮影をしたんだよ」

「記念撮影？」

綾香にとって初めて聞くことだった。三輪美和も知っているのかもしれない。

「卒業式の後だったから、誰かのお母さんが撮ってくれたんだ」

「その写真、見せてくれる？」

「ああ、ここにはないけど、実家にあるはずだ。それを見れば、何かヒントがつかめるかもしれない」

鶴巻はうつむいたかと思うと、いきなり顔を上げた。その瞬間、部屋の電気が全部消えた。

暗闇の中に綾香の悲鳴が響きわたった。自分を制御するのは困難だった。

　鶴巻の事務所の明かりはすぐに復旧したが、パソコンがつけっぱなしだったので、鶴巻はその事後処置におおわらわだった。

「このビルでは、前にもこういうことがあってね。引っ越しを真剣に考えてるんだ」

　パソコンが無事であることがわかると、鶴巻は綾香を一階まで送ると言った。エレベーターの調子がよくないから、念のためについていったほうが安全だろうというのだ。彼女もそのほうがいいと思い、あえて断らなかった。

　エレベーターは二階に停まっていた。しかし、ボタンを押して待ったものの、上がってくる気配はなかった。

「おかしいな。停電の影響かな」

「階段を降りようよ。もうこれ以上、怖い思いをしたくないわよ」

「それもそうだ」

　鶴巻の笑いはうつろに響く。階段は薄暗い照明がついているが、足元が心もとない。足音がこだまのように上下の階に反響した。

　五階から何とか一階まで降りてほっとした瞬間、またしても綾香をびっくりさせるものが足元に転がっていた。死んだ小動物。

「それ、ネズミ」と彼女が悲鳴をあげかけたが、鶴巻が素早く拾い上げた。

「靴だよ。女物のハイヒール。こんなものを脱ぎ捨てていく人がいるんだなあ」

彼は綾香の目の前にハイヒールの右の片方をぶらさげて見せた。「まだ新しいじゃないか。酔っぱらいかな。ずいぶんそそっかしい女だ」

「落としていったのかもしれないわよ」

階段を降りて、エレベーターの階数表示を見ると、5になっている。

「ちぇっ、今頃五階に行ってどうするんだよ」

鶴巻が悪態をついた。

薄暗いビルの人けのないエントランス・ホール。

「ずいぶん暗いホールね。こんなところに夜一人で取り残されたら、わたしは『助けて』と叫んじゃうわ」

綾香が思わず本音を漏らした。

「えっ、ホール？」

その時の鶴巻の反応が不可解だった。凍りついたようにその場に立ち、持っていたハイヒールを足元に落とした。

「ホールがどうかしたの？」

「あ、いや。何でもないよ。昔のことをちょっと思い出してね」

彼はこわごわと背後をふり返った。階段の入口の奥に薄暗い空間があり、生ぬるく埃っぽい風が階段を伝って上階から吹き下ろしてきた。「おーい」と綾香が叫ぶと、その声は闇の中に吸いこまれるように消えていった。

「やめてくれよ、石原」

鶴巻が怯《おび》えたように言った。

綾香は「ホール」という言葉が鶴巻にもたらした反応を奇異に感じていた。ホールがどうしたんだろう。そんなにびくつくものなのかしら。

通用扉の鍵は開いていた。ドアを開くと、外は大通りだ。鶴巻は綾香を外へ送りだすと、「気をつけて帰れよ」と声をかけてきた。

「ちゃんと鍵を閉めるのよ。『これが最後に見た鶴巻君の姿でした』なんてことにならないように」

「冗談はやめてくれよ。石原が言うと冗談に聞こえないから怖いよ」

鶴巻はぶるっと体を震わせると、彼女に向かって軽く手を挙げた。「じゃあ、また」

綾香は横断歩道をわたり、地下鉄の駅へ向かう時、鶴巻の事務所のある五階を見上げた。ブラインドを通して、部屋の照明がついているのが見える。窓際に映る黒い人影。突然、明かりが消え、ビル全体が暗闇の中に沈んだ。

「あれが鶴巻賢太郎と会った最後の……」

つぶやいた冗談に笑う余地がない。いやだ、いやだ。彼女は首を思いきり左右に振り、不吉な考えを追い払おうとするが、全身を冷たい風が吹き抜けた。彼女宛に届いた通知。誰かが彼女を監視し、あとをつけてきたのは間違いない。あのビルに入る時、誰かの視線を感じたような気がしたが、あれは本当のことだと確信した。

屋外の寒風より冷えきった風が、通りを吹き抜けている。

帰宅すると、鶴巻から携帯電話に連絡が入った。

「おまえを送った後、事務所にもどったらさ。僕宛の手紙が届いていたんだ。君のもらった手紙と同じさ。僕、怖くってさ。朝までここにこもることにした」

いつも冷静なはずの鶴巻の声が恐怖で震えていた。「とんだサプライズだよ」

11（十年前）

栗橋北中学校三年A組の担任、武田亮二《りようじ》は煉瓦《れんが》造二階建ての洋館を見上げ、溜息をついた。長い坂道を登ってきた愛用の原付バイクは、オーバーヒート気味で、エンジンが喘息《ぜんそく》のような苦しい音を出している。

不破勇の家は中学校の裏山と地続きの北の端にあった。どうしてこんな地の果てのようなところに住んでいるんだよと悪態をつきたくなる。ここは昔、絹織物業で財を築き上げた一家が住んでいた。昭和初期に造られた時は、ヨーロッパの雰囲気を漂わせる洋館として、栗橋町周辺の人々の話題になったが、太平洋戦争で織物工業が先細りになると、会社の経営が立ち行かなくなった。一家は夜逃げのように町を去り、洋館だけが残った。

戦争が終わり、洋館の持ち主はたびたび変わった。この家に悪い霊がついているという根拠のない噂がつきまとい、せっかく入った住人も一年もたたないうちにまた出ていったりしたのだ。

さらに歳月が流れ、建物は壁面の塗りもところどころ剝《は》げて、今はただの薄汚い二階家になりはてている。さすがに門は往時の面影を残しているが、チャイムのようなものはなかった。昔は門番が常駐していて、チャイムの類《たぐい》は必要なかったのだろうが、今は訪問者を戸惑わせるだけだった。

門扉《もんぴ》は重々しい鋳鉄製《ちゅうてつせい》で、蔓草《つるくさ》をかたどった複雑な紋様《もんよう》のものだ。手前の空き地には車が何台か停められるスペースがあるものの、今そこには何もない。

門扉は一応閉じてはあるが、錠が掛かっていないので、入ろうと思えば誰でも入れる。門柱の石の表札のスペースには、もともと御影石《みかげいし》があり、住人の名前が彫りこまれていたのだろう。そこはのみのようなもので削られ、「不破」と書かれた段ボールの切れっ端《ぱし》が半ば自棄《やけ》くそ気味に貼《は》りつけてあった。

外から見た感じでは、今日も留守のような気がする。ここに来るのは四度目だった。何度も接触を試みているのだが、いつもうまくいかなかった。

町の教育長からこれこれの生徒が転校するのでよろしくといわれただけで、学校の誰もその生徒に会ったことはないし、校長でさえ不破家のことをよく知らないという。そんな状況の中、不破の北中への転校手続きがとられたのは、二学期の頭だった。

義務教育なので、出席していなくても卒業はできるのだが、A組の担任としては、できるだけ本人に登校してもらいたいと願っている。

「タイムカプセル」の企画が三年A組有志で進められている時、担任としては欠席中の二人の生徒にも一応連絡しなくてはならなかった。どうせ連絡がつかないのだから参加しないと思っていたら、思いがけないことになった。

もう一人の不登校の大河原修作の家には電話が通じ、母親がぜひ参加させてくれと返答してきた。一方の不破の家には電話してもいっこうに通じず、仕方なく手紙を不破の門前の郵便受けに差しこんでおいた。すると、数日後、「参加を希望します」と書いた手紙が学校へ郵送されてきたのだ。

何も返答してくれないほうがありがたかったと思う。参加を希望するのなら、お金を徴収するために彼がまた不破家を訪問しなくてはならないからだ。

前回、不破家を訪ねた時、やはり不在だったので、メモを記して郵便受けに入れてきた。「近いうちに負担額の徴収に伺います」と。

すると、二日後に三千三百三十三円の入った現金書留の封筒が、学校気付で武田宛に送られてきた。メモ一つなく、封筒にただ「不破勇」とだけ万年筆の文字で記してあった。

不破の父親が書いたのか、母親が書いたのか、はたまた不破本人の手になるものなのか。わけのわからない一家だ。学校の記録では、両親と不破の三人家族らしい。不破の父親の職業は作家だという。武田自身、読書家なので、小説家の名前にはくわしいつもりだが、不破という作家を聞いたことも見たことも、また読んだこともなかった。まったく違うペンネームを使用している可能性もあるが、どうも疑わしい。この世には、作家を名乗りたい「自称作家」がかなり存在するようだ。

いずれにしろ、相当変わった一家であるのは間違いなかった。

武田が重い門扉を開くと、やすりで骨を削るような音がした。実際、蝶番《ちょうつがい》に付着した錆《さび》が骨粉《こっぷん》のように、ぱらぱらと落ちた。中に人がいれば、絶対に聞こえるほどの音の大きさだ。

玄関まで砂利敷きになっており、彼はその上を歩いた。庭は夏場から秋にかけて雑草が生え放題だったようだ。誰もそれを刈ろうとする気持ちはなく、雑草は冬に入って枯れてしまったので、見る者に夏よりさらに荒廃した印象を与える。

武田は玄関のポーチに達し、ライオンをかたどった真鍮《しんちゅう》のドア叩きを二回打ちつけながら、中へ向かって大声で呼びかけた。

「不破さーん」

例によって応答がないので、ドアを拳《こぶし》で叩いてみた。もともと分厚い一枚板の扉だったが、長年の間、強烈な陽射しを受け、風雨にもさらされてきたので、壁面同様、斑模様《まだらもよう》の染みができていたし、大きな亀裂も何ヵ所か走っている。

返答がないのは想定済みだったので、手紙を郵便受けに差しこんで帰ろうとした。何もなければ、それでいい。こっちはとりあえず担任としての義務を果たしたのだ。業務日誌につける文言を考えながら、門のほうへ引き返そうとした時、不意にドアが開いた。

「はい、どなた？」

しわがれた女の声だった。武田は一瞬、どういう対応をとったらいいのかわからず、困惑するばかりだった。

「勇さんの担任の武田と申します」

予想外の展開だったので、声が裏返った。落ち着け、意識するな。自分にそう言い聞かせるほど、焦《あせ》るのがわかった。

「で、何の用かな？」

「失礼ですが、お母さんでしょうか？」

「あたしが母親に見えるかな」

声の主はドアの奥にいるので、顔がはっきりわからない。声から判断すると、かなりの年齢の者のようだ。

「おばあさんでしょうか？」

「うむ。やはり、そう思えるか」

相手の言葉をどう解釈したらいいのか。

「まあ、どっちでもいいわ」

かすかに東北地方の訛《なま》りが感じられる。「何の用だね？」

「お子さんの進路のことなんですが、ご両親として、何かご希望があるのでしょうか？」

「いいや、特に」

「高校への進学をお考えなら、やはり学校へ登校されたほうがいいのではないかと思いまして」

「今さら出席しても、内申点はよくない。出ても出なくても同じことさ」

「そんなことはありません。本人の意欲さえあれば、私もいろいろ考えさせてもらいますよ」

「あの子は学校が嫌いでね。本人がいやなのに無理して行かせても、可哀相《かわいそう》だと思うんだ」

「そんなことありません。うちの学校にいじめは存在しませんから」

「ほんとにそうかな？」

　相手が少し前に出てきた。黒っぽいスカートとセーターが暗がりに沈み、しわだらけの手の甲が闇の中にぽっかり浮かんでいる。青黒く浮きだした血管が蜘蛛《くも》の巣のように見えた。

何を言ってもわかってもらえない無力感。確かに、わが中学校でいじめが皆無ということではなかった。実際、いじめがあるのを彼は知っていた。表面ではいじめに見えないが、無視して精神的にいたぶる「いじり」があったりする。大河原修作もそれで学校へ来なくなったのではないかと思うが、実際のところはよくわからなかった。

「ほうら、何も言えなくなった。三年A組に不登校の生徒がいることをわたしは知っているのだ」

「いいえ、そういうことではないのです」

「じゃあ、どういうことなんだい？」

その時、二階のほうでガタンと物音がした。

「お子さんですか？」

「いや、違う。あの子の父親だ」

その言い方からすると、目の前にいるこの女が生徒の父親の妻というのもおかしい気がした。武田の頭の中は混乱してきた。早くここから立ち去りたかった。

「あ、そうだ。タイムカプセルのことだが、あの子は楽しみにしている」

「それはよかったです。卒業式の後に予定しております。参加していただけますか？」

「いや、それはないかもしれない」

「では、カプセルに何も入れないのでしょうか？」

「入れないとは言っていない。そのうち、あんたに渡そうと思っている」

「お子さんのメッセージですね？」

「いや、冒険小説だ」

「冒険小説？」

突拍子もないことを言う女だと思った。「失礼ですが、ご主人は作家だと伺っておりますが……」

女はそれには答えず、「ふん」と鼻から勢いよく息を吐《は》き出した。

「用は済んだ。じゃあ、帰ってくれ」

女がノブに手をかけたので、武田は慌ててドアを押さえつけた。

「卒業式なんですが、もちろん出席されますよね？」

「先のことは何とも言えないよ。あの子の気持ちも尊重しないといけないから」

女が「じゃあね」と言って、ドアを思いきり引っ張ると、槌《つち》を叩くようにどんと大きな音を立ててドアが閉まった。武田の指は、危うくドアに挟まれるところだった。

門までもどり、背後をふり返った時、二階の右手のほうの窓が見えた。西日が建物全体を照らし、窓辺に立つ人の顔が浮かび上がった。鮮血を浴びたかのように真っ赤に染まった顔。

武田と視線が合うと、その人物はすぐに窓辺から消えた。それが大人だったのか子供だったのか、一瞬のことなのではっきりしなかった。

自分の教え子に一度も会ったことがないなんて、教師失格だな。苦い思いと悔しさが武田の胸を交錯した。

12

綾香はこれまでに会った三年A組の同級生の写真をデスクに並べてみた。

三輪美和、湯浅孝介、富永ユミ、鶴巻賢太郎……。

中学校の卒業写真と比べてみると、かつての面影は今もちゃんと残っている。しかし、それぞれ違った方面へ進み、社会生活を活き活きと楽しんでいるように見えた。

鶴巻にしたって、一日中、あの部屋に閉じこもり、株価の動きを追っているわけだが、ある意味で失敗と隣り合わせの世界で命をかけた仕事をしているとも言える。中学三年頃の趣味がそのまま生かされているのだ。

綾香が会ったのはまだ四人だが、人と会って取材をするのもたいへんな仕事だと思う。個々に面会の約束をとり、それから会って、当時と現在の話を聞く。これをクラス全員に広げたら、果たしてどれくらいの時間がかかるのだろう。もちろん、本が出来上がるまで収入にはならない。持ち出しの金のほうが圧倒的に多い。その取材の合間に、本来のカメラマンの仕事もこなさなくてはならず、体が悲鳴をあげ始めていた。

おもしろい仕事なので、ここでやめたくなかった。むしろ、取材は最後までつづけていきたかった。二十二人のクラス全員の取材はとうにあきらめ、タイムカプセルに関わっている「メンバー」に対象を絞り、その過去と現在、そしてタイムカプセルを開くセレモニーをドキュメンタリー風に構成しようと思っている。

そうした場合、残るメンバーは佐々倉文雄、不破勇、大河原修作の三人だ。あまりやりたくないが、彼らを除外するわけにもいかなかった。それに、担任の武田先生も補完的に取材しなくてはならない。当時の大人の目から見たメンバーの人物像と学校の状況を入れることによって、ストーリーをより客観的に構成できるからだ。

その前に気になっていたのは、「ホール」という言葉だった。偶然持ち出した言葉だったが、それを耳にした鶴巻賢太郎がやや過剰な反応を示したと感じている。

他のメンバーが「ホール」という言葉にどういう反応を見せるか、綾香は興味があった。誰が一番聞きやすいかといえば三輪美和で、彼女にタイムカプセルの記念写真を見せてくれと頼めば、すぐに探しだしてくれるだろう。また会えないかとメールを送ると、すぐに承諾の返事があった。

三輪美和と待ち合わせしたのは、前回と同じ新宿のショットバーだった。お酒の前に軽く食事をしようと伝えたのだが、「失恋したので酒でも飲まないとやりきれない」のだという。

約束の六時に現れた美和は、失恋したというわりには元気そうだった。彼女は挨拶もそこそこにビールをグラスで頼み、一気に飲みほした。

「ふわー、うまいなあ」

美和は大きな吐息をつき、口のまわりについた泡を手の甲でぬぐった。「やっぱり失恋の後はビールにかぎるよ」

彼女の性格は十年前と変わっていない。

「いくら女らしくなっても、ヨシカズの内面に変化なしだね」

綾香は笑って、自身のビールを飲んだ。「で、失恋の傷は癒《い》えたの？」

「癒えた癒えた、完全に復活だよ」

「それでこそ、ヨシカズ。安心した」

二人は二杯目のビールの入ったグラスを重ねた。

「十年ぶりの友情の復活を祝って」と美和。

「この前も同じこと、言ってなかったっけ？」

「まあ、いいじゃん。こういうことは何回やってもいいから」

美和が写真を見せてくれたのは、三十分ほどたってからだった。ハンドバッグの中からビニール袋に入った白い包みを取り出し、カウンターの上に置いた。美和は注意深く包みを開いて数枚の写真を出した。

「さあ、どうぞ。順番に見てね」

綾香は残念ながら参加できなかったイベント。そう思うと、仲間はずれにあったような寂しさと悔しさが同時に込み上げてくる。

一枚目の写真は学校の裏庭のようだった。どうやら、タイムカプセルを埋める直前らしい。武田先生がシャベルを持ち、地面を指差している。制服を着た男子と女子生徒が二人ずつ、輪のようになって先生を取り囲んでいる。鶴巻がいないのは、彼が撮影者だからだ。湯浅孝介と富永ユミが体を寄せ合うようにして何か話している。楽しそうにしている二人を見ると、昔のことなのになぜか軽い嫉妬《しっと》心が起こる。

横向きに三輪美和が立ち、シルバーメタリックのタイムカプセルを大事そうに抱きかかえている。そして、カメラに背を向けている太った生徒が佐々倉文雄のようだ。

校舎の背後は、小高い丘になっており、「裏山」と呼ばれていた。太平洋戦争の頃、防空壕がいくつか掘られたといわれ、ところどころに洞穴のようなものがあった。崩落の恐れがあるので、近づくのは禁止されていた。実際、昭和二十年代の後半、中で遊んでいた子供が行方《ゆくえ》不明になるという事件も起きていた。それでも、いたずら盛りの生徒の中には洞穴を探検したと自慢する者もいたが、誰も信じていなかった。亡くなった生徒の亡霊が彷徨《さまよ》っているという噂があったからだ。

二枚目の写真は、穴の中に立つ佐々倉文雄と湯浅孝介だ。すでに掘り終わったのか、二人とも笑顔を浮かべている。穴の深さは佐々倉の胸のあたりだから、九十センチから一メートルくらいではないか。鶴巻がタイムカプセルを手わたそうと腰を屈《かが》めていた。

三枚目はタイムカプセルを埋めた直後の写真で、先生を含めた五人が埋めた後の土を踏み固めているところだ。六人とも満足そうに地面を見つめている。

四枚目はカプセルを埋めた場所をすぐに特定できるように、少し引いた位置から全体を撮影している。校舎の裏側、焼却炉の左数メートル、近くにサクラの木があった。その背後に裏山。

五枚目はカプセルを埋めた場所での記念撮影だ。中央に武田先生が座り、その左に湯浅孝介と富永ユミの正副委員長コンビ。右に鶴巻賢太郎、三輪美和、佐々倉文雄の三人。合計六人だ。

富永ユミが湯浅孝介に寄り添い、その右手が彼の腕にさりげなくまわされている。湯浅はそのことに気づいていないのかもしれないが、写真を見ている綾香は心穏やかではいられなかった。あの場にいられなかった悔しさがまたも胸に込み上げてくる。十年も前のことなのに、こういう感情が湧《わ》き起こるのは不思議だと思う。

「ねえ、みんな、若いよね？」

美和の声に綾香は我に返った。

「うん、そうだね」

「みんな、制服着ちゃって、緊張してる。わたしなんか、ブタみたい」

確かに、あの頃の美和は小太りだったので、綾香はうなずいた。

「あ、ひどい。否定しないなんて」

「だって、自分でそう言ったんじゃないの」

「『そうでもないよ』と言ってほしかったんだよなあ」

「でも、今がよければ、いいじゃない。昔は昔、今は今」

「ありがとう」

二人は笑い合い、また乾杯した。

その時、綾香の脳裏に十年前の中学校のイメージが鮮やかに甦ってきた。夕刻、下校時に西の空を見ると、夕焼けで真っ赤に染まっていた。その夕日を受けて、校舎も染まり、裏山自体の空気も血のように赤くなっているような気がしたものだ。

埼玉県の北東部にあり、茨城県と境を接している町だ。校舎側は斜面が急で裏山に登る道はないが、反対側からなら登山ルートができていた。登山というよりハイキング程度のちっぽけな道だが、丘自体が広く、道がくねくねと曲がっているので、頂上に着いた時、登りきった達成感を味わえるところだった。

綾香自身も両親と一緒に何度か裏山に登ったことがある。展望台からの眺めがよく、北には利根川《とねがわ》が悠然と流れ、南には起伏のない関東平野がえんえんと広がっていた。

「あのさ、美和。『ホール』って知ってる?」

綾香はアルコールが適度に入ったのを見計らって、気になっていた質問を相手にぶつけてみることにした。

美和が驚いたような顔をして、綾香を見た。

「ホール？」

「ホールで何があったの？」

綾香としては、かまをかけてみるつもりでそう言ったのだ。

「どうして、ホールのことを知ってるの？」

美和の顔がこわばっている。

「だって、鶴巻君が話してたから、気になって。わたし、あの時、行けなかったから、何があったのかなと思って」

綾香は話している間、美和の顔が引きつっていくのを感じとった。彼女が聞いていることが、相手の痛いところを突いているのだ。

「鶴巻君、どこまで話した？」

具体的に問い返されると、返答に困った。答え方によっては、相手にはぐらかされる恐れがある。

「一昨日《おととい》、彼の事務所のあるビルを訪ねたの。一階のホールで、わたしがホールのことを口にしたら、彼、ちょっとうろたえたのよ。学校のホールの話が関係してるのかなと思ったんだ」

美和の顔の緊張がにわかに解けるのがわかった。綾香の投げたボールは見当違いのところに当たってしまったようだ。

「そ、そうなの。ホールって、中学校の講堂のこと」

ホールの意味が微妙にずれてしまったのがわかった。つかみかけていた謎が引き潮のように遠のいていくのを感じた。

「わたしもよくわからないんだ」

と言いながら、美和がまた話題をそらしてきた。「それで、綾香の取材はどうなの。ずいぶん進んだんでしょ？」

「うん、まあね。残っているのが、あと佐々倉、不破、大河原といったところかな」

「わあお。たいへんなのが残ってるね。佐々倉が今も学生だって知ってる？」

「ううん、知らない」

「四浪して、今医大の二年、あと四年も行かなくてはならないんだよ」

「うわあ、すごい。医者の跡取りはつらいね」

綾香は太った色白の男子生徒を思い出した。佐々倉内科医院の一人息子。後を継ぐのを期待されていたが、本人はそれほどプレッシャーに思っておらず、授業中もぼんやりしていることが多かった。

「あれから、湯浅孝介と会った？」

美和は次々と別の話題を繰り出してくる。「ホール」の話題を避けたい意図があるような気がするが、思いすごしだろうか。

「一度だけ」

「彼、ユミと付き合ってたの、知ってた？」

「ううん、全然」

そんな話題、孝介とユミと会った時、一度も出なかったことに綾香はショックを受けた。いや、彼女が聞かないかぎり、孝介が話すわけがないと思いなおした。

「大学時代かな。でも、就職して、全然違う職種になって、自然に別れたんじゃないかな」

「ふうん、そうなの」

「気になる？」

美和は綾香の顔をのぞきこむようにした。

「ううん、全然。関係ないよ」

綾香は首を左右に振り、話題を無理やり変えた。「ユミって、今は違う人に夢中なんだもの」

「ええっ。それって、わたしの知ってる人？」

美和が好奇心を露にした。

「中学の仲間はみんな、知ってるよ。ある意味で、すごい有名人だったもの」

「へえ。そんなに有名な人？」

美和は目を丸くした。「誰、それ？」

「不破君よ」

「不破勇。うわあ、懐かしい。誰も見たことがない白馬の王子様。でも、どうしてユミが不破君を？」

「不破君って、小説家なんだ」

ユミの言っていた不破勇が、中学時代の謎のクラスメートと同一人物かどうかは定かでない。しかし、美和にはそう言いきってしまっていいと思った。

「へえ。それはそれは……」

美和はそこで首を傾げた。「でも、どうやってユミは彼と知り合ったんだろう。編集者として近づいたのかな。お父さんも作家だって噂だったから」

「ホールと関係あるのかなあ？」

綾香は再び「ホール」の話を持ち出した。美和のガードが甘くなったところをまた意識的に狙ったのだ。

「そんなことないわよ」

美和は強い調子で否定し、それまでと一転して暗い顔つきになった。

13（十年前）

武田亮二の乗る原付バイクは、利根川の堤《つつみ》を走っていた。赤城颪《あかぎおろし》の寒風を正面からまともに受けて、バイクのスピードは思うように上がらない。三十キロの制限速度のところ、二十キロのゆっくりした速度で走っていた。時々、突風を受けて、五十c.c.のバイクは左右に大きく揺れる。

右に坂東太郎《ばんどうたろう》の異名を持つ利根川が悠然と流れていた。斜面を覆《おお》い尽くす枯れ草が風の流れにしたがって北から南へなびいている。

左に目を転じれば、堤の下には住宅街が広がっている。利根川が増水して堤が決壊することがあれば、たちまちここは水浸《みずびた》しになるだろう。戦後間もなく堤防が決壊し、洪水になったことがある。その時は久喜《くき》や白岡《しらおか》のほうまで水が流れていったという。その後、利根川が相当増水しても持ちこたえられるだけの頑丈《がんじょう》な堤防が造られていた。それでも、昔の洪水を覚えている土地の古老は、台風が来ると怖いと言う。

武田は背広の上からジャンパーを着てチャックを一番上まで閉めたものの、冷たい風はズボンの下から体に忍び入ってくる。

中学三年生の「三者面談」は昨日で終了していた。月曜から木曜までの放課後の教室で、担任教師と生徒とその保護者の三者で進路を相談したのである。やっと終わったが、まだ二人の生徒との面談がすんでいなかった。

一人は不破勇。これはあきらめている。保護者が本人に取り次ごうとしないし、保護者自体、取りつく島もない。だったら、おまえたちで勝手に進路を決めろ。担任の俺はそこまで面倒見きれないからな。「ばかやろう」と叫《さけ》ぶと、たちまち強風が口の中に入ってくる。おおっ、これもストレス解消にいいな。むしゃくしゃした時は、利根川の堤の道を走るにかぎる。

もう一人は大河原修作《おおかわらしゆうさく》。

こっちのほうがまだやりやすい。両親は教育に熱心だし、本人にも意欲がある。成績も悪いわけではない。一学期までは登校していたが、二学期の頭から来ない日が多くなった。本当のところは、担任の彼にもわからない。

本人はいじめと言っているようだが、必ずしもそうとも思えない。おとなしい生徒なので、無視されることをいじめと受け取っている可能性もある。「いじり」。ある意味で「いじめ」より陰湿なこともあるのだが。

利根川の堤から左へ下りる道があった。彼はブレーキを踏み、スピードを制御しながら坂道を下っていった。大河原の家は「堤防が決壊したら、たちまち水浸しになる住宅街」の中にあった。幸いにもそういうことは一度もなかったが、坂を下りて住宅街に入ると、堤防が頭上高く、まさに万里《ばんり》の長城《ちょうじょう》のようにそびえ立つ感じでつづいており、初めて見る者は威圧感を受けるはずだ。

住宅街は十年ほど前に「栗橋ニュータウン」として造成された。都心から電車で一時間程度で通勤可能ということを売り物にして、けっこう人気があったという。町並みはまだニュータウンのイメージを残しているが、似たような外装の木造二階建ての家が連なっているので、どこが大河原の家なのか、なかなかわからない。これまでに二度ほど訪ねているが、そのたびに道に迷ってしまう。

夕刻が近づき、辺りはだんだん薄暗くなりつつあった。明るいうちに何とか大河原の表札を見つけ、二階の部屋の窓明かりを確認してから門のチャイムを押した。

すぐに母親らしき女の声で応答があった。武田が名乗ると、すぐに玄関のドアが開いた。

「まあ、わざわざいらっしゃったんですか。申し訳ありません」

度の強い眼鏡をかけた母親は、かつて小学校の教師をしていたという。体を壊して退職したが、子供の勉強を見てやることが多いという。授業参観日には欠かさず来ていたし、保護者面談にも熱心に参加した。父親も公務員だった。保護者が公務員同士というのも、子供にはプレッシャーになったのか。

いや、同様の家庭は世の中にごまんとあるから、一概《いちがい》にそうと決めつけることはできない。大河原修作は勉強ができるわりに、あまり目立つことはなく、教室の隅に保護色のように沈《しず》んでいるといった印象だ。影が薄いことから「かげろう」などといったあだ名がつけられていることを、武田は把握していた。

四十代半ばくらい、色白で華奢《きゃしゃ》な感じの母親だ。知的で少し神経質そうなところが息子に似ている。

「修作君はいますか？」

「え、はい、おりますが」

「進路について修作君の希望を聞きたいと思いましてね。できれば、お母さんをまじえて」

「はあ……」

母親は重い溜息をついた。

「よろしいでしょうか？」

武田は玄関のドアの隙間から中をのぞいた。

「ちょっとお待ちください。本人に聞いてきますから」

母親はドアを閉めると、二、三分の後《のち》もどってきた。

「本人が会うと申しております。さあ、どうぞ。階段を上がったところが修作の部屋です」

彼女はドアを開けて、武田を家の中に招じ入れた。玄関を入ってすぐのところに階段があり、踊り場はなく二階までそのままつづいている。傾斜はかなり急だ。一階から見上げると、二階の部分は闇に没《ぼっ》していた。二階の天井に明かりはあるのだが、それがまわりに届いていない。

武田は仕方なく階段を上がっていった。手すりがないので、足を滑らせたら、彼の大きな体はまっさかさまに落ち、首が折れて死ぬかもしれない。そんな不吉な思いを抱《いだ》きながら、自然に階段の数をかぞえていた。一、二、三、死……。どうして死なんて文字を思いついたのか。六、七、八……。階段は十三あった。十三。それもまた不吉な数字だ。

　階段を上がると、廊下があり、部屋が三つほどあるようだった。母親に言われたように一番手前の部屋のドアをノックした。応答はないが、彼は「入るぞ」と言って、ドアを開けた。

　六畳《じょう》ほどの洋間だった。思いのほか掃除が行き届いて、清潔そうだった。窓際に机があり、大河原修作が武田に背を向けて本を読んでいる。

「ほう、勉強か。頑張ってるな」

　修作は本を閉じると、椅子《いす》を回転させ、ぎこちなく頭を下げた。小柄で色白、着ているものも黄土色の無地のセーター。この部屋の中にいても、目立たない。彼は母親のように神経質そうな目で武田を見た。

「こんにちは」

　根は素直でいい子なのになあと武田は思った。大河原はクラスのみんなに無視されると訴えていた。両親は「いじめ」だから、学校で何とかしてほしいとたびたび申し入れた。クラスのみんなにいじめているという意識はないのだろう。大河原がおとなしい性格なので、あまり声をかけないということはあるはずだ。それを悪くとってしまっている。武田はそう見ていた。

窓の外に利根川の堤防が見える。暮れていく空の中、それは巨大な城壁のように見えた。

「どうだ、勉強は進んでるのか?」

「はい」

修作は立ち上がると、武田に椅子を勧め、自分はベッドの端にちょこんと腰を下ろした。毛布や布団はきちんとたたんでベッドの足のほうにまとめてあった。

「そうか。そろそろ学校へ来てみないか」

武田は椅子に座り、修作と向き合った。

「ええ、そのうちに」

「そうか。気長に待ってるからな」

あまりプレッシャーにならないよう、武田は静かに言った。ドアにノックがあり、母親が茶菓を持って入ってきた。

「実は先生、修作の進路が決まりました」

母親はカップと皿をデスクに載せると、トレイを持ったまま、息子の隣りに座った。

「ほう、それはどういうことですか?」

「川越の私立高校に何とか入れそうです。業者テストの偏差値がよかったものですから、学校側と面談して、何とか確約をもらったのです」

「ほほう、そうでしたか」

私立高校の中には、学校の内申点を重要視しないところがある。学校間格差があって、例えば同程度の実力の生徒であっても、九教科四十五点満点のところ、A中学では四十五点の満点、B中学では三十五点ということもありうるのだ。公立の高校では、立場上、学校間の学力格差を考慮しないで審査するが、私立高校ではそうした内情を知っているので、多少内申点が悪くても、入学試験の一発、つまり実力で公平に審査するところが多い。

最近の少子化により、どの高校も優秀な生徒を確保しようという思惑があり、三年二学期の業者テストの偏差値を重要な選考資料にしているところもある。大河原の母親はどうやら高校との個人面談により、合格の「確約」、つまり「内定」をもらったにちがいない。

実際、武田のクラスでも、二学期のうちに何人かがそうした方法で早々に内定をとっていた。問題なのは、受験の重圧から解き放たれたそうした生徒は気分が浮ついて、教室の空気をかきみだしかねない。本人には注意するように言うが、なかなかむずかしかった。

例えば、石原綾香のような素直な生徒はその辺をわきまえているので問題はない。しかし、医者の息子の佐々倉文雄は厄介《やっかい》だった。ろくに努力をしないのに、まあまあの成績をとる。授業中も教師の話を聞かず、ゲーム攻略本などを見ているのだ。こんな奴が将来医者になったらどうなるのかと担任の彼は危惧《きぐ》しているが、その佐々倉は医者の子弟の多い私立高校にすでに「内定」を決めていた。そのうちにしっぺ返しがあるだろうと武田は思っている。

大河原修作の「内定」は、意外であった。

「それはよかったですね」

「ええ、こんな状態ですから、ほっとしてるんですよ」

母親は嬉《うれ》しそうだった。「ただ、問題なのは、あまり学校へ行っていないので、その辺の内申点が心配なんです。せっかく内定をもらったのに、高校に裏切られるという例も聞いていますし、うちの子の場合、不登校という事実を高校に伝えていませんからね」

「承知しました。できるだけ配慮はします。でも、たまには学校に出るようにしてください。な、大河原、そうは思わないか？」

武田は修作に声をかけた。「卒業記念のタイムカプセルの計画もあるし、みんなと連絡を取り合っていかないとね。そのうち、学級委員長の湯浅やカプセルのメンバーをここに来させて、おまえを無視したことを謝らせるよ」

「わかりました。じゃあ、楽しみに待ってます」

修作は素直にうなずき、口元にかすかな笑みを浮かべた。

武田は少し安心していた。大河原なら、あの私立高校に行っても大丈夫だろう。学校が変われば、気分も変わり、新たな気持ちで学園生活を楽しむことができるにちがいない。彼の二十数年の教師生活で学んだ職業的な勘だった。

問題は、不破のほうだ。あの親にして、あの子供。

いや、その子供に私は会ったことがなかったんだっけ。

武田は不破のイメージを思い描こうとしたが、どうしてもできなかった。

14

日曜日の朝、石原綾香は東北自動車道を北上していた。

雲一つない快晴。前方に白い雪を頂いた日光《にっこう》連山が見え、それが北へ向かっているのだと実感させる。冷えきった外に比べ、車の中は東からの太陽の光が差しこんできて、ぽかぽかと温かい。

昨夜から今朝にかけて日本列島を猛烈な寒波が襲い、相当に冷えこんでいる。朝のうち、都心でも珍しく霜が降りていた。路上にうっすらと白い膜ができ、通行人の吐く息が白かった。まわりの景色が寒々しく、体の芯《しん》まで冷えこんできた。

午前九時、自宅前に立っていると、すぐ前の路上に白い車が停まった。助手席側のウィンドーがするする下りてきて、白いセーターの男が手を振ってきた。

「待った?」

実を言うと、十分前から待っていたのだ。はやる心で部屋でじっと待っているのがつらく、少し早いと思ったが、玄関前に立っていた。母親に見られたくなかったのだ。

「ううん、今、出てきたばかり」

「じゃあ、行こうか?」

湯浅孝介は車から降りると、綾香の足元に置いてあった写真道具を手に取り、トランクの中に入れた。それから、助手席側のドアを開けると、「さあ、どうぞ」とおどけたように言い、軽く頭を下げた。

「ありがとう」

たった今までの体の冷たさは、孝介と会えたことでどこかへ飛んでいった。彼女はうきうきした気分だったが、極力顔に表さないようにして車に乗りこんだ。

「誘って悪かった？」

「いいや、僕も君をドライブに誘おうと思ってたんだ。お互いの気持ちがぴたりと一致したってわけだね」

「うん」

綾香が「ホール」の話を聞こうと孝介に電話したのは二日前だった。ホールには触れなかったが、会って十年前のことをもっと取材したいと切り出し、話をしているうちに、栗橋に行ったほうが説明が早いんじゃないかと思ったのだ。

「石原、現地の写真を撮るんだろう？」

「そうなんだけど……」

「君が週末暇なら、僕が連れてってやるよ」

そんなわけで、綾香は孝介と一緒に栗橋に向かっているのだ。昔見た景色は変わっていない。高速道路で懐かしい日光連山を見ているうちに、彼女の中の時間が過去へ逆もどりしていくような気がしていた。

あの頃……。

彼女は前年の十二月に県南にある私立女子高の合格内定をもらっていた。業者テストの偏差値を資料に高校側と面談を行った結果、早々に入学を決めていた。今の中学校は生徒の学力を把握していない。中間テストや期末テストだけでは、生徒の本当の実力はわからないのだ。あらかじめ範囲を決められている学校の定期テストの成績がよくても、実力テストが悪い生徒も多い。特に女子生徒の場合、その傾向が顕著だ。

綾香は学校の定期テストの成績はそれほどよくないが、外部の業者テストの出来はよかった。二学期における業者テストの偏差値の結果を高校の個人面談会に持っていき、本人とその保護者、学校の関係者との間で協議する。そして、「あなたの偏差値の平均が当校の基準値に達しているので、それでは入学の確約をしましょう」と言われれば、合格の内定だ。

これをその高校だけを希望する「単願」といい、他の私立高、公立高も並行して受ける「併願」より優遇されるわけだ。学校としても自分のところを希望する優秀な生徒を一般入試の前に確保しておきたいという思惑もある。

いずれにしろ、綾香は二学期末までに入学を決め、晴々とした気分でいた。しかし、他の生徒のいる前で喜びを態度に表すわけにはいかないので、内定のことは先生以外の誰にも話していなかった。親友の三輪美和にさえも。

他にも綾香と同じように「内定」をもらっている生徒もいるはずだが、先生にも高校にも口止めされているので、誰がそうなのか知りようがなかった。

彼女は受験の重圧から解放された喜びに酔っていたのかもしれない。卒業式を間近に控えたある日、自転車事故に遭《あ》い、入院してしまったのだ。その時、彼女は利根川の堤を追い風を背に受け、飛ばしていた。勢いがついたので、両手を自転車のハンドルから離した。相当なスピードが出ていたのだと思う。

左に雄大な利根の河原を見ながら、どこまでも続く土手道を時速三十キロほどのスピードで走っていたのかもしれない。原付バイクに乗った老人がとろとろと走っているのを一気に追い抜いて、さらに気持ちが舞い上がった。

事故があったのは、土手道がゆるやかなカーブを描くところだった。右の上り道から、犬を連れた十歳くらいの男の子がいきなり飛び出してきたのだ。あっと思って、ハンドルに手をもどしたが遅かった。とっさにハンドルを左に切ると、彼女は自転車とともに左の河原のほうへ転がり落ちていった。

「あっ」と叫んだ。

…………

いた。

「どうしたんだよ」

はっとして気づくと、綾香は車の中にいた。運転席の孝介が笑いながら彼女を見て

「夢だったんだ」

彼女は恥ずかしくて、頰《ほお》を両手で包んだ。

「いきなり叫びだすからびっくりするよ。よっぽど怖い夢だったんだね」

昨夜はあまり寝ていなかったし、車が温かくて気持ちがよかったので、つい眠って

しまったようだ。

「わたし、寝ごと、言ってた？　起こしてくれればよかったのに」

せっかく孝介と一緒にいられたというのに。

「あまり気持ちよさそうに寝ていたから、声をかけられなかったよ」

いつの間にか、車は高速道をおりて、一般道に入っていた。「もうすぐ栗橋だ」

「わたし、事故の夢を見てたんだ。利根川のほうに自転車が落ちていく夢」

「ああ、そんなことがあったっけ」

「利根川に落ちて、どこまでも流されていくような気がしたんだ」

「あそこは土手から川までかなりあるから、溺死《できし》することはない」

「その代わり、右足の複雑骨折だったんだ。あれでわたしの中学生活は終わってしまったって感じ」

実際その通りだ。あのまま病院に送られ、長い入院生活がつづく。卒業式はもちろん、タイムカプセルの埋設にも立ち会うことができなかったのだ。

「石原に会えなくて寂しかったよ」

孝介はぽつりと言った。「一度、病院へ行った」

「ほんと？」

「クラスを代表して富永と一緒に見舞いに行ったんだよ」

「ユミと？　全然知らなかった」

「おまえ、ベッドですやすや寝てたから、お母さんに挨拶してそのまま帰ってきた」

「ふうん」

母がそのことを綾香に話したのかどうか記憶になかった。

「今、石原が寝てるのを見て、その時のことを思い出してたよ。あれから十年がたったんだなあって」

綾香はその年の四月に父親の急な転勤で東京へ引っ越した。埼玉県内の高校へは東京から通学したが、最初の頃は松葉杖《まつばづえ》を突いていた。

そんなことを話しているうちに栗橋の町に入り、まず駅へ向かった。駅前はそれほど変わっていなかった。もともと狭いロータリーだったので、あまり発展の余地がないのかもしれない。彼女は車を停めてもらうと、早速《さっそく》持参してきたカメラを出して写真を撮った。

町の中をできるだけゆっくり走り、かつての面影を探し求めた。店舗《てんぽ》は入れ替えが激しいようだが、たまに老舗《しにせ》の和菓子屋が昔のまま残っていたりするのを見ると、綾香は「懐かしい」を連発し、カメラに画像を収めた。瓦《かわら》屋根のたばこ屋には、店番の老婆が十年前からその場にいるかのように座っていた。

狭い駅前通りを軽く流し、踏切をわたって西のほうへ向かった。いよいよ中学校だった。町の北部にある栗橋北中学校は統廃合の対象になり、今は生徒はいない。いずれ取り壊される運命にあるが、まだ解体工事は始まっていないようだった。住宅街を抜けて、田畑がちらほらとあるところに学校はあった。

この辺には珍しい木造二階建ての校舎が十年前と同じ姿で立っていた。タイムスリップして、あの時にもどったかのようだ。

校舎の前に校庭が広がっている。だだっ広い校庭には、一面に雑草が生え、冬場の今はそのすべてが枯れて、よけいに荒廃した印象を受けた。

「タイムカプセルを開くまで、何とかこのままの状態のようだね。整地しちゃったら、どこに埋めたかわからなくなってしまう」

校庭のまわりを二メートルほどの高さのフェンスが囲んでいた。ところどころフェンスは破れ、ビニールの皮膜《ひまく》の剝きだしたところが赤く錆《さ》びている。

湯浅は車を校門のそばで停めた。

校門には鉄製の門がある。門扉は両側から閉まるようになっており、中央を針金で縛りつけられていた。「関係者以外立入禁止」と書かれたプラスチック製の札は斜めにひびが入り、結びつけた針金から落ちかけていた。

孝介は門扉を飛び越えると、針金をはずし、門扉を外に向かって押した。レールの上を門扉の車輪が動くようになっているが、錆びているせいか動きが悪い。それでも、何とか右側の門扉を端まで動かした。

「さあ、どうぞ」

彼が手を差し出したので、綾香は左手を出した。彼女は右肩に撮影機材の入ったバッグを下げ、彼のあとをついていった。

門扉のレールを足で踏み越えた時、彼女の体を電流に触れた時のような痺《しび》れが走った。まるでそこに見えない時間のバリアがあって、通過した瞬間、十年前にタイムスリップしたような気がした。

「ようこそ、栗橋北中学校へ」

過去からの声が校庭の上空に渦巻いているようだ。耳をすますと、音楽室からピアノの音が聞こえてきた。授業が終わり、机や椅子を動かす音。講堂から放課後の部活動に励む柔道部の気合の声。テニス部の女子の甲高《かんだか》い声、校庭を走る陸上部員の掛け声……。校舎のほうからさまざまな音がいっしょくたになって、彼女のほうへ流れてきた。ステレオ装置があちこちに仕掛けられているかのような不思議な感覚。様々な音が耳元にわあんと反響し、異次元の世界にタイムスリップしている浮遊感覚。

「ああ、懐かしいなあ」

今まで味わったことのない感動が彼女の体を包みこんだ。この中学校に入学したのは、父親の転勤の関係で二年の二学期のはじめだった。それから約一年半、ここで学び、遊んだ。楽しい記憶のほうが多い。しかし、楽しい思い出は長くつづかなかった。

卒業前に自分の不注意とはいえ、あんな形で中学校生活を終わらせてしまった悔しさが込み上げてきた。他の生徒より先に高校内定を決め、舞い上がっていた自分を制御できなかった愚かさ。卒業式もタイムカプセルの埋設も見ないまま栗橋の町を出て、そのまま十年がすぎた。

中途半端な中学校生活。不完全燃焼。突然の自転車事故で記憶が途切れ、一部あいまいなところがある。

感動の後だけに悔しさ、空しさが彼女を長く苦しめた。

「どうしたの？」

孝介に肩を叩かれ、彼女は我に返った。

「ああ、ごめん」

無意識のうちに流れた涙をコートの袖《そで》で拭《ぬぐ》い、校舎に目を向けた。涙に滲《にじ》み、少し歪んだ木造建築物――。孝介はそんな彼女の反応を感動から来ているものと思ったようだ。

「そりゃ、懐かしいよなあ。僕だってそうさ。学校自体もあとちょっとでなくなってしまうし……」

彼は声を途切らせた。

綾香はカメラを校舎に向けた。ファインダーを通して見る風景は、表面的には十年前のそれと同じだったが、セピア色に彩色されたようにやや色褪《いろあ》せて見えた。十年間の埃が時間のベールのように、うっすらと校舎に被せられているのだ。

授業時間の合間、その日の日直当番が黒板拭きを二つ持って、窓から叩く。チョークの白い粉が風に乗って各教室から流れてくる。それがすっぽり校舎全体を包んでいるようにも見えた。校舎の裏山から吹き下ろしてくる冷たい風もそのベールを払うことはできず、荒涼とした印象を付け加えていた。

「あれ、講堂がなくなっている」

校舎の左手にあったはずの講堂が消えていた。

「あの頃だって、かなり古かったからなあ。取り壊されたんだろう」

孝介の説明に納得しながら、彼女はシャッターを連続で切った。

風になびく枯れ草の中に、踏み分けてできたような一筋の道があった。注意して見ると、それは校舎のほうへ向かっているようだ。

「僕たちの前に誰か来ているようだな」

孝介が言った。「しかも、ここ数日の間だな」

「工事関係者かしら。それとも、子供？」

「さあ、それはどうかな。廃墟ブームってのがあるからな。深夜、廃墟に忍びこむ若者がいるらしい」

「物好きね」

「でも……」

彼はまた言葉を切った。「集団でここに来たら、もっと草が寝ているはずだ」

「これ、けものみち？」

「いや、違うな。人間が作った道だよ。そんなに多くはない」

ここへ来たのは、一人か二人の少人数ということか。

「おまえ、今日一人で来なくてよかったな。誰かに襲われたら危ない」

彼女も確かにそう思う。物好きな女カメラマンが一人でここにいて撮影していた時、よからぬ考えを持つ人間に襲われたら、助けを求めても誰も来ないだろう。

学校の敷地の周囲は畑が多く、人家はまばらだった。駅の近くは住宅街になっているが、ここまでは開発の波が押し寄せていないのだ。バブルの時は、家が建てばすぐに人が入居していたが、バブルが弾け、都心のほうに人々の関心が向くようになってからは、学校周辺の住宅建設はやんでいた。

見捨てられた郊外。廃校となった中学校がすべてを象徴しているようだ。

綾香は夢中になって撮影した。今度の仕事はかなり充実したものになる予感があった。過去、たった十年前の過去。それと現在の対比。胸がわくわくしてきた。

またしても、過去の幻影が彼女の脳裏にふわっと浮かんだ。


中学三年、最後の運動会――。

各学年二クラスだったので、応援合戦が真っ二つに分かれて大騒ぎだった。クラス対抗リレーは男女混合で男女からそれぞれ三人ずつ選ばれ、合計六人で争われた。不思議なことに、足の遅い綾香が選ばれたのだが、今もってなぜなのかわからない。

走る距離はそれぞれ一周二百メートル。男女の順番はチームにゆだねられている。極端な話、最初に女子三人をもってきてもいいし、男女を交互に並べてもいい。A組の男子とB組の女子が最初にぶつかってもいい。そのあたりの駆け引きのおもしろさで人気があった。

A組のトップは富永ユミ、四番手に綾香、アンカーが湯浅孝介だった。

富永ユミはカモシカのように長い足を生かしてB組の先頭の男子に大差をつけた。綾香の前の三番手まで一位の座は揺るがないと思われたが、綾香がブレーキになった。一生懸命走っているつもりだったが、半分ほどで息が上がり、B組に抜かれてしまったのだ。

五番手で少し挽回《ばんかい》したが、敗色濃厚だった時にアンカーの孝介が抜群のスピードを出して、最後のコーナーでB組のアンカーを抜いて、トップでゴールのテープを切ったのだ。喜ぶA組の中で、綾香は一人喜べなかった。孝介とユミが手を取り合って喜んでいるのを見て、ますます気が滅入《めい》ってしまった。

………

苦い記憶が胸に込み上げ、急に悲しくなった。

ファインダーの中の景色が歪んでいる。いや、涙で曇ってしまったのだ。

彼女の意識は再び現実にもどった。カメラを下ろした時、自分が静寂な空気の中にひとりたたずんでいるのを意識した。それから、孝介の姿が見あたらないことに気づいた。

「ねえ、湯浅君」

応答がない。木造二階建ての校舎が目前に威圧するように迫っていた。中央の昇降口が大きく開かれている。下駄箱《げたばこ》が三列、その間にわたり板が敷かれているが、埃がうっすら白く積もっていた。

コンクリートの段を上がり、昇降口の前に立った。風が校舎の裏側に吹きつけ、その隙間風が笛のような音を立てている。ああいう音を何と言ったっけ。もうすぐ死ぬ人が苦しい息の下で呼吸している音。断末魔の……。

「湯浅君」

綾香はもう一度声をかけた。どうしちゃったんだろう。不安感が津波のように一気に押し寄せてきた。彼女は靴《くつ》を履《は》いたままわたり板に上がり、そのまま校舎の中に入った。電気は切られているが、明かりは外から入ってきているので、そんなに暗くはなかった。

木の段を三段上がると、廊下だった。廊下の奥に階段があり、踊り場を経て二階へ上がっている。踊り場の壁に古い額が大きく傾いたまま掛かっている。

覚えている。あの人、わたしがこの学校にいた時も掛かっていた。太平洋戦争後、新しい学校制度ができて初めての校長という話だった。名前は……。

階段の右側に裏口の戸があった。そこを開ければ、裏山のほうへ出られるはずだった。彼女は埃のついている廊下を越えて、裏口の戸を開けた。その途端、勢いよく風が吹きこんできた。

その時、彼女はいきなり肩をつかまれた。きゃっと悲鳴をあげ、逃げようとすると、肩に力が加わり、彼女の体がくるりと回転した。

彼女の目の前に孝介が立っていた。彼の手が綾香の両肩を持ち、彼女の目をじっと見つめている。そのまましばらく二人は黙っていた。孝介がやがて口を開きかけた。

「僕さ、おまえが……」

急に息苦しさを覚え、綾香は孝介の胸を押した。

「びっくりさせないでよ。心臓が止まるかと思った」

孝介は夢から覚めたように、気まずい顔をしていた。それから、焼却炉のほうへ歩いていった。

「石原、覚えてる？　僕たち、ここで転んじゃってさ」

彼は焼却炉の手前で立ち止まった。「僕がバランスを崩して、君を巻きこんじゃったんだ」

彼が苦笑いした。

「湯浅君が倒れかかってきたから、わたしもバランスを崩しちゃったのよ。あれ、わざとやったの？」

「違う。勢いで抱き合う形になっちゃったんだ。わざとやったんじゃない」

ごみ箱が飛んで、中身が散乱した。ちり紙、鉛筆かす、わら半紙を丸めたもの、すり切れた濡《ぬ》れ雑巾《ぞうきん》が彼女の体に降りかかってきた。そのイメージが脳裏に鮮烈に甦った。

「みんなが見てるから、わたし、離れたかったのに、湯浅君は力が強くて離してくれなかった。あれもわざと？」

今になって、どうしてこんなことを言うのだろう。ずっと忘れていたことが細部に至るまで鮮明に思い出されたのだ。

「僕、動きたくなくなっちゃったんだ」

「なぜ？」

「受験の重圧に耐えられなくなって」

「答えになってない」

急にばかばかしくなって、彼女は笑いだした。

「あの時、変な噂がたって、わたし、困っちゃった」

「僕も富永に問い詰められたよ」

「ユミに？」

「放課後、校舎の裏に呼び出されて、『湯浅君は石原が好きなんでしょう』って」

それは初耳だった。

「それで、湯浅君は何て答えたの？」

「それがよく覚えてないんだ。ずいぶん昔のことだから」

「あ、ずるいの。たった十年前のことなのに」

「その十年が僕らには長いんだよ。その間にいろいろなことを経験したからな」

「ふうん」

「頭のこの辺がずきずきして、思い出せないんだよ」

孝介は舌をぺろりと出して、焼却炉のほうへ歩きだした。綾香は二人の間に距離ができたが、逆に心の距離は近づいたような気がしていた。急にうきうきして、またカメラをかまえた。

鋳鉄《ちゆうてつ》製《せい》の巨大な焼却炉に近づき表面に触れる孝介、蓋を開けて中をのぞきこむ孝介。蓋を閉めて彼女に向かってVサインをつくる孝介……。

「焼却炉の中に何か入ってた？」

綾香はシャッターを押しながら問いかけた。

「いや、何も」

彼女はカメラを下ろすと、焼却炉に近づいた。校舎によって日陰になっているので、足元の土は凍結している。日があたっているところだけ、表面が溶け始めて黒々としていた。

焼却炉本体に触れると、外気より冷えているように感じられた。廃校になってから使用されていないので、表面に錆のようなものが浮きだしている。ゴミの投入口の下にアルミの梯子段《はしごだん》のようなものがあり、身長の低い生徒にもゴミ箱の中身をあけられるように配慮してあった。

彼女は段を上がり、蓋を開けてみた。中は真っ暗で、使われなくなって時間がたつのに、焦《こ》げ臭《くさ》いにおいを含んだ空気が彼女のほうに流れてきた。

「焼却炉の中、けっこう温かいのね。変だと思わない？」

高さは二メートルはあるだろう。煙突が一本突き出し、雨よけのためなのか笠《かさ》のようなものが上についている。その裏側は煤《すす》で真っ黒だった。

「僕たちが入学する何年か前に、誤って落ちた生徒がいたらしいよ」

「死んだの？」

「ううん、まだ燃やす前だったし、ゴミがクッションになって怪我一つしなかったらしい」

「でも、燃えてる時、ここに落ちたら助からないよね？　誰か知らないうちにいなくなった生徒って、いないのかしら」

「さあね」

孝介が校舎の裏口のほうへもどりだしたので、綾香は慌てて蓋を閉めた。閉まる寸前、「たすけて」と呼ぶ声が聞こえたような気がした。

どーんと重い音を立てて蓋が閉まり、黒い細かい煤がぱあっと辺りに散った。

「ねえ、タイムカプセルを埋めたのはどこ？」

「あっちだよ」

孝介は裏山の手前を指差した。裏山というより小高い丘といったほうが正確な表現だろう。高さからいえば、利根川の土手のほうが高いかもしれない。しかし、学校の裏手にはツバキのような常緑樹が密生しており、登ることはできなかった。

戦時中は防空壕があり、敵機が来襲した時などは住民たちはここに身を隠したというが、防空壕が崩れる危険性があるので、戦後すぐ立入禁止になっている。その間に雑木《ざつぼく》が自然に増えて、ますます入りにくくなっていた。

防空壕は昔は外からも見えたというが、今は林の陰になっていて、確認することはできなかった。

孝介が向かったのは、裏庭のはずれだ。

「焼却炉から校舎に平行に線を引く。一歩、二歩、三歩、死、誤、六、七、八、九、十歩。右に曲がって一、二、三歩」

孝介が声をあげながら正確な歩幅で進んでいく。

「よく覚えてるのね」

「僕が考えたからね。ぶつかったところの丸い石……」

呪文のように唱える孝介の背中に綾香は声をかけた。

「あの時、何があったのか、教えて」

綾香はそう言ってカメラのファインダーをのぞいた。

…………

15（十年前）

「焼却炉から校舎に平行に線を引く。一歩、二歩、三歩、死、誤、六、七、八、九、十歩。右に曲がって一、二、三歩……」

孝介は声に出しながら正確な歩幅で進んでいった。その右手にはスコップが握られている。

「そんなことしてたら、十年後忘れてしまうんじゃないか。身長が伸びたら、歩幅も違ってくるしさ」

タイムカプセルを持った鶴巻賢太郎が不満そうに湯浅孝介に声をかける。「もっと簡単明瞭《めいりょう》にしたほうがいいよ。目印となる木を決めて、その根元に埋《う》めるとかさ。忘れちゃったら、何にもならない」

「じゃあ、その木が枯れたらどうする？」

「丈夫そうな木を選べば大丈夫さ」

鶴巻はサクラの大木を指差した。「あの木は戦前からあるんだってさ。枯れるとは思えないんだけどな」

「玉沢《たまざわ》さんの話だと、このサクラは花の時期はきれいだけど、夏の毛虫と秋の落葉はたいへんなんだってさ。処分される可能性がある」

「焼却炉が壊されたら？」

「さあ、そんなことを気にしてたら、埋めることもできないよ」

「だったら、サクラの下でもいいじゃないか」

鶴巻は文句たらたらだった。

「じゃあ、多数決にしようよ」

孝介は立ち止まって、みんなをふり返った。「僕に賛成するか、鶴巻の言うようにサクラの下にするか」

その場にいるのは、タイムカプセル計画に参加しているメンバーたちだった。湯浅孝介、鶴巻賢太郎、富永ユミ、三輪美和、佐々倉文雄の五人。不参加は入院中の石原綾香、それから不登校の不破と大河原。担任の武田先生は卒業式の後の残務整理があるので、まだここにはいなかった。

卒業式が終わってからまだ一時間もたっていない。校庭には送りだす側の在校生や名残を惜しむ卒業生やその保護者たちがかなり残っており、その楽しげな声が裏庭まで伝わってきていた。

「じゃあ、僕の意見に賛成の人」

孝介が声をかけると、富永ユミが真っ先に手を挙げた。それを見て三輪美和が「オレも混ぜて」と同調する。すでに勝敗は決していた。

「これで僕を入れて三人だな。佐々倉はどうする？」

孝介は態度を決めかねていたというより、考えごとをしている佐々倉文雄を見た。

「あ、俺か」

太り気味の佐々倉は、億劫《おつくう》そうに手を挙げた。佐々倉は医師の子弟が多いことで知られる全寮制の私立高校に進学が決まっていた。「奴の学力でよくそこに入れたな」とか「親が裏金を使って入れたんだ」といった心ない噂が流れていたが、本人はまったく気にしているふうもない。入ってしまえばこっちのものだし、中学を卒業したら、この連中とも付き合いがなくなるのだからなと割り切っているのかもしれなかった。

「じゃあ、四人が賛成だ」

孝介は満足げにうなずいた。

「わかった。僕の負けだ」

鶴巻は悔しそうに敗北宣言をしたが、いやみを付け加えるのを忘れなかった。「でも、僕は知らないぞ。埋めた場所がわからなくなってもな」

孝介はそれを軽く聞き流すと、メンバーたちにうなずき、「じゃあ、つづきをやるぞ」と言った。

彼は最初からもう一度数えなおし、わかりやすい数字を並べながら、埋設地点まで達すると、地面にスコップを突き刺した。しかし、皮肉なことに、その近くにサクラの大木があったのだ。

「なんだ、俺の言うとおりになったじゃないか」

負けたはずの鶴巻が、タイムカプセルの「埋設」地点がサクラから十歩程度の位置に決まった時、元気を取りもどした。鶴巻が念のためにかぞえてみると、十三歩だった。

「これで二人とも仲良くね。めでたし、めでたし」

三輪美和がすかさず茶々を入れた。「湯浅君の呪文を忘れたら、鶴巻君のことを思い出せばいいんだね。サクラから右に十三歩って」

険悪になりかけた空気が少しやわらいだその時だった。どこからか「ねえ、みんな、待ってよ」という声が聞こえてきたのだ。

五人の体が一瞬にして凍りついた。長く厳しい冬をすぎ、三月を迎え、春の気配が漂いはじめていた。木々の枝はまだ芽吹いていないが、木の中で春の準備をしているのがわかった。

その瞬間、晴れがましい日の記憶が吹き飛び、酷寒の冬に逆もどりしたかのようだった。校舎の表側の歓声が跡絶《とだ》え、氷のような沈黙が辺りを支配した。

五人は困惑気味に顔を見合わせた。無理に封じこんでいた記憶が傷口から膿《うみ》が出るようにあふれだした。

また声がした。今度は違う声だ。

「おーい、おまえたち。どこにいるんだ?」

「武田先生だよ」

三輪美和が沈黙を破り、甲高《かんだか》い声で叫んだ。「先生、こっちこっち」

校舎の裏口から担任の武田が姿を現し、五人の卒業生を見つけて手を振った。裏庭には他にも保護者が一人、二年生のゴミ当番が二人いて、何ごとが起きたのかといった目で彼らを見ていた。

「おまえたちだけでやるつもりだったのか？」

武田先生が息を切らせてやって来た。肥満気味の彼は、こんなに寒い時でも汗をかいている。卒業式の間もずっとタオルを手離さず、講堂の熱気にたびたび汗をふいていた。もっとも、彼は教師として保護者の受けはよく、受験の指導がよかったともっぱらの評判だった。何か問題が起これば、愛用の原付バイクで何度もその家庭に足を運ぶ、熱心な教師だ。今回の受験ではA組で公立高校に二人落ちたが、滑《すべ》り止《ど》めにしていた私立高校に何とかすくってもらった。長期で休んでいる生徒宅にも足しげく通い、私立の高校に入れている。一人だけ、進学しない不破勇という例外はあったが。

保護者の目には武田が感動のあまり涙していると映ったことだろう。

武田はズボンのポケットから青いハンドタオルを取り出し、顔にうっすらと浮いた汗を拭《ぬぐ》った。

「私も一口乗ってるんだから、声をかけてくれてもいいのになあ。おまえらは薄情だ」

武田はそう言いながら笑った。

「先生が忙しそうなので、声をかけられなかったんです」

富永ユミがすかさず弁解する。

「わかってる、わかってるって」

武田は左手に大きなビニール袋を持っていた。「間に合わなかったら、これ、タイムカプセルに入れられないからな」

「何ですか、先生？」

三輪美和が聞いた。

「頼まれものだよ。石原と不破と大河原の三人分だね」

武田は大きな茶封筒とピンク色の封筒、白い封筒を頭上に掲げた。

「そのピンク色のが綾香のですね？」

「ああ、昨日病院からもらってきた。彼女の手紙は封筒の中に二通入ってるらしい」

「へぇ、誰宛ですか？」

美和が先生の封筒をのぞきこもうとした。

「一通は十年後の自分宛、もう一通は何も書かれていない」

「ふうん。その大きな封筒は何ですか？」

好奇心の旺盛な美和は、質問を繰り返す。

「小説だよ」

「小説？　誰が書いたんですか？」

「不破さ」

「あいつ、本気だったんだ」

鶴巻が呆れたように言った。

「そんなに分厚いもの、カプセルに入るのかしら」

富永ユミが鶴巻の抱えている銀色の容器を見た。「鶴巻君、それ開けてみてくれない？」

鶴巻は仕方がないなとぼやきながら、容器を地面に置くと、学生服の内ポケットからレンチを取り出した。容器は平らなほうが下部になり、そのままでも立つようになっている。蓋の部分はちょうど天文台のドームのような形状をしていて、六角ネジで留められるようになっている。

鶴巻はレンチで器用に四つのネジをはずし、蓋を開けた。中は直径二十センチ、高さは蓋を含めて約四十センチほどだ。

「封筒を丸めれば大丈夫だ」

鶴巻は容器に手を入れ、中を手でさわりながら言った。「他に誰かもっとかさばるのを入れたい者はいないかな？」

「わたしは手紙よ」

富永ユミが言うと、三輪美和も「オレも手紙」とつづいた。

「湯浅と佐々倉は何だい？」と鶴巻。

「僕も手紙だな」

孝介は佐々倉を見た。

「俺はメダルと詩だ」

佐々倉がおよそ似合わないものを言ったので、その場の全員が爆笑し、雰囲気が一気になごんだ。

「おまえが作った詩？」

「ああ、悪いか」

佐々倉は憮然《ぶぜん》として学生服の脇ポケットに無造作に突っこんであった小さなノートを出した。「愛と友情をうたった詩だ」

ここで武田が言葉を挟んだ。

「おまえたち、佐々倉を笑うけど、十年たったら、佐々倉も研修医になってるかもしれないぞ。医者のたまごだよ」

「まさかあ」

と美和が言うと、再びどっと笑いが起きた。佐々倉はちぇっと舌打ちした。

「それから、大河原からの預かり物がある。彼のお父さんがさっき卒業証書とアルバムを受け取りにきてね。その時に託《たく》されたんだ。封筒に筒のようなものが入ってるな」

先生がB4サイズくらいの茶封筒を出した。「じゃあ、みんなの持ってきたものをカプセルに入れてみないか。埋める前に全部入らなかったらどうしようもないからな」

それぞれが持ち寄った手紙、あるいは創作ノート、封筒などが先生の手によって大きめのビニール袋に詰められカプセルの中に入れられた。

「OKだな。不破の小説がちょっとかさばるけど、それでかえって隙間なく入るようだ」

「先生は何を入れたんですか？」

湯浅孝介が言うと、先生はふふんと鼻を鳴らした。

「内緒だ」

「へそくりだったりして」

美和がすかさず茶々を入れた。

「まあ、好きに想像してくれ。十年後、私が生きてるかどうかわからないが、もしそんな時は私を思い出してくれ」

「わあ、先生。死んじゃうんですか。悲しい」と美和。

「ばか、私を殺すなよ。例えばの話だ」

「みんな、静かに」

その時、ユミが手を叩いた。「じゃあ、これからカプセルを閉じます。鶴巻君、あとをお願いね」

鶴巻はうなずくと、地面に置いていた銀色の容器の中に乾燥剤と酸化防止剤の入った小袋を詰め、蓋を閉めた。蓋の四ヵ所の六角ネジをレンチで締め、軽く振ったが、容器いっぱいに入っているためか音はしなかった。

それを見てから、湯浅孝介がスコップで地面に大雑把《おおざっぱ》な円を描いた。

「先生、こんな感じでどうでしょう?」

「よし、いいぞ。じゃあ、男子が交替で穴を掘るんだ」

武田の号令とともに、最初に湯浅孝介が掘りだした。地面はやわらかく、それほど苦労することはなかった。それから、鶴巻賢太郎、佐々倉文雄が交替で掘って、十五分後には深さ一メートル、直径一メートルほどの大きさの穴ができた。

タイムカプセルの設置は、湯浅孝介と佐々倉が担当した。彼は穴に入ると、鶴巻から容器を受け取り、まっすぐに立つように置いた。

「じゃあ、全員で埋めよう」

穴のそばに掘ってできた土の山があった。それを一人一人が交替でスコップですくい、柩《ひつぎ》に土をかぶせる要領で穴を埋めていく。共同でやったという充実感が生徒たちの中に生まれてきた。カプセルの分だけ土が盛り上がっているので、それを先生が上からスコップで強く叩いて平たくし、さらに上から足で踏み固めた。

「先生、そんなに強く踏んだら、カプセルに失礼だと思うんですけど」

美和が声をかけた。

「いいんだよ。お墓じゃないんだから」

鶴巻が言った。

「ようし、みんな」

先生は手を叩くと、真面目な顔をして宣言した。

「それでは、みんな。十年後、ここで会おう」

「みなさん、記念写真を撮りましょう」

たまたま近くにいた保護者らしき人から声がかかったので、鶴巻はその人にカメラをわたした。埋設場所の前でこの企画に関わった生徒と先生が並ぶと、撮影者が声をかけた。

「はい、二足す二は?」

「しー」と言って、みんなが口元に笑みを浮かべた。

その瞬間、シャッター音がした。それに被さるように「嘘つき」という声が聞こえた。裏返って少し甲高くなった声。

「おい、今の誰が言った」

武田先生が言って、けげんそうに生徒たちを見た。

………

16

「ここだよ」

湯浅孝介が裏庭のある地点に立ち止まり、靴で地面に直径一メートルほどの円を描いていた。「ここにタイムカプセルを埋《う》めたんだ」

「間違いないの？」

綾香は孝介をファインダーにとらえながら彼に近づいていった。

「焼却炉を起点にして数えれば間違えることはないよ。鶴巻のやり方をしたら、たぶん場所がわからなくなっていた」

「どうして？」

「気づかないか？」

綾香が周囲を見まわした時、違和感をおぼえた。それが何に起因するのか、はっきりしないのだが、彼女の記憶にある裏庭と今見ているそれは、明らかにどこかが違っていた。三輪美和に見せてもらった写真は、デジカメで複写しておいた。バッグにデジカメがしまってあるので、それを取り出してみればはっきりするのだろうが、できればその前に自分の頭で答えを出したい。

「じゃあ、ヒントを出すよ。鶴巻のやり方でわからないのは、起点がないからだ」

孝介はにやりとして言った。

「あっ、そうか。わかった。サクラの木ね？」

　十年前にあったサクラの木がなくなっていたのだ。その分、庭が広くなり、いくぶん明るいような気がした。サクラの痕跡はこの世から完全に消されていた。

「木が枯れたのか、それとも撤去されたのか、わからないけどね」

「じゃあ、タイムカプセルをオープンする時が楽しみね」

「そうだね。鶴巻の顔が見てみたいよ」

　孝介が地面を靴の先で蹴った。「ずいぶん固いな。あの時はすごくやわらかかったんだ」

「ふうん」

　その場に立ち会えなかった悔しさ、仲間はずれにされたような悲しさが綾香の胸のうちにまた湧《わ》いた。

「あの時の集合写真、ヨシカズに見せてもらったけど」

　綾香はカメラバッグの中に突っこんでいたデジカメを取り出した。「これはみんなが映ってる写真。みんなの後ろのほうに変なものが映ってるんだけど、何かしら？」

　差し出したデジカメの画像には確かに白いものが映っている。人の顔と言われればそうも見えるし、汚れと言われればそのようにも見える。

　孝介は首をひねりながら見ている。綾香はさらに画像をアップにしていくが、アップにしていけばいくほど画像が粗くなり、ただの煙のように見えてくる。

「心霊写真みたいでしょ？」

「そうかなあ。カメラの汚れとか、ネガについた傷とか、そんなものじゃないかな」

孝介は興味なさそうにデジカメから目を離した。「そろそろここを出ようか」

「ねえ、お願いがあるのだけど」

「何？」

「もう少し、わたしの取材に付き合ってほしいの。十年前の同級生の過去と現在が今度のテーマなんだけど、タイムカプセルに関わった人全員に取材しないと、意味がないでしょ？　でも、不破君たちの連絡先がわからないの。彼らが昔住んでたところ、湯浅君は知ってる？」

「ああ、一度行った記憶があるよ。クラスの代表として、富永と行ったことがある。学校へ出てこないかって」

「会えた？」

「全然だめだったね」

「行ってみない？」

「不破の家は、高台の上にあるから、すぐにわかるよ」

「大河原君の家は？」

「堤防の近くだったと思う。先生に行ってこいと言われたけど、富永が行く気しないって言うから、結局、行きそびれちゃった」

栗橋は都心から電車で一時間とちょっとの距離で、通勤通学圏内でないことはないが、就職とともに家を出て東京で独り暮らしをする者も多かった。偶然にも、これまで取材してきた湯浅孝介、富永ユミ、鶴巻賢太郎、三輪美和は都会で暮らしていた。

二人が向かったのは、不破勇の家だった。中学校の裏山は利根川のほうに向かって北へ横長に延びていたが、山の北端にその家がある。孝介が小学生の頃は、探検と称して男子児童はグループでその家を目指したという。その頃は、不破家が引っ越してくる前で、空き家だった。

その丘の上にある家の前に立つと、利根川の雄大な流れが見えたし、晴れた日には、東に筑波山《つくばさん》、北には日光連山、赤城《あかぎ》、榛名《はるな》、妙義山《みょうぎさん》、南に秩父《ちちぶ》連山から富士山《ふじさん》が連なる大パノラマが楽しめた。

昭和の初期に絹織物業で財を成した実業家の洋館だったが、その没落とともに家も荒廃していた。しばらく空き家の状態がつづいていたが、その家に三年の二学期から入ったのが不破家だった。

「不破は前の中学でも不登校だったらしい」

「こっちへ来てからも、一度も来なかったよね？」

「武田先生でさえ、会っていないかもしれない」

車は中学校から裏山を周回する道路に出て、道を北上した。まわりに人家はまばらで、茶褐色《ちゃかっしょく》の乾いた地肌を見せる田圃《たんぼ》が延々とつづいていた。

「会ったことがあるのは誰？」と綾香《あやか》。

「校長もあやしいんじゃないか」

「あの頃、不破君が実在の人物なのかどうかクラスで話題になったわよね？　架空の人物じゃないかって」

綾香は言った。「わたし、不破君の存在自体を疑ったわよ」

「いや、実在しなかったら、学校が転校を認めるわけがない。町役場に不破家の転入届が出てなければ、転校すること自体、不可能だよ。だから、不破勇は実在したんだ」

「不破君のお父さん、作家って噂だったよね？」

「ああ、そうだった。でも、その人が書いたという本、一度も見たことがないのが謎《なぞ》だった」

「ペンネームを使っていれば、わからないわよ」

「まあ、そうだけど、実のところは疑わしい」

「実はね」

綾香はそれまで黙っていたことを切り出した。「ユミが編集者ということを知ってるわよね？」

「うん、知ってる」

「彼女が担当している作家に不破勇という名前の作家がいるの」

「あの不破勇？」

「それがよくわからないの。ユミはそれとなくほのめかしているだけで。たぶん、作家の存在をミステリアスにしたいと思ってるのよ」

「だから、君は不破を確かめたかったのか？」

「今回の一番の目的はそれだったかもしれない」

「でも、たまたま同姓同名か、同じペンネームなのかもしれない」

「どっちにしても、確かめる必要があると思わない？」

車は裏山の北端に達し、そこから山道に入った。ハイキング道の入口は南端にあったが、北端のこっち側は私有地の入口になる。車がやっと一台通れる程度の未舗装の道だ。上がる道の手前に立て看板があった。

「百メートル先より私有地につき無断で立ち入ることを禁ず。土地所有者」

土地所有者とあるだけで、その名前は記されていない。木の看板自体、立てられてから相当な年月がたっているとみえ、左に大きく傾《かし》いでいた。地面に突き刺した部分は腐食して、今にも倒れてしまいそうだ。

「車で上がれるところまで、行ってみるしかないな」

孝介がアクセルを踏みこむと、タイヤが砂利をはね、粒子の粗い埃が舞った。「武田先生がバイクで何度か訪ねたって言ってたのを思い出したよ」

「大きな山でもないのに、ずいぶん奥深い気がするわ」

道は落葉樹の雑木林の中を進んでいく。山肌に沿った道を徐々に高度を上げていくので、思ったより時間はかかった。そのうちに前方に二階建ての家が見えてきた。まさに洋館という感じだ。山の上に大きな空き地があり、百c.c.くらいのバイクがぽつんと停《と》まっていた。ナンバーがないので、廃車になっているのかもしれない。

孝介は道が終わり、広い空き地に出たところで車を停めた。空き地の向こうに門があり、門扉は開かれていた。山の上には、風を遮《さえぎ》るものはなく、北からの風がそのまま強く吹きつけていた。車を降りた綾香は思わず、コートの襟《えり》を立て、一番上の飾りボタンをとめた。孝介も着ているコートのチャックを上まで閉めつけた。

洋館は風の吹きさらしのところに立っている。建物の後方に風除けの木が何本か植えられているが、枯れてしまったのか、それとも単に葉を落としているのか。荒涼とした風景にカメラマンとして引かれるものがあったので、彼女は何回かシャッターを押した。

「誰も住んでないんじゃない？」

「とりあえず、呼び出してみよう」

孝介が家に向かって歩きだしたので、綾香は撮影をやめて彼についていった。玄関前の車まわしはコンクリートで固められているが、今は蜘蛛《くも》の巣状のひび割れができて、ひびの間にぺんぺん草のような雑草が生えている。

家自体も離れて見れば魅力的な洋館に映るが、近くに寄るほど建物の粗《あら》が見えてくる。煉瓦《れんが》の表面は風雨にさらされ、全体的に腐ったサーモンのような薄ピンク色に変色していた。

一、二、惨《さん》、死《し》……。
煉瓦の階段が五段。二人はポーチに立つと、顔を見合わせた。ドアは一枚板の豪華なものだったようだが、長い歳月、日にさらされて白茶けた色になり、縦に走る大きな亀裂がいくつかあった。

ドアの脇にチャイムはついていなかった。真鍮《しんちゅう》のライオンのドア叩きはところどころが剝《は》げて、鈍《にぶ》い金色と灰色がまだらになっている。

絹織物業者の豪邸も今は崩壊間近の廃墟《はいきょ》のようだ。

孝介はドアを叩いた。真鍮のライオンがドアにめりこみ、そのままもどってこないような気がした。

「獅子《し》身中《しんちゅう》の虫。死々《しし》十六。死屍《しし》累々《るいるい》」

綾香の脳裏になぜかふだん使ったことのない言葉のイメージが湧《わ》いた。ドアを叩く音が分厚い木を通過し、家の中に吸いこまれていった。

「すみません。どなたかいらっしゃいますか？」

ドアのわきにプレートのスペースがあった。石が剝がされ、ガムテープで紙が貼りつけてあったが、紙に書かれた文字の痕跡も消えていた。テープの糊が茶褐色になり、端が干からびたスルメのようにめくれ上がっている。

応答はなかった。孝介がライオンの顔のついたドアのノブを引いた。がくんと動いたが、それはノブ自体を留めているネジがゆるんでいるせいだ。そのまま乱暴に引けば、ノブがはずれ、家に入る手段はなくなる。死屍累々。

「誰もいないな」

孝介は館《やかた》を一周してみようと言った。「人が住んでいれば、どこかに生活の痕跡《こんせき》があるはずだ」

玄関の階段を降りて、建物の周囲をまわってみる。リビングルームのような部屋、食堂らしき部屋があるが、窓の位置が地面からかなり離れている。窓の下端部は孝介がやっと飛びつけるほどの高さなのだ。もちろん、彼は飛びつくことはしなかった。それぞれの部屋はカーテンが閉まっていた。かつては白いレースだったものが、今は薄黒く汚れている。カーテンレールからフックがはずれ、カーテンの一部がだらんと垂れていた。

裏にまわると、勝手口のようなものはあったが、そこにはドアノブがなかった。鍵穴がついているので、元はノブがついていたはずだ。ドアノブが壊れて取れてしまったのだろうか。コンクリートの石段の上にぼろぼろのスリッパが一足。

館の背後に焼却炉があった。中学校のゴミ焼却炉と同じ形だが、サイズは一回り小さい。その背後には雑木林があり、丘が中学校の方角へつづいている。木の間越しに校舎の一部が見えた。直線距離は意外に短いのだ。丘の南端からのハイキングロードは、中学校の真後ろあたり、山のてっぺんで途切れ、そこからこの不破家につづく尾《お》根道《ねみち》はないはずだった。

館の背後には窓がなかった。調理場の換気扇のような穴はあるが、生活空間としての部屋の窓は見あたらない。一階から二階の屋根までほぼ垂直の煉瓦《れんが》の壁があるだけだった。もし泥棒がこの家に忍びこむとしたら、玄関もしくは前面か側面の窓を破って入ることになるだろう。

だが、たとえ忍びこんだとしても……。死々十六、死屍累々。

綾香はあらゆる角度から家の写真を撮った。それから、裏山全体と校舎が見わたせる構図も写真に収めた。

「誰もいないようだな」

孝介が首を振った。

「留守？」

「いや、違うような気がする」

二人は左側面から再び建物の前面に出た。二階を見上げると、正面左右に二つずつ部屋があり、いずれもカーテンが閉まっていた。

「あのバイクはどう解釈したらいいの？」

「最近、捨てられたのかもしれない。不破家の人が十年前からずっと住んでるかどうか疑わしいね。それとも、廃墟探検に来た連中が捨てていったのかもしれない」

「もし、そうだったら、その人たち、この辺にいるのかしら」

綾香にはとてもそうは思えなかった。

「僕ね。武田先生に話を聞いたことがある。ここに来たら、おばあさんのような人が出てきたんだって。それが不破の母親なのか、祖母なのかわからなかったと言ってた」

「住民票を調べれば、家族構成がすぐにわかるんじゃないの。先生はそういう情報を持ってなかったのかしら」

「僕はそこまでは聞かなかった」

「でも、町役場に行って調べることは可能でしょ？」

「いや、今は個人情報保護法があるから、正当な理由がないかぎり教えてくれないよ。それに住民票がなくても、人は住めるわけだから、おばあさんがいたとしても不思議じゃない」

二人は車にもどった。綾香は背後の席にカメラバッグを積みこみ、一眼レフのカメラとデジカメだけを手元に残した。

彼女が助手席にまわり、車に乗ろうとした時だった。「あっ」という声が聞こえた。ふり返ると、孝介が洋館のほうを向きながら、首をひねっていた。

「どうしたの？」

綾香は彼の視線を追って建物の正面を見た。何も変わった様子はない。

「あ、いや、何でもない。疲労がたまって目がおかしくなったのかもしれない」

「わたしが運転しようか？」

「いや、大丈夫」

孝介が車に乗りこんだので、綾香も助手席に乗った。

「ねえ、ほんとに大丈夫？」

孝介が眉間の付近を親指と人差し指でもんでいる。彼はそれから目をぱちくりさせてから、バックミラーをのぞきこんだ。

「やっぱり、僕の目の錯覚だ」

彼は綾香に笑いかけると、イグニションキーをまわした。「さあ、次へ行こう」

17

その人物はカーテンの隙間から外をのぞいていた。

一度、男のほうがふり返った時、慌ててカーテンを閉めた。その動きを見られたかと思った。しかし、杞憂《きゆう》だったようだ。あの男は何ごともなかったかのように女と一緒に車にもどった。

「ふう、危なかった」

額の脂汗を指でなぞった。感情を殺すことはこれまでの人生で学んでいた。

「いい息を吸って、悪い息を吐き出して」

それを五回繰り返し、自己暗示をかける。

「心臓が楽だ。心が落ち着いている。悪い空気が外へ出ていく」

そうすると、次第に心が落ち着いてくるのだ。

「額が涼しい。なんて気持ちがいいんだろう」

そして今、危うく見つかりそうになったことで、心がやや動揺している。まだまだ修行が足りないな。落ち着け、何でもなかったんだ。

深い呼吸を何度か繰り返し、落ち着きを取りもどしていく。

車のエンジン音が次第に遠ざかっていく。再び二階の窓のカーテンを少しだけ開けて外をのぞいた。

「よし、大丈夫だ」

その人物は床に敷いたマットレスに横たわると、また自分に暗示をかけた。

「心が落ち着いている。気持ちが楽だ」

そのままにしていると、眠気が襲ってきた。

夢を見た。ろくでもない夢だ。出口がどこにもない真っ暗な空間で、もがき苦しんでいる。はっとして目が覚める。

「ねえ、みんな待って」

深呼吸を忘れると、恐怖は限りなくエスカレートしていく。

…………

18

不破家の洋館から元来た道をもどる間、対向車には出会わなかった。麓《ふもと》に降りると、孝介は車を北へ向けた。はるか遠くに利根川の堤防が見える。町中の景色は変わっても、そこだけは時間が止まったかのように東から西へつづいているのだ。近い将来、中学校の校舎が壊されても、あの堤防が壊されることは永久にないだろう。栗橋の万里の長城。春、草がいっせいに芽吹くと、緑の長城に変身するのだ。

遠まわりになるが、土地の感覚を養うためにも、堤防の道を走ったほうがいいと孝介は主張した。大河原の家が堤防から降りてすぐということも理由の一つだったが。

大河原修作も不登校だった。一つのクラスに二人も不登校生徒がいるのは、担任の武田の頭痛の種だった。不破は東京にいる時から不登校だったので、その延長上の不登校と考えればいいのだが、責任感の強い武田はたびたび家庭訪問をしていた。赤い原付バイクは先生のトレードマークだった。

不破はともかく、大河原を何とかしなくてはと常に武田は口にしていた。

車は真っ正面に赤城山を望みながら、堤防の道を進んだ。JRの鉄橋が見える辺りでいったん車を停め、二人は河原に降りた。利根川は川幅があるが、それ以上に河原が広かった。流域面積は大雨で川が増水しても対応できるほど広大だ。ずっと以前、大型の台風が関東地方に上陸した時、上流の大雨で水かさが一気に増えたことがあった。その時も利根川は河原の三分の一に水が浸《つ》かっただけで、堤防は磐石《ばんじやく》だった。

水際に段ボールハウスを建てて住んでいたホームレスの男が慌てて堤防に上がり、流れていく「わが家」を見て呆然《ぼうぜん》としていることがあった。そのホームレスはこんなところはもうこりごりだと言って、東京のほうへ流れていったという。

真冬の今、川面は赤城颪《あかぎおろし》を受けてさざ波立っていた。川をわたった風が二人のほうへ吹きつけてくる。身長一六〇センチに満たない軽量の綾香は足元から吹き上げてくる冷たい風に煽《あお》られ、体の制御がきかなかった。自然に孝介の陰に隠れて、風をよける形になった。それに気づいた彼が「あ、おまえ、ずるいな」と言いながら、綾香の肩を自分のほうへ寄せる。自然な感じで二人は接触した。

温かい。心臓がどきどきする。彼女はこのままずっとここにいたかった。

「寒くない？」

「うん」

川上のほうから犬を連れた男女二人連れが現れた。散歩のようだ。鉄橋の上を轟音を立てて上野《うえの》行きの電車が通過していく。さらに北に目を転じると、はるか彼方《かなた》に東北新幹線の鉄橋が見えた。

「そろそろ行こうか」

孝介は綾香の肩に手をまわしながら車のほうへ誘った。綾香は助手席についてもぼうっとしていた。孝介が車を下り坂に乗り入れ、住宅街に入ったのもあまり記憶になかった。車が停まり、「着いたよ」と言われて、初めて我に返った。

住宅街の真ん中にいた。

「ここはどこ？」

「大河原の家だよ」

同じような家がまわりに建ち並んでいる。栗橋ニュータウンとして二十年前に造成された時は、周辺住民から大いにうらやましがられたものだ。東京や大宮あたりから移り住んできた者たちは、光り輝いているように見えた。

しかし、今は全体に埃のベールをかけたように白茶けて見え、時の流れの非情さ、残酷さが住宅街全体からにじみ出ていた。

車が停まったのは、ある家の門前だった。二階建てのコピーしたものの一つ。門にはめこまれた表札には「大河原」とあった。少なくとも、大河原家の人々は今もここに住んでいるのだ。

「どう、取材してみる？」

孝介が言った。

「うん、そうするしかないよね。アポイントメント、とってないんだけど、いずれやらなくちゃならないんだから」

「電話がわからなかったんだろう。じゃあ、仕方がない。まだ常識はずれの時間になっていないし……」

時刻は午後三時を少しまわったばかりだ。

「一緒に来てくれる？」

「え、僕も？」

孝介は意表をつかれた顔をした。

「うん。一人だと心細いのよ」

実際、彼女自身、大河原修作と言葉を交わした記憶がなかった。クラスの中で親しい者って、どれくらいいただろう。三年の二学期以降、彼は休みがちになってしまったし、卒業間際、綾香も事故で学校へ行けなくなってしまったこともあり、これまで取材してきたクラスメートとは異質な取材になると思われるのだ。

もちろん、一度も会ったことがない不破勇の場合は、さらに面と向かって取材するのは興味津々ではあるものの、未知の生物と対面するような怖さがあった。

「僕は遠慮しとくよ。君だけが行ったほうがいい」

孝介がそう言って綾香の肩をぽんと叩いた。

「行きたくないのね？」

「あまり気が進まない。車で待ってるから大丈夫だよ。もし、何かあったら……」

「何か？　何か起こるというの？」

「いや、そういうつもりで言ったんじゃない。車にいるから、呼べばすぐ行けるって意味さ」

「わかった。わたし、一人で行く」

綾香は心細かったが、そうするしかなかった。もともとこれは彼女が立てた企画なのだ。人に頼ってばかりでは、ろくな仕事にならないだろう。孝介には不破の家まで連れていってもらっただけでも、ありがたいと思わなくてはならない。

彼女は孝介にうなずくと、車を降りた。門柱のチャイムのボタンの前で、その家の二階を見上げた。レースのカーテンが閉じられている。人のいる気配はまるで感じられなかった。深呼吸をした後、意を決してチャイムのボタンを押した。屋内で学校の始業ベルのようにジリジリジリと鳴っているのが聞こえる。だが、応答はない。

家の右手に車庫があるが、今そのシャッターは下りていた。やはり、留守なのか。

綾香が孝介の車のほうをふり返ると、運転席の彼がもの問いたげに彼女を見ていた。彼女は首を左右に振った。

留守でほっとした一面もあった。彼女はカメラで家全体、それから前面、側面などを細かく写真に収めた。

さあ、帰ろうと思ったその時だった。玄関のドアが軋《きし》みながら開き、黒縁《くろぶち》の眼鏡をかけた六十歳前後の男が顔を出した。ひどく痩《や》せて、不健康な顔色をしている。

「どなたですか？」

横に向きかけた綾香の足が止まり、全身が硬直した。写真を撮っているということが、相手に不快感を与えたかもしれない。ここは正直に理由を言うしかないだろう。

「申し訳ありません。お留守だと思ったものですから」

「何かご用かな？」

相手はけげんな顔をしている。

「実はわたし、修作君の同級生だった石原と申します。栗橋北中の卒業生のお宅をまわっているんですけど……。失礼ですが、お父さまですか？」

「そうです。修作の父親です」

男の顔つきがいくぶん柔和になったような気がした。だが、その目はどこか遠くを見つめているかのようで、焦点が合っていない。

「修作君はいらっしゃいますか？」

「残念ですが、修作には会えませんよ」

「お帰りになるのはいつですか？」

「ちょっと待ってください」

チェーンをはずすのか、いったんドアが閉まり、少し間があった。それから、男がドアの外に現れた。染みのついた灰色のズボンの上に毛玉のできた黒いセーターを着ている。

「こんな汚い格好で失礼。風邪をひいて、ちょっと寝ていたものですから」

「あ、そうでしたか。起こしてしまって申し訳ありません」

大河原の父親は公務員と聞いたことがあるが、今でもそうなのだろうか。年齢的に見たら、定年を迎えたかどうかの微妙なところだ。

「いやいや、気にしないでください。せっかく来てもらったのに、こっちこそ申し訳ないです」

話してみると、思いがけなく優しい語り口で好感が持てた。「電話してもらえば、よかったのに。あ、そうか。番号がわからなかったんだよね。うちは電話帳に載せてないから」

「勝手に押しかけてすみません。それでは失礼します」

綾香には修作が不在でいてくれたほうがありがたかった。彼女が一礼して立ち去ろうとした時、大河原が呼び止めた。

「まあ、せっかく来たんだから、寄っていきなさい」

「はあ。でも……」

「あなた、お一人ですね？」

「え、いいえ。車に……」

と言って、彼女は孝介の車を見ようとすると、いつの間にか車が消えている。

「彼は来るつもりはないのかな？」

「すみません。車で待っているそうです」

「じゃあ、遠慮しないで」

彼女は大河原に背中を押され、誘いこまれるように家の中に入った。初対面の男性と知らない家で二人きりになるということに、不思議に抵抗を感じなかった。なぜなら、この男に危険なにおいを感じなかったからだ。人生の中盤をすぎ、第二の人生に生き甲斐《いがい》を見いだそうとする男のように思った。彼女の直感である。彼はわたしに対して悪意を抱いておらず、むしろ好意を抱いているような気がした。

「二階にあの子の部屋があります」

玄関を入ったすぐのところに急傾斜の階段があり、そのまま二階へ通じていた。修作の部屋は暗くて見えなかった。大河原が一階の廊下を進んでいくので、彼女もそのあとをついていった。

家の中はやや黴臭《かびくさ》く、冷えきっていた。通されたのは、十畳《じょう》ほどの応接間で、中央にソファのセットがあった。壁にはルオーのプリントらしき絵が二点。白黒の暗い色調の絵なので、部屋に照明がついても、いっこうに明るくなった気がしない。大河原は窓のカーテンを開けた。

「空気を入れ換えましょう」

冷たい空気が入ってきたので、彼は窓を閉め、エアコンのスイッチを入れた。温風がすぐに吹き出してきて、部屋の中は温かくなった。

ちり一つないほどきれいに掃除された部屋。本棚には法律関係の本が多い。

「修作は弁護士志望だからね。その手の本が多いんですよ。でも、司法試験に受かるのは並大抵《なみたいてい》のことではないのです」

つまり、今も司法試験合格を目指して浪人中ということなのだろうか。大河原の父親には立ち入ったことを聞けない雰囲気があった。

「ええと、あなたは石原さんとおっしゃいましたな?」

「はい、石原綾香です」

「息子とは中学の同級生ですね？」

「ええ、そうです」

綾香はそのように答えると、すぐに本題に入った。「大河原さんは、タイムカプセルのことはご存知ですよね？」

「ああ、そんなことがありましたな」

大河原はそう言って彼女にソファを勧めると、自分は向かい側に腰を下ろした。

「十年前と現在をルポする企画を立てているんです」

綾香は肩からさげたカメラをテーブルに置いた。「わたし、卒業前に自転車事故で入院してしまったんです。タイムカプセルの計画には参加してたんですけど、それができなくなってしまい、すごく心残りだったんです」

「ほう、それはお気の毒に。じゃあ、卒業式も欠席？」

「そうなんです。カプセルを埋めるのにも立ち会えず、そのまま東京に引っ越していきました」

「なるほど、そうでしたか。じゃあ、仕方がなかったんだ」

大河原は何かに納得したようにうなずいた。

「失礼ですけど、修作さんは通知をもらいましたか？」

綾香は彼にそう質問した。

「通知とは？」

「タイムカプセルの案内です」

「いや、よくわからないが」

その時、大河原が耳に手をあて、玄関のほうを透視するように見た。綾香には聞こえなかったが、彼は来客の気配を察したらしい。

「おや、誰か来たようだ。失礼」

大河原は立ち上がり、部屋を出ていった。ドアを通して玄関のほうの物音が伝わってきた。

「大河原さん、郵便です」

太い男の声。玄関のドアが開閉する音。「ごくろうさま」と言う大河原の声。

それから、廊下を擦《す》るような音がして、大河原が応接間にもどってきた。

「郵便でした」

大河原はそう言い、三、四通の封筒をテーブルの上に無造作に置いた。綾香はその中に見慣れた白い封筒を見つけた。

「大河原さん、失礼ですが、その手紙……」

綾香が指差す封筒を大河原は不審そうな顔をして取り出した。

「それ、もしかして」

「おや、変だな」

大河原は封筒の宛名を見て、首をひねった。「切手が貼ってないじゃないか」

「大河原修作様」とだけ書かれた封筒が綾香にも見えた。いやな予感がした。

「それ、開けてみていただけませんか？」

「ああ、かまいませんよ」

大河原は封筒を手でちぎり、中身を取り出した。彼は薄い便箋を開き、そこに書かれたものを読んだ。それから、彼はその手紙を綾香に差し出してきた。

彼は顎《あご》に手をやり、窓の外を望んだ。綾香は封筒から便箋を取り出した。メンバーたちがもらったものと同じ文面の手紙だった。


栗橋北中学校、三年A組のみんな、元気にしてますか？

突然の手紙で驚いたと思います。みんなは卒業式の後、タイムカプセルを埋めたことを覚えているよね？

十年後にみんなで集まり、タイムカプセルを掘り出すこと、約束したよね？　そろそろその十年がたち、タイムカプセルを開くことが現実のものになります。どう、興奮しませんか？

みんな、当然、あの時のことを覚えていると思うけど、確認の意味で手紙を差し上げました。十年後の三月十日。中学校の校庭に集まりましょう。

告！　栗橋北中学校・三年A組卒業生の選ばれ死君たち

「日時　三月十日、午後二時

場所　栗橋北中学校　校庭

出席　○欠席」

本日はご挨拶がわりの「サプライズ」を差し上げました。お気に召したでしょうか。

お粗末さまでした。

綾香が大河原家に入るのを、差出人がどこかで見ていたとしか思えない絶妙のタイミングだった。

「今の人、郵便屋さんでしたか？」

「これを持ってきたんだから、そうでしょう」

大河原は何も気づいていない様子だった。「見かけたことがない人だったが、バイクに乗ってたし……」

「その人、男性でしたか？」

「そう思うけど、注意して見てたわけじゃないから」

「この手紙をここまでわざわざ届けたのを変に思われませんでした？」

「うむ。そう言われると、不思議な気がしないでもない」

もしかして、これを届けた者は大河原家の郵便受けにあった手紙に挟みこんだのかもしれない。だが、その可能性について、彼女は触れなかった。

「そうだなあ。よく考えると、気味が悪い手紙だなあ。『選ばれ死』というのも悪ふざけとしか思えないし、サプライズというのもなんか、ジョークとしても全然おもしろくない」

便箋の紙質は薄く、筆圧の強い文字が点字のような凹凸を作っている。目の不自由な人がこれに触れたら、差出人の悪意に気づくのではないかと彼女は思った。

「失礼ですが、奥さまはいらっしゃいますか？」

「ここには、ほとんどおりません」

大河原は頭をかいた。「実を言うと、妻は今四国で巡礼している最中なんです。八十八ヵ所全部まわったら、それこそ何十日もかかりますから、体を休ませるためにたまにもどってくるんです。どっちが自宅かわかりませんよ」

綾香は椅子から立ち上がり、窓のそばに立った。外の道路を見慣れた車が通過した。孝介の車だ。わたしがここにいる間、ああしてこの周辺をまわっているのだ。彼女はそう好意的に解釈することにした。

「今日は修作に会えなくて残念でしたな」

大河原が言った。綾香は彼の声に「そろそろ帰ってくれ」といったニュアンスの響きを感じた。彼女は引きあげる頃合いかもしれないと思い、その前に一つだけ質問をしておくことにした。

「あのう、失礼ですが、大河原さんは〝ホール〟という言葉を聞いたことがあるでしょうか？」

「ホール？」

相手の顔に戸惑いの色が浮かんだが、特に作為があるようには思えなかった。

「何でしょう、それは？」

きわめて自然な問い返しで、作為は感じられない。

「ご存知なければ、いいのですけど」

綾香は断られるのを覚悟で、修作の写真を見せてくれないかと頼んだ。

「ああ、かまいませんよ。その辺にアルバムがあるはずだけど」

大河原は専門書の入った本棚の中から色褪《いろあ》せた紺色のアルバムを取り出した。

「あの子は写真嫌いでね。あまりないと思うけど」

そう言いながら、アルバムをめくっていたが、「ああ、これだ」と写真を抜き出してくれた。「確か、これが中学三年の頃だったと思いますね」

学生服を着た十四、五歳の少年の顔があった。バックはこの家だ。カメラに向かって照れくさそうな顔をしている。やや面長で色白、線の細い少年だ。綾香は、影が薄いなと思った。学校にいても、その存在があやしそうだ。

彼女はこの少年の顔にほとんど記憶がなかった。本当にいたのだろうか。卒業アルバムにもその顔は載っていない。

大河原修作と不破勇。二人の幽霊的な存在。

「この写真、複写してもいいですか？」

「ああ、かまわないですよ」

綾香はカメラでその写真を接写した。

「今度はみなさん一緒に修作を訪ねてくださいね」

「ぜひそうさせていただきます」

彼女は社交辞令的に答えた。

19

綾香が大河原家の門前に立って、携帯電話で連絡をとろうとしているところに、車が彼女のそばに静かに停まった。孝介の車だった。助手席側のウィンドーがするすると下りてきて、孝介が左手を振った。

「ひどいよ。どこへ行ってたの？」

彼女は少しむっとしながら車に乗りこんだ。

「取材は君一人のほうがいいと思ってね。せっかく今まで一人でやってきてるんだから」

「まあ、それはそうだけど。もし、わたしに何かあったら、どうするつもりだったの？」

「それ、どういう意味？」

「だって、見知らぬ家で男の人と二人きりになったんだよ。何かが起こっても助けを呼ぶこともできなかったわ」

「でも、大丈夫だったじゃないか」

「それはそうなんだけど……」

確かに、大河原の父親から危険なにおいを嗅《か》ぐことはなかった。人畜無害の男。満足した人生を送り、余生を趣味に没頭するような、物静かな学者タイプの男だった。

「もし、何かあったら、僕はあの家に押し入るつもりだった」

「わかった。もういいわよ」

綾香は孝介に笑いかけた。

「実を言うと、僕ね。ちょっと気になることがあって、不破の家にまた行ってきたんだ」

「不破君の家に？」

「そう。思ったとおりだった。あのバイクがなくなってたんだ」

「ナンバーのないバイクね？」

「そう。間違いなく、誰かがあれに乗っていた。僕たちがいる時、家のどこかに潜んでいたのかもしれない」

「不破君の家族は、あそこに住んでいるってこと?」

「不破と断定できないけど、誰かが住んでいるのは確かだ」

「なんか、怪しいわね」

車は大河原家の前を動きだした。綾香は大河原家にいる時に偶然タイムカプセルの通知が届いたことをざっと話した。

「まるで僕たちを尾行しているような動きだな」

「郵便屋が来たようなんだけど、あなたは見てないよね?」

「ああ、残念ながら、その時は不破の家にいたはずだ」

手紙を配達した人間を見ていたら、また違った展開があったかもしれないと思うと、少し残念な気がしないでもない。でも、すんだことだ。仕方がない。

「あと、取材してないのは、佐々倉君と武田先生の二人になるかしら」

「二人とも、この町にいるはずだ」

すでに四時をすぎていた。空気には宵闇《よいやみ》のにおいがたちこめており、もうしばらくすれば、日没である。そろそろ取材を切り上げなくてはならない時間だった。

佐々倉内科医院は、駅の西側、昔からの住宅街の中にあった。綾香は風邪をひいた時、一度診てもらったことがあるが、不機嫌そうな顔をした医師に好感を持てなかった。頰《ほお》の肉がたるんだ目の細い中年男は、彼女の胸を見て、ちっと舌打ちしながら聴診器をあて、それから口を開けさせて喉をのぞきこんだ。

「大したことはないよ。すぐに治るから」

薬を処方してもらったが、彼女の風邪は全然治らず、病状はかえって悪化した。心配した母親が彼女を別の医院へ連れていくと、薬を飲んだ翌日には回復していた。

佐々倉文雄はそんな父親に顔はよく似ていたが、経済的に苦労をしないで育ったせいか、のんびりとした性格の少年だった。医者の長男なので、跡を継がなくてはならないが、いつも「何とかなるさ」と楽観的なことを言っていた。

佐々倉内科医院は休診日だったが、医院前の駐車場には二台の車と自転車が何台か停めてあった。孝介は空いたスペースに車を入れた。

「ここも君が行ってこいよ。僕は車で待ってるから」

綾香はカメラだけ持って車を降りた。医院は木造平屋の建物で、棟つづきに医師の自宅があるようだった。右手に丸い敷石がつづいていて、その先に玄関が見えた。彼女は孝介の車を確認してから、母屋《おもや》のほうへ向かった。

玄関に立ってチャイムを押すと、すぐに「はーい、どちらさまでございましょう」

と甲高い女の声で応答があった。文雄君の中学時代の同級生であることを告げると、

「あらっ、ちょっと待ってね」とくだけた調子に変わった。

ドアが開いて、五十代半ばと思われる小太りの女が現れた。全体的に佐々倉文雄の面影があるので母親だとわかった。

「あら、残念だったわね。文雄は今ここに住んでないのよ」

そう言って彼女は、分厚い老眼鏡から綾香の全身に無遠慮な視線を這《は》わせた。

「文雄君はどちらにお住まいですか？」

「今は横浜なの」

「では、タイムカプセルのことでお話があると伝えていただけませんか？」

綾香は中学時代の同級生の取材をしていることを手短に話した。

「わかったわ。わざわざありがとう。すぐに連絡させるから」

綾香は名刺をわたすと、一礼して車のほうへもどった。

「今日は時間的にこんなものだろう。また来ればいいよ」

孝介は車のエンジンをかけた。「あと残っているのは武田先生だ」

「じゃあ、また改めてお願いできるかしら」

「ああ、土日なら、いつでもＯＫだよ」

「ありがとう」

午後五時近くになり、暗くなりかけていた。県道を南下し、久喜《くき》インターから東北自動車道に入れば、一時間以内に都心にもどれる。

「帰りにどこかで食事をしよう」

孝介の提案に異論はなかった。

「いいわね。今日はとても楽しかったわ」

「君のうちの近くにいい店があれば……」

孝介はそう言いかけて、突然、言葉を切った。彼の目がバックミラーに釘付けになっている。

「どうしたの？」

「僕たち、つけられてるみたいだ。さっきから、気になってたんだけどね」

綾香が背後をふり返ろうとすると、孝介が鋭い声で言った。「だめだ、後ろを見ちゃだめだ。バックミラーをさりげなく見てくれ」

バックミラーには、バイクが映っていた。

「もしかして、あれは……」

「そう、不破のところにあったのと同じだと思う。ナンバーがついてるけど、見えないように細工してあるみたいだ」

「大河原家に郵便を届けにきた人かしら」

バイクの運転者はフルフェイスのヘルメットをかぶっているので、男か女かわからなかった。

「そうかもしれない。こっちの動きをつかんでるんだ」

「不破君の家を出た時からずっとつけられてると思う？」

「その可能性は大だな」

薄暗い中、ほとんどの車がライトをつけ始めていたにもかかわらず、バイクはライトをつける気配もなく、まもなく闇に没しようとしていた。

「つけてるのかどうか確かめてみようか」

孝介はそう言うと、次の信号のある交差点で追い越し車線から左車線に入った。後方のバイクも左についてきた。それから、彼はスピードを上げたり下げたりしながら、相手の動きをチェックしたが、次の信号のない細い道で、ウィンカーを出さないまま、いきなり左へ曲がった。綾香の体が反動で運転席のほうへ引っ張られて、孝介に近づいた。

後方のバイクは曲がることなく、同じスピードで南へ向かっていった。

「やった。奴をまいたぞ」

孝介が歓声をあげる。

「でも、バイクの主を突き止めたほうがよかったんじゃないの？」

「こっちが追いかけようとしても、逃げられるだけさ。あいつに一泡吹かせたかったんだ」

久喜の市街地をざっとまわってから、もう一度、さっきと同じ県道にもどり、久喜インターチェンジから東北自動車道に乗り、東京へ向けてひた走った。あのバイクはどこにも見あたらなかった。

綾香は今日、孝介に聞き忘れていたことを思い出した。

「ねえ、湯浅君。ホールのこと、知ってる？」

「ホール？」

孝介が一瞬、息を止めたような気がした。彼は前方を見たままだが、ハンドルを持つ手が硬直しているのが彼女にはわかった。

「さあ、知らないけど。どうして？」

綾香は聞いてはいけないことを聞いてしまったように思った。せっかく今日はいい感じで帰ってこられたのに。

いや、いい感じというのとは若干《じゃっかん》違うかもしれない。栗橋では、奇妙な体験をいろいろし、その間に孝介との距離がぐんと縮まったことが、彼女にとって「いい感じ」だったのだ。

「ホール」という言葉は禁句だったのか。パンドラの箱を開ける忌《い》まわしい鍵《かぎ》だったのか。でも、なぜなの？　彼女はそれを知りたかった。彼女一人メンバーの中で疎外されている。「ホール」が他のメンバーをつなぐ友情の証《あかし》だとしたら、自分は一体どういう位置にいるのだろうか。

車は闇の中を一路、東京へ向かっていた。その闇の中で二人はほとんど口を開かなくなった。

練馬の彼女の自宅に着いた時、彼は申し訳なさそうに口を開いた。

「ごめん。ちょっと思い出したことがあるんだ。今日は悪いけど、食事はまたの機会にしよう」

「思い出したことって、栗橋のこと？」

彼は一瞬黙りこんだ。

「いや、違う。武田先生に言われたことだ」

彼は頬に硬い笑みを浮かべて首を振り、付け加えた。「今日は楽しかったよ」

孝介の車のテールランプが消えていくのを、綾香は悄然《しょうぜん》と見送っていた。聞かなければよかった。でも、聞かなくてはいけなかったのだ。

幕間 ホール

1

……目が覚めた時、彼は暗闇の中に横たわっていた。

かすかに黴《かび》のにおい。寒い。両手で体を抱くようにすると、自分がチャックのついた防寒具を着ているのがわかった。

それから、記憶が一気にもどってきて、彼の口から悲鳴が漏《も》れた。

思い出さなければよかった。これが夢であればいいと思った。自分の頬《ほお》を指でつねってみる。古典的な夢の確かめ方。

鋭い痛みがこれが現実であることを告げた。

ああ、どうしたら、ここから出られるのだろうか。

カプセル。

そう、自分は繭《まゆ》の中でもがいている蚕《かいこ》の幼虫。窒息《ちっそく》しそうなくらい狭い空間で、誰にも知られることなく死んでいくのか。

ここから脱出したい。早く、現実の世界にもどりたい。

立ち上がってみようとしたが、体が思い通りに動かなかった。

ここはどこなんだ。

「たすけてくれ」と叫んでみるが、声は空《むな》しく暗闇の中に吸いこまれていった。自分は暗闇の世界で孤立無援。

ああ、どうしたらいいのだろう。このままでいたら、狂ってしまう。いや、その前に寒さと飢えで死んでしまうかもしれない。

ああ……。

2

バイクのエンジン音が聞こえる。

ああ、またあいつがやって来たのだ。最近はどんな音でも耳が敏感に反応する。バイクの音はかなり遠くからでも聴覚を刺激した。たとえ、あいつがバイクを押していても、そのタイヤの回転音は聞こえてくるかもしれない。

あいつは、私がここにいることを見抜いている。それを承知で最近はこっそり近づくことはなく、堂々と正面から乗りこんでくるのだ。私の繊細《せんさい》な神経を逆撫《さかな》でするように、私の心の中まで土足で傍若無人《ぼうじゃくぶじん》に乗りこんでくる。

私は窓のカーテンを少しだけ開けて、外をのぞいてみた。

あいつのバイクが今、ちょうど視界に入ったところだ。危ない危ない。あいつに見られると、今ここにいることがわかってしまう。

私はカーテンの裏側で、震えていた。いいかげんにしてくれ。

じっとして、存在を消そうとしても、あいつはこっちの気配を嗅《か》ぎつける。バイク音が止まり、しばらくすると、あいつの足音がする。フルフェイスのヘルメットをかぶったまま、玄関に達すると、ドアを叩《たた》く。

「ゆ・う・び・ん」

一語一語区切り、弾んだ声で呼びかける。

「郵便でーす。ゆ・う・び・ん」

どんどんどんとドアが叩かれ、その振動が家全体に響きわたる。私の体もその振動の中で震える。

「おかしいな。いないのかなあ」

わざとらしい言い方の中に邪悪な意志が込められている。

いないよ。早く帰ってくれ。

そう祈りながら、私は息を殺している。

これで何度目だろう。

しばらくして、バイクのエンジン音がした。ああ、よかった。帰ったのか。

ほっと力を抜いて、椅子《いす》の背に体を預ける。エンジン音がやがて消え、静寂の時が訪れる。私はおもむろに立ち上がり、玄関のドアを開けポーチに出た。そして異変に気づいたのだ。ドアに何かが貼《は》りつけてあった。

告！　栗橋北中学校・三年A組卒業生の選ばれ死君たち
「日時　三月十日、午後二時
場所　栗橋北中学校　校庭
○出席　欠席」
本日はご挨拶がわりの「サプライズ」を差し上げました。お気に召したでしょうか。

お粗末さまでした。

第二部　時の穴道

1

暗闇の中で携帯電話が鳴っている。

それまで奇妙な夢を見ていた。どこかに監禁されて、助けを求めている夢だ。絶望の中で気が変になっていく。夢だとわかっているが、そこから抜け出せない自分を意識していた。しかし、電話の音が強引に割りこんできたことで、彼女は現実の世界に引きずり出された。

はっとしてベッドから起き上がり、枕元に置いてあった携帯電話を取り上げた。

今、何時だろう。ビデオのデジタル表示が午前二時三十五分になっている。

こんな時間にかけてくるのは誰か。

携帯電話を耳にあて、黙っていると、荒い息づかいが聞こえてきた。いたずら電話だ。わたしが女だと思ってかけてきたのだ。切ろうとした時、声が聞こえた。

「石原？」

男の声だ。それもひどく怯《おび》えているような声だった。いたずらにしては変だが、彼女はまだ警戒を解かず、黙っていた。

「俺の声、覚えてるかな？　といっても、十年前のことだからな」

十年前？　もしかして、中学校の同級生の一人だろうか。

「誰なの？」

「俺、佐々倉だよ。佐々倉文雄」

「あ、佐々倉君」

彼がどういう声をしていたのか、記憶はなかった。いたずら電話の可能性を排除してはだめだ。

「昨日《きのう》、俺の実家に来たんだって？　いなくて悪かったな」

その事実を知っていること自体、佐々倉本人であるように思える。

「いいのよ。突然だったから」

綾香はそこで不思議に思った。電話をかけるには非常識な時間ではないだろうか。

いくら彼の母親に名刺を置いてきたとしてもだ。悪夢から解放されたのはいいが、頭の中がまだ混乱している。

「ああ、ごめん。こんな時間に迷惑だと思ったんだけど、どうしても電話しておかないと気がすまなくてね」

「何か起こったの？」

どす黒い不安が、彼女の胸のうちをたちまち満たした。

「おまえの用って、タイムカプセルのことだよね？」

「ええ、それもあるけど」

「俺のところに来たんだよ」

「何が？」

「案内状だよ。タイムカプセルの案内状さ。悪ふざけにもほどがあるよ」

「何かあったの？」

「さっき、届いたのさ。俺が寝てる時にチャイムが鳴ったんだよ」

相手が言うのはこうだ。

大学の同級生と酒を飲んで、横浜のマンションに帰ったのが午前零時頃。酔っぱらっていたので、そのまま寝てしまった。チャイムで起こされたのは、それから一時間もたっていなかった。時計を見ると、午前一時をまわったところだ。チャイムが鳴り、ドアが叩《たた》かれた。「郵便」と言っているような気がしたが、この時間にはありえないし、こっちもぼんやりしていたので、聞き間違えたのかもしれない。

マンションはオートロック式だから、外部の人間は入れなかった。裏の通用口を乗り越えるとか、住人が出ていった後にこっそり入れば不可能ではないが、そんなことをするのは泥棒くらいのものだろう。泥棒が真夜中にどんどんとドアを叩《たた》かないだろうと思って、彼はチェーンを掛けたままドアを開いた。

外から魚の腐ったような空気が流れてきた。

「何だよ、これ」

佐々倉は知っていた、このにおいを。人体解剖の授業の時、これと同じようなものを嗅《か》いだことがあるのだ。そう、死体の放つにおい。

死体？　うへえ、何だよ。

「誰、あんた。誰なんだよ？」

ドアを閉めようとしたが、ドアの隙間《すきま》に靴《くつ》が挟まっていた。中学の時、通学に使ったスニーカーのような白い運動靴だ。部屋の明かりはつけていなかったが、廊下のライトによって、それがひどく汚れた靴であるのがわかった。真夜中の訪問者は強引に部屋に入ろうとしているのだ。それがわかると彼はパニック状態になった。

「やめてくれ」と悲鳴をあげながらドアを閉めようとしたが、体が震えて手に力が入らない。チェーンを掛けていなかったら、間違いなく押し入られていただろう。

助けを呼ぼうとしても、声がかすれて出なかった。ここは単身者が多く住むワンルームタイプのマンションなので、隣人でさえ付き合いがなく、たとえ助けを求めても、見知らぬ隣りの住人が来てくれるとは考えられない。確か、両隣りは若い女だったはずだから。

「やめろ。警察を呼ぶぞ」

「郵便です」

低い声が聞こえてきた。声ではなく、振動が相手の意志を伝えてくるように感じられた。青白い手がいきなりドアの隙間からぬっと伸びてきて、彼の腕をつかんだ。まるで死人のように冷たい手だった。その冷たさが彼の全身に伝わり、体温が奪われていくような気がした。

「うわあ、やめろ。離せよ」

佐々倉はドアの外の手をつかみ、離そうとしたが、手は凍結したように動かなかった。「手紙を持ってきた。受け取れ」別の手が伸びてきて、彼の手の上に白い封筒を置いた。それから、「カプセルを覚えているか」と言った。「カプセル」と相手が言った時、また死臭《ししゅう》のようなにおいが漂ってきた。うわっと叫んで、彼は気絶した。

「情けないことに、俺、意識を失って、さっき目を覚ましたんだ」

佐々倉文雄は一気にまくしたてた後、苦しそうに息をあえがせていた。「それで、たった今、手紙を見たばかりなんだ」

「タイムカプセルの案内状ね？」

「そうだ」

「でも、どうしてわたしに電話してきたの？」

こんな真夜中に？

「おふくろからメールが入ってた。石原綾香という人が訪ねてきて名刺を置いていったって。だから、この件におまえがからんでるのかと思って、電話したんだ。偶然にしても、話ができすぎてるからさ」

佐々倉の声には怒りが少しまじっているように感じられた。「な、これ、おまえのいたずらなんだろ？　カプセルとか言って、俺を驚かしたかったんだろ？」

「違うわ。どうして、わたしが佐々倉君のマンションへ行って、わざわざそんなことをするのよ」

彼女が強く否定すると、相手はすぐに引きさがった。

「そ、そうか。そうだよな。女の子がやるには、危険すぎるよな」

「それ、女の人だったの？」

「俺、泡を食っちゃって、はっきりわからないんだ。男だったような気もするし、女だったような……」

綾香は相手の声を遮《さえぎ》り、とっさに思いついた質問を相手にぶつけた。

「佐々倉君、ホールって何なの？」

相手がうっと呻《うめ》いた。

「大丈夫、佐々倉君？」

「あっ、ちょっと気持ち悪いんだ。こんな遅くに電話してごめん。申し訳ないと思ってる。さよなら、じゃあ、また……」

相手は綾香に言葉を挟ませる余裕も与えず、慌てたように電話を切った。

2

二月二十五日に栗橋に行って以来、孝介から連絡はなかった。綾香が携帯電話に連絡しても、メールを送ってもまったく反応がない。意を決して彼の会社へ電話してみたが、出てきた相手が「湯浅はしばらく休ませていただいております」と言うだけだった。病気でも出張でもないらしい。会社に本人からメールで休暇願が送られてきたというのだ。いったいどうしちゃったんだろう。

それとは別に、綾香の心の中で「ホール」について知りたい欲求は、さらに強くなった。

親友だった三輪美和には聞きやすいが、彼女に連絡すると、大阪に出張中だという内容のメールが返ってきた。鶴巻賢太郎は「今株価が下がって、たいへんなんだよ。悪いけど、無理だな」という返事。この時期を選んでみんな都合が悪いのはわたしを避けているのだろうか。

最終的に富永ユミと会うしかなかった。彼女にはあまり会いたくないが、他に道が残されていなかった。ユミにメールを送ると、「締め切りで忙しいので、夜遅くしか会えない」というメールがもどってきた。

それでもいい。「ホール」を彼女にぶつけてどういう反応が返ってくるのか、自分の目で確かめたかった。

二月二十八日。待ち合わせ場所は、以前三輪美和と会って勝手を知っている新宿のショットバー。綾香は約束の午後九時より少し早めに店に来て、窓際《まどぎわ》の二人がけの椅《い》子《す》に掛けて待っていた。

九時をすぎていても、新宿の街はまだ宵《よい》の口《くち》といった感じで、人通りは多かった。ビールを飲みながら、彼女はぼんやりと人の動きを追ううちに、座る場所を間違えたと思った。彼女のほうから外の様子が見えるということは、逆に通行人からも店内の彼女の様子がわかるということだ。人に見られているような感覚を持つのは、鶴巻の事務所における恐怖の体験が多分に影響しているからだと思われた。

他の場所へ移ろうと店内を見まわしている時、声がかかった。

「ごめんね、待った？」

大きなトートバッグを肩からさげた富永ユミが目の前に立っていた。店の外をずっと見ていたのに、彼女が店に入ってくることに全然気づいていなかった。午後九時十五分。

「ううん、ちょっと待っただけ」

「原稿をもらった帰りなの」

「会社へ届けなくていいの？」

「これはプリントアウトしたものだから大丈夫。ちゃんと直した原稿は明日メールで送ってくれることになってるんだ」

綾香は編集については何も知らないが、編集者が大丈夫と言っているのだから、それを信用していいのだろう。

「今日は、ほんと、疲れた。もうへとへと」

ユミは注文をとりにきたウェイターに「ソルティー・ドッグ」と言うと、煙草《たばこ》を取り出した。「で、何を聞きたいの？」

ユミの吐《は》き出した煙が、空調の関係で綾香のほうへ流れてくる。座席をもっと早く移っておけばよかったと後悔しながら、綾香はビールの入ったグラスに口をつけた。

「この前、湯浅君と栗橋に行ったの」

綾香はそう言って切り出した。

「へえ、そうなんだ」

ユミの顔に目立った変化は見られない。

「中学校に行ってから、不破君と大河原君と佐々倉君の家に行ったんだよ」

ユミは運ばれてきたグラスに軽く口をつけ、それから一気に飲みほした。

「ああ、おいしい。体に染みわたる。それで、みんなに会えたの？」

「みんな、留守だった。お父さんやお母さんと会って、ちょっと話したりした程度」

「湯浅、元気だった？」

「うん、元気だったよ」

綾香がうなずくと、ユミは口元を歪《ゆが》め、また同じ飲みものを注文した。疲れているようなのに、飲むペースが速い。

「ねえ、そんなに速く飲んで大丈夫？」

「一仕事終わったから、乾杯したい気分なのよ」

頼んだ飲みものが来ると、ユミはまた飲んだ。相手の緊張がゆるむのを見計らって、綾香は質問を入れた。

「あのね。この前、不破という人の原稿のことを話してたよね？」

「それがどうしたの？」

「もしかして、その小説なんだけど、あの不破君が書いたの？」

「そうだよ」

ユミはとろんとした目で見返してきた。

「知り合ったきっかけは？」

「というか、わたし宛に原稿が送られてきたのよ。作者名に不破勇とあるから、あれっと思ったんだ」

「どうして、それがあの不破君だと思うの？　同姓同名の可能性もあるじゃない」

「だって、関係者でなければ知らないことが書いてあったから」

「タイムカプセルのこと？」

「ううん、ちょっと違うかな」

「それ、わたしが知ってること？」

「石原は知らないはず。あの時、いなかったもの」

「じゃあ、『ホール』のことかしら？」

ユミの手が止まった。グラスを持つ手が震え、中の液体が揺れた。彼女は慌てたようにグラスに口をつけ、一気に飲みこんだ。

「石原、どうしてそれを知ってるの？」

「だって、ユミが言ったじゃない。不破君の原稿だって」

「でも、タイトルまでは言ってない」

「ということは『ホール』ってタイトルなの？」

ユミは口をすべらせたことに気づいたようだ。それから、彼女は無口になり、酒を飲むピッチを速めた。酔いが急速にまわっているのが傍目《はため》にもわかった。

「わたし、気持ち悪くなった。ちょっとトイレに行ってくる」

ユミはポーチを持つと、ふらふらとした足取りでトイレへ向かった。しかし、彼女は席をはずしたまま、なかなかもどってこなかった。綾香は心配になり、ユミの様子を見にトイレへ向かおうと立ち上がった時だった。ユミの置いていったトートバッグの中に視線が向かった。開いたバッグの口から茶封筒の上端部がのぞいていた。前にユミと会った時、不破勇の小説が話題になった。そのことを思い出し、茶封筒を取り出すと、自分の席にもどって中身を抜き出してみた。

『ホール』

Ａ４サイズの紙にタイトルが太字で印刷されているのを見て、胸が急にどきどきしてきた。震える指先で原稿をさらに引っ張りだすと、作者名が「不破勇」になっている。心臓がどきんと大きく脈打った。

枚数は二十枚くらいだろうか。一枚に刷りだされた文字は、四十字掛ける三十行。四百字詰めの原稿用紙で六十枚ちょっとだろう。これが作品のすべてではなく、全体の中の一部分なのだろう。以前の原稿のつづきなのか、最初から書き直したものなのか、それはわからない。

彼女は読んでみたい衝動を抑えることができず、原稿をめくってみた。

『裏山の上に月が出ていた。鬱蒼《うっそう》とした茂みの中で梟《ふくろう》が寂《さみ》しげに鳴いている。午後十時。暗闇のどこかでまたホーと梟が鳴くと、少年は不安そうに顔を上げ、ホーと声を返した。……』

ぱらぱらとめくっていると、そんな一節が目に入った。

綾香はふと我に返った。ユミはトイレに行ったきりだが、そろそろもどってくるのではないかと思ったのだ。読みかけの原稿を封筒に入れて、ユミの席にもどそうとした時、店のウィンドー越しにコンビニエンスストアが目に入った。

よからぬ考えが彼女の頭の中に忍びこんできた。そうだ。あそこでこの原稿をコピ

—するのだ。

彼女はとっさに立ち上がり、店を出て、コンビニに飛びこんだ。一枚十円のコピー機に『ホール』の原稿をセットする。一枚、二枚、三枚……。コピーの速度が遅く感じられた。コンビニの店内から斜向《はすむ》かいのバーの中が見えた。まだユミはもどってきていない。コピーのたびにユミの様子を見るので、気が気ではなかった。

全部で二十枚。コピーを終え、急いでバーにもどり、時計を見ると、五分と少ししかたっていなかった。茶封筒の中に原稿を入れ、腰を下ろして水を飲んだ。

そこにトイレからユミがもどってきた。まさに間一髪《かんいっぱつ》だった。三十秒遅れていたら、間違いなく見つかっていただろう。

「ああ、珍しく酔っぱらっちゃった」

ユミは真っ青な顔をしていた。席にどすんと腰を下ろすと、額をおしぼりで押さえつけた。

「大丈夫？」

綾香は冷汗をかいていたが、気づかれずにすんだようだ。

「疲れてたから、酔いのまわりが速かったのね」

「もう帰ったほうがいいんじゃない？」

時計を見ると、午後十時半をまわったばかりだった。

「うん、そうする」

ユミは立ち上がると、ふらっとして、尻もちをつきそうになった。綾香はテーブルをまわって、ユミの体を支えた。

「今日はわたしのおごりだから、心配しないで」

綾香は精算をすませると、ユミを店の外へ連れ出した。電車では心配なので、一番近い駅前のタクシー乗り場まで連れていって、ユミをタクシーに乗せてやった。

ユミの乗ったタクシーが青梅《おうめ》街道へ向かう車列の中に消えていくとともに、綾香の意識は再び『ホール』にもどった。

3（十年前）

栗橋北中学校の裏庭に午後十時集合。

誰がそれを言いだしたのか、はっきりしない。ただ何となく誰かのちょっとした思いつきに誰かが乗り、それが雪だるまのように大きくなってしまったような感じだった。

ある日の放課後の教室で、最初は「中学卒業前の思い出作り」を話し合っていた。タイムカプセルも重要な行事だったが、選ばれた「メンバー」として、それ以外に記憶に残るようなことが何かできないか。それがテーマだった。

三年になってから、頭の片隅には受験の二文字がこびりついて、思いっきり羽目《はめ》をはずすことができなかった。それがようやく進学する高校も決まり、全員が解放感に浸《ひた》っている時期だった。その喜びも卒業式までの間だから、長くはつづかない。悲しい別れの時も間近に迫っていたのだ。

「メンバーの九人でできることだよな」

鶴巻賢太郎が腕組みをして、首をひねった。

「いや、武田先生は呼べないだろう。それに、不破と大河原と石原もな」

湯浅孝介は言った。

「じゃあ、五人でやるのか」

鶴巻はそう言って、その場にいるメンバーを見まわした。湯浅孝介、三輪美和、富永ユミ、佐々倉文雄、それに鶴巻賢太郎。

「ある意味、少数精鋭だな。学級委員長と副委員長がいて、男おんな、医者の息子、株のプロ」

「ひどいなあ。『男おんな』は最大の侮辱《ぶじょく》だと思うけど」

三輪美和が頰《ほお》をふくらませた。

「だって、事実だから仕方がない」

鶴巻が笑うと、つられて佐々倉文雄が頰のたるんだ肉を震わせて笑った。

「何よ、やぶ医者の息子のくせに」

美和がすかさず反撃する。

「やぶ医者で悪かったたな。おまえが注射されて泣いたのを俺は知ってるんだぞ」

佐々倉が珍しく突っかかってきた。

「まあまあ、仲間割れはやめようぜ」

鶴巻が両手を差し出して、二人をなだめた。「それとも、計画をやめるか。僕はそれでもいいけど……」

「深夜のマラソンなんかはどう?」

スポーツ万能の富永ユミらしい発言だ。「校庭を十周するとか」

「俺は疲れるからいやだ」

肥満気味の佐々倉がすかさず異議を唱える。

「じゃあ、深夜の肝だめし」

「俺は怖いからいやだ」

佐々倉がまた反対した。「昼間にできないのか。利根川にピクニックとかさ」

「ばかだなあ。昼間だったら、他の連中にわかってしまうじゃないか」

湯浅孝介が言った。「学級委員長の立場としては、問題が多い」

「佐々倉君は食い気が強いからねえ」

美和がお腹を押さえて、けらけらと笑った。

「利根川の河原でサンドイッチを頬張るというのは、中学の思い出としてインパクトが弱すぎる。寄せ書きレベルだぜ」

鶴巻はそう言ってピクニック案を葬《ほうむ》り去った。クラス全員の思い出作りとして、模造紙に寄せ書きすることは決まっていた。ホームルームの時、多数決でそうなったのだ。

それから、誰が何を発言したのか、混沌《こんとん》としている。

「選ばれたメンバーはもっと記憶に残るような強烈なことをしなくてはならないんだ」

「誰にも知られずにやるとしたら、やっぱ、夜だよなあ」

「女の子がいるのを忘れないでよ」と美和。

「だから、おまえは女じゃないってんだ」

「探検はどうかな？」

誰かが放ったその提案をきっかけに、みんな、思い思いに自分の意見を言いだした。

「利根川は危ないぞ。暗がりで溺《おぼ》れたら、一生忘れられない思い出になっちゃう。死んだ奴《やつ》に思い出は残らないけどな」

「じゃあ、何がいいの？」

「裏山の探検」

「あそこなら、遭難しないぞ。道に迷ったからって、大したことはない」

「完全装備していったら、凍え死ぬことはない」

「不破の家を探検するか。けっこうスリルがあるんじゃない？」

「不破、おまえはいったい何者なんだ。校長も見てないっていうんじゃなあ」

「オレ、深夜の山登りに一票」

「足を踏みはずして骨折したらやばいぞ」

「防空壕はどう？」

放課後、かしましく騒いでいた五人が急に口を閉ざし、教室に重苦しい沈黙が流れた。それから、全員がお互いの顔を探るように見た。

「防空壕って、あそこだよね？」

孝介が最初に言葉を発した。「あそこだけは、無意識のうちにはずして考えてたよなあ」

「いや、意識的にだ」と鶴巻が反論した。

「あそこはやばいよねえ」と美和。

防空壕にまつわる伝説をみんなは知っていた。縄文《じょうもん》時代、そこに穴を掘って生活をしている人たちがいたらしい。太平洋戦争の時、そこの穴を広げて防空壕とし、敵機が来襲した時、近隣住民の避難場所にしようという計画が持ち上がった。遺跡を保存するという概念がなく、神国日本の勝利が優先されていた信じられない時代だったのだ。

しかし、この町に米軍機が襲来することはなかったし、防空壕が使われることはなかった。戦後になって、いたずらっ子のグループが探検と称して中にもぐりこみ、何人かが行方《ゆくえ》不明になっているという話があるが、真偽《しんぎ》のほどは定かでない。

「あれって伝説だよね。本当のことなの？」

美和が訊《たず》ねた。

「伝説っていうくらいだから、本当じゃないかもしれないよね」

分析好きの冷静なユミが答える。「子供が入ると危険だから、大人が意図的にそういう話を流したんじゃないかなあ。本当のところはどうなんだろう」

実際、そこへ行ってみる勇気のある生徒はいなかった。夜に行くと、助けを求める少年の声が聞こえるという噂《うわさ》があるからだ。聞いたことがあるという生徒がクラスに必ず一人か二人いたが、くわしい話を聞こうとすると、その連中は首を左右に振った。要するに知らないのである。

「誰か行ったことがある人？」

孝介が念のために聞くが、手を挙げる者はいなかった。「どうかなあ、そこにするのは？」

「防空壕？」

鶴巻が丸い目玉をさらに丸くする。

「怖いか？」と孝介。

「いや、怖くなんかないよ。佐々倉はどうだ？」

いきなりふられた佐々倉は、少し怯えたような顔をしたが、首を強く左右に振った。

「怖くなんかあるもんか。問題は、夜行ったら危なくないかってことだ。暗くて道に迷ったり、怪我《けが》したりするかもしれない」

「じゃあ、おまえは夜の問題をクリアしたら、参加するんだな？」

「あ、ああ」

佐々倉はよけいなことを口走り、後悔したような顔をした。「でも、女子はどうなんだ？」

「わたしは全然問題ないよ」

ユミはそう言いながら、もう一人の女子、美和を見る。「ヨシカズは？」

「わたしも大丈夫。九時半すぎにこっそり外へ出れば、お母さんたちに気づかれないと思う」

美和もあっさり同調した。「秘密のにおいがして、わくわくするよ。綾香も行きたかっただろうなあ」

「あいつは入院中だ。病院からは抜け出せないだろう」

孝介が言った。

「あれっ、よく知ってるんだね。二人は怪しいぞ」

鶴巻が茶々を入れた。

「またそんなことを言う。関係ないよ」

孝介は顔をやや赤らめた。

「ユミにはチャンス到来。夜だしねえ」

美和がユミの腕をこっそりつねった。

「やめてよ」と言いながらも、ユミはまんざらでもない顔をした。

「それで、佐々倉はどうなんだ？」

孝介が必要以上に大きな声を出した。

「くどいなあ。俺も行くよ。何とかこっそり家を出るから」

佐々倉は大きな溜息《ためいき》をついた。「でも不破と大河原はどうする？」

「手紙を出しておこうか？」とユミ。

「やめとけ。親に手紙を読まれるだけだよ」

孝介は否定的な見解を示した。

「わかったわ」

ユミは残念そうに言って、引き下がった。

「じゃあ、それで話は決まった」

孝介がそう言って手をぱちんと叩いた。

それから、五人で集合場所を決めた。二日後の午後十時、校舎の裏、焼却炉の前。来られない奴は磔《はりつけ》の刑に処する。武田先生には秘密。立場上、止めるに決まっているから。

「メンバーの掟《おきて》は守ろうぜ」

鶴巻の掛け声に全員が応じた。

午後十時十五分前。最初に集合場所に着いたのは、鶴巻賢太郎だった。県内の私立難関校に早々と入学を決めたので、両親は彼に好きなことをやらせていた。彼の部屋は一階にあるし、窓からこっそり抜けるのは全然問題がなかったのだ。その夜にかぎって、母親が部屋をのぞくとは考えにくかった。

鶴巻は九時半に自転車に乗り、学校へ向かった。直線距離にして一キロほどだから、昼間なら十分もかからないが、夜は警戒しながら行くので、少しよけいに時間がかかった。校門の前は真っ暗だった。自転車は見あたらないが、どこか別のところに停めてあるのかもしれないと思った。

校門は閉められているので、とりあえずその前に自転車を停めた。校門の横の通用門に鍵が掛かっていないのは知っていた。彼はそのまま通用門を抜けて、校庭の中を校舎に向かって進んだ。

白々とした月の光を浴びて校舎はくっきりと見える。その背後の裏山も。三月に入ったとはいえ、まだ冬の寒さを引きずっており、空気は凍りつくように冷たい。今朝も零下になって、庭に霜が降りていた。

不意に校庭に一人でいる自分を意識し、全身を恐怖に包まれた。足が震え、それを隠そうとして、彼は駆けだした。誰も見ていないはずなのに、誰かに自分の一挙手一投足を監視されているような不安を覚えた。

いつもなら、校舎の一階中央の入口が開かれ、裏口へ抜けられるようになっているが、今そこは固く閉ざされている。明るい時には何でもないようなことが、暗くなってみると、すべてが恐怖を生み出すもととなる。しかし、背中のナップザックの中に入っている懐中電灯を取り出してみるまでもなかった。こんな時に電池を消耗《しょうもう》したら、いざという時に役に立たない。あそこに入ってみるまで、懐中電灯は使わないことに決めていた。

校舎の横手を大きくまわり、裏側に行こうとした時、焼却炉のほうに黒い影が見えた。メンバーの誰かか、それとも……。

急げ、集合場所へ急げ。

鶴巻は全速力で焼却炉に達した。しかし、誰もいない。あの黒い影は目の錯覚だったのか。

僕が一番だ。やったあ。勝利の雄叫《おたけ》びをあげようと思ったが、そうすることに何の意味もないことに気づいた。〝観客〟は誰もいないのだ。不意に孤独感が押し寄せてきて、悲鳴をあげたくなった。

裏山の上に月が出ていた。鬱蒼《うっそう》とした茂みの中で梟《ふくろう》が寂《さみ》しげに鳴いている。

午後十時、暗闇のどこかでまたホーッと梟が鳴くと、鶴巻は不安そうに顔を上げ、ホーッと声を返した。

三輪美和は自転車を飛ばしながら、あんな約束するんじゃなかったと後悔していた。メンバーのみんなで好きにやってよ。仲間はずれになっても、もうすぐ卒業じゃない？

どうして、そのことに気づかなかったのだろう。

オレはふだんは男のように明るく元気にふるまっているけれども、実際は怖がりの女子なのだ。恐怖映画を一人で見ようものなら、夜は怖くて眠れなくなる。それほどの臆病者《おくびょうもの》なのだ。

明るい時なら、笑い飛ばせるようなことが夜の世界では恐怖に変わる。くだらないこと一つ一つが恐怖の種だった。放課後、ユミに近づいて、今夜一緒に行かないかと誘ったところ、だめだと断られた。なぜかと聞くと、今日は肝だめしみたいなものだから、一人で行かなくては意味がないと言うのだ。

「ヨシカズ、あなた、怖いんでしょ？」

と言われたので、ばか言わないでくれと言い返したが、内心は怖かった。夕刻が迫り、明るさが減るのに反比例して、彼女の中の恐怖はアメーバが増殖するように大きくなっていった。

夕食の時も食欲がなく、母親にどうしたのと聞かれた。ううん、別にと答えると、

「おまえ、好きな人ができたの？」と言われた。

「ははは、そんなはずはないよね。おまえみたいなおてんばがね」

「お母さん、おてんばなんて言葉、死語だよ。ちょっと風邪気味かもしれない。今日は早く寝るから」

美和はそう言って、部屋に入ると、恐怖を打ち消すために冒険の準備をした。ナップザックに懐中電灯、チョコレートとスナック菓子を入れた後、もし痴漢に襲われた

らすぐ反撃できるように「武器」を入れることにした。父親が日曜大工に使っているハンマー、ドライバーを工具入れから持ち出してきた。そのずっしりした感触の武器を手にすると、心が落ち着いてきた。夜なんか怖くない。何でもないんだ。そう自己暗示をかけて、九時四十五分、玄関を抜け出した。

　学校に着いたのは、集合の五分前。自転車が一台、校門のそばにあるのを見て、少し安心した。すでに誰かが来ているのだ。荷物の中からハンマーを取り出し、右手に持った。それから、校門を抜けようとした時、右手の暗がりから黒い影が飛び出してきた。

「こらあ、誰だ」

　美和は怒鳴りつけた。

「俺だよ、俺。佐々倉だよ」

　懐中電灯で照らすと、確かに佐々倉文雄だった。その小太りの体がぶるぶる震えていた。

「おいおい、男のくせに何だよ。情けないなあ」

　恐怖の反動からか、大きな声が出てきた。しかし、頼りない佐々倉とはいえ、仲間がいると思うと、急に自信が湧《わ》いてきた。怒鳴りつけることで、逆に美和の体内にエネルギーが満ちてきた。

「いいな、おまえは男っぽくて」

ちぇっ、そんなんじゃないんだってば。わたしだって、怖がりの女子なんだよ。

「さあ、行くぞ。みんな待ってるからね」

美和が校舎に向けて駆けだすと、佐々倉が「待ってくれよ」と泣きそうな声を出しながら彼女を追ってきた。

「ばかっ。早く来いよ」


湯浅孝介は二階の部屋から一階の屋根に出た。

夜中、家族を起こさないように屋根からコンビニに買い物に行ったことが何度かあるので、今回の夜の冒険には問題はなかった。学校まで直線距離にして一キロにも満たないので、歩いていくことにした。屋根から雨樋《あまどい》につかまり、忍者のようにするすると下りた。

それから、静かに門を出ようとした時、植えこみの中から黒い影が出てきた。

「うわっ」

さすがの孝介もこれには驚いた。

「湯浅君。わたしよ」

聞き覚えのある女の声。黒い影が立ち上がると、玄関灯のかすかな明かりに富永ユミの顔が現れた。

「なんだ、富永か。びっくりさせるなよ」

「強盗かと思った？」

「何だよ。こんなところで？」

「一緒に行こう。わたし、一人で怖いのよ。湯浅君がついていってくれたら安心だから」

ユミはそう言うと、孝介の腕に強引に手を差しこんできた。「早くしないと、約束の時間に間に合わなくなるから」

「おまえ、ヨシカズと行けばよかったのに」

「あの子は先約があったみたいで、断られたんだ」

「そうか」

暗い夜道を女子一人で行かせるのも可哀相《かわいそう》だ。ボディガードとしてついていくかと無理に理屈をつけて現地へ向かうことにした。それにしても、何だよ。こいつ、べたべたくっつきやがって。

ユミは暗くて人に見られないのをいいことに、しがみつくように孝介に寄り添ってきた。

「おい、走っていくぞ」

孝介はユミの手を無理やり離すと、いきなり駆けだした。

「待ってよ、湯浅君」

校内の女子では足が一番速いはずのユミが、彼の背後から泣きそうな声で呼びかけてくる。

「時間に間に合わなくなるぞ」

「だってぇ」

声が次第に離れていくので、孝介は立ち止まり、ふり返った。

「意地悪ね。ゆっくり行っても大丈夫よ。一緒に歩いていこうよ」

ユミは孝介の手を強く握った。

「離せよ。恥ずかしいじゃないか」

「だって、こんな時じゃないと、手をつなげないじゃない？　話すこともいっぱいあるし……」

「昼間話せばいいよ」

「湯浅君、わたしに冷たいんじゃないの」

「そんなことはないよ」

「中学を卒業したら、あまり会えなくなるんだから」

「学校は近いじゃないか」

孝介が県下一の公立男子高、ユミは同じ市内の名門女子高に進学が決まっていた。二つの学校はお互いを意識し合う関係にあった。

「じゃあ、毎日一緒に電車通学する？」

「わからない」

「わたし、駅で待ってるから」

「そんなこと、言われても困る」

「湯浅君、わたしが嫌いなんでしょ？」

「そんなことはない」

「じゃあ、好き？」

「好きとか嫌いの問題じゃないだろう」

「湯浅君は、やっぱり石原が好きなんだ？」

孝介は少しためらいながら否定した。綾香の怪我は回復までまだ時間がかかり、卒業式にも出られないという。東京へ引っ越すことが決まったので、このまま会えないで別れてしまうのが心残りだった。

話をしているうちに、いつの間にか、中学校を取り囲むフェンスに近づいていた。時刻はもう十時になろうとしている。

「遅れるから、急ごう。さあ」

孝介はユミの手を離し、駆けだした。

「意地悪っ」

ユミは一声強く言うと、走りだして、たちまち孝介を追い越していった。紺色の光沢のあるジャージが月光に照り映えて光っている。カモシカみたいだなと孝介は思った。三年の女子で一番頭もいいし、運動神経も抜群。そんな女の子に好かれていることは決していやなことではない。でも、僕は石原綾香のほうが……。

前方できゃっと悲鳴が聞こえた。

ユミの姿が消えていた。たいへんなことが起きたのか。慌てて彼はユミの声のしたほうを探った。そこには自生した茶の木の茂みがあり、闇が重く淀んでいた。

「おい、富永。大丈夫か？」

うーんと呻《うめ》くような声がした。黒っぽいものが闇に倒れていた。

孝介は腰を屈《かが》めて、ユミに近づいていった。

「富永、大丈夫か？」

ユミの声とともに孝介の手が引っ張られ、バランスを失った彼はユミの上に重なった。「全然大丈夫じゃない」

「全然大丈夫じゃないよ」

孝介の唇《くちびる》につめたいものが触れてきた。


一番乗りしたのは鶴巻賢太郎だった。それから遅れること五分で、三輪美和と佐々倉文雄の奇妙なカップルが校舎の横から現れた。

二人が並んできたので、鶴巻は指差して笑った。

「おまえら、何だよ。一緒に来たのか？」

「校門で、偶然佐々倉と出会ったんだよ」

美和が佐々倉を顎《あご》で差して、ふんと鼻を鳴らした。

「息が荒いぞ。おまえら、怪しいな」

「駆け足で来たからね。でぶは遅くて足手まといだ」

佐々倉は運動が苦手なので、はあはあと息を喘《あえ》がせている。彼は男まさりの女子のきつい言葉に言い返すこともなく、両手を膝《ひざ》に乗せ、体を折って荒い呼吸を繰り返していた。

「あれ、学級委員長は？」

美和は暗闇を見まわした。校舎の裏側には月光が及んでいなかったが、暗闇に目が慣れているので、物の輪郭はつかめた。

「湯浅と富永はまだだ」

鶴巻が腕時計に懐中電灯の明かりをあてる。午後十時五分。

「肝心の正副委員長が遅刻《ちこく》じゃ、しょうがないよね」と美和。

「もう少し待ってみよう」

鶴巻は懐中電灯を消した。

「もし来なかったら」

ようやく正常な息づかいにもどった佐々倉が言った。「中止にするのかい？」

「この三人じゃ、心もとないねえ」

美和がいやみを言った。「主役がいない劇みたいなものじゃないの。あの二人がいてこそ、絵になるんだよなあ」

「地味な脇役で悪かったたな」

鶴巻は気分を害し、鋳鉄《ちゅうてつ》の焼却炉を足で蹴った。ゴンと重い音を立てた後、中で何かがごそっと落ちる音がした。焼却炉は午後に燃やしていたので、そばに近づくと、かすかに温もりが感じられた。

「ね、どうするの？」

美和が再び質問を繰り返した。

「計画はやめるしかないだろうな」

「そうしようよ。こんなことって、ばかばかしいもの」

佐々倉が言うと、美和がぴしりと言った。

「あんたは臆病者だ」

「じゃあ、おまえ、一人でも行くのか？」

「行かないよ。オレ、これでも女だからね。何も好きこのんで、一人で危険な世界に行くわけないよ」

「だったら、解散だ」

十時十分をまわったところだった。佐々倉が急に元気をとりもどしていた。

「おい、佐々倉、帰る必要がなくなったぞ」

「どうして？」

「だってさ。ほれ」

鶴巻が懐中電灯を照らすと、その中に二人の男女の姿がスポットライトを浴びたように浮かび上がったのだ。「よお、ご両人。やっとこさ、お出ましか」

「ごめんごめん。そこで手間取っちゃってさ」

孝介が頭をかきながら、三人のところまで歩いてきた。その背後からユミが恥ずかしそうについてきた。

「どうしたんだよ、おまえたち」

「……………」

4

メールの着信音がした。

石原綾香は『ホール』を途中まで読んだところだったが、原稿から顔を上げた。孝介とユミの間に何があったのか、ひどく気になっていた。孝介に問いただせば教えてくれると思うが、栗橋に二人で行ったあの日以来、彼とは連絡がとれなくなっていたのだ。どうしちゃったんだろう。何かを思い出したと彼が最後に言い残し、車で去っていった時のことを彼女は思い出した。

携帯電話に連絡しても、留守設定になっているので、用件を吹きこんでおくのだが、返答がなかった。

綾香は今日もメールを入れておいた。

「至急連絡をください」と。

彼のマンションに電話を入れてもつかまらなかった。会社には休暇願が出ているというし、事情を聞いても、外部の人間にそれ以上は教えてくれなかった。

携帯電話を開くと、発信者は孝介だった。

彼女の胸がどきどきした。ところが、メールを開いてみると、「しばらく旅に出ています。帰ってから話します」としか入っていない。どうなっているのだろう。相手からの一方的な通告に、かえって欲求不満が高まった。

折り返し、彼女はメールを送った。

「ホールって何？　あの夜、何が起こったの？」と。

その鍵は『ホール』のつづきに書いてあるはずだった。

彼女は再び原稿をめくった。先を読むのが怖かったが……。

5（十年前）

「ようし、全員そろったな」

湯浅孝介が声をかけた。彼は懐中電灯をつけて、その場に集まった四人の顔を照らしだし、最後に自分の顔にライトをあてた。

「おまえの顔、汚れてるぞ」

鶴巻が言った。

「そこで転んだんだよ」

「富永と一緒に？」

「しつこいな」

孝介は顔についた泥を手で落とそうとしたが、かえって汚れが広がった。「ええと、みんな、懐中電灯と食料は用意してるよね。万一のことが起きた場合……」

「ちょっと待ってよ。万一って何だよ？」

佐々倉が不安そうに言葉を挟んだ。「俺、そんなこと、聞いてないぞ」

「遭難した時のことだ。菓子とか持ってれば飢える心配はないだろう？」

「遭難する可能性があるの？」

美和が不安そうに聞いた。

「いや、冬山じゃないし、こんなちっぽけな丘みたいなところだから、それはありえないけど、防空壕に入るわけだから、それなりに危険なことはあるかもしれない」

「だから、それは何なんだよ」と佐々倉。

「穴の中は真っ暗だし、何があるかわからない」

「人の骨とか？」

佐々倉の声は悲鳴に近くなった。

「それもあるだろう」

鶴巻が笑いながら言った。「戦後、ここで少年が何人か行方不明になったのは知ってるよね？」

「だから、それは伝説なんだって。もしその人たちが今も洞窟《どうくつ》にいたら、おじいさんになってるよ。そう思えば怖くないさ」

美和が佐々倉を勇気づけるように言った。

「死んでたら、少年の幽霊のままだ」

鶴巻は真顔で言った。

「いやだなあ。俺……」

佐々倉の声は消え入りそうになった。

「やめるの？　弱虫」

美和がぴしりと言った。「佐々倉はやっぱりノミの心臓だ」

「やめるとは言ってないぞ」

佐々倉が言い返したところで、孝介が学級委員長らしく断を下した。

「じゃあ、全員、異議がないってことなので、出発するよ。佐々倉、少年がいなくなったのは伝説だから、心配するな」

孝介はそれから右手を出した。最初にユミが手を乗せると、鶴巻、美和がつづいて手を乗せた。最後に佐々倉がおずおずといった様子で手を乗せ、それを孝介が上から包みこむように押さえた。

「我々は選ばれた五人のメンバーだ。これから卒業記念の冒険の旅に出る」

「おう」と鶴巻だけが威勢よく応じた。

「じゃあ、出発するぞ」

上空には月が冴《さ》えざえと光り、五人のメンバーを青白く照らしだした。焼却炉のそばのサクラの木はあと一ヵ月後に開花の時期を迎えるが、今は芽吹く気配はいっさいなく、冷たい風に枯れ枝が寒そうに震えている。

風が強くなってきた。背後で口笛のような音がする。

「ねえ、誰が吹いてるんだ？」

佐々倉が怯えた声で言う。

「ばかだな。校舎の隙間に風があたって、口笛みたいに聞こえるのさ。佐々倉は一応理系なんだろ？」

鶴巻はそう言って、佐々倉のリュックサックを叩いた。「おまえ、びくついてても、食べものだけは忘れないんだな」

美和がくすくすと笑った。

五人は一列になって進んだ。懐中電灯の電池を消耗しないよう、先頭と最後だけがつけることにした。学級委員長の湯浅孝介が先を進み、間に二人の女子と佐々倉を入れ、最後尾を鶴巻賢太郎が歩いた。サクラの木のそばを抜けると、落葉樹の林があり、クマザサが密生している。その間をけものみちのような踏み分け道があった。

「何で道があるんだろう？」

孝介が立ち止まり、懐中電灯の光でさらに奥まで照らした。

「古い祠《ほこら》があるんだよ。玉沢さんがいつもお参りしてるんだ」

鶴巻の言う「玉沢さん」とは、学校の用務員で、明るい間だけ学校に通ってきて、掃除や焼却炉の管理をする人だ。年齢は六十をすぎていると思われるが、誰も正確な年齢を知らない。今の生徒の親がこの中学校に通っていた頃にはすでに彼はおり、その時点でも六十歳をすぎているように見えたという。

玉沢さんがどういう立場で学校の雑用をしているのか、先生も明確に答えられなかった。公務員なら六十歳をすぎれば当然定年があるが、玉沢さんはそれにはあてはまらない。嘱託《しょくたく》のような形なら報酬はもらえるが、ボランティアならもらえない。用務員というのも正確な立場ではないようだ。

ある時、孝介が父親に聞いたところ、裏山は元は玉沢さんの土地だったらしい。それを管理するのがたいへんになり、町に一括して寄贈したというのだ。玉沢さんは戦前は大地主だったが、農地解放で没落した家の主人だということがおぼろげにわかってきた。しかし、実のところは誰も知らない。

学校側も裏山の元の持ち主が校内を通ることを大目に見ていたし、校長が代わっても、引き継ぎ事項の中に玉沢さんの扱いもあったのだろう。

「玉沢さんは、ここで行方不明になった少年のことが気がかりで、少年が無事に帰ってくるのを待ってるって噂だよ」

美和が言った。「だから、明るいうちは裏庭でずっと待ってるんだって」

「じゃあ、やっぱりあれは伝説じゃなくて、本当のことだったんじゃないか」

佐々倉がまた騒ぎ始めたので、美和が「うるさい。おまえは肝っ玉が小さいよ」と一喝《いっかつ》した。


落葉樹の道を抜けると、少し開けたところに出る。落ち葉は玉沢さんがきれいにかき集めて、中学校の焼却炉で処理する。なるほど、そのあたりにも学校が玉沢さんに焼却炉を使わせる理由があるようだ。

こんなにきれいになっていても、誰もここまで来たことはない。みんな、少年の失《しっ》踪《そう》伝説を気味悪がっているのだ。小さな祠があった。田舎《いなか》へ行くと、各家庭の裏庭に家の守り神があるのをよく見かけるが、それよりは若干《じゃっかん》大きい。

五人は自然に祠のまわりに集まった。

「ここで手を合わせていこう」

孝介が二回礼をした後、二回手を叩いた。それから最後に一礼する。

「二礼、二拍手、一礼。これが神に祈る作法だ」

孝介が言うと説得力がある。他の四人も同様に祠に〝道中〟の無事を祈った。

「ふうん、孝介君は何でも知ってるのね」

ユミが感心したように言った。

「あれ、ユミは湯浅君に対して、ずいぶんなれなれしいんだなあ」

美和がからかい気味に言う。「いつから湯浅君から孝介君になったのかな」

「さっきからよ」

ユミはさらりと受け流した。「さあ、みんな。行こうよ。遅くなるし」

祠の横をまわり、裏側に入ると、道はない。笹竹が密集して生えており、その奥に行くには竹をかき分けていくしかなかった。動物でさえ入らない道。もちろん、玉沢さんだって、この奥には行かないだろう。

孝介がライトをあてて笹竹のまばらなところを探したが、見つからなかった。

「仕方ない。適当に入っていくよ」

孝介は茂みの中に手を突っこみ、かき分けてみた。真竹《まだけ》と違って細く、それほど苦労せずに開くことはできた。しかし、竹はずっと先まで隙間なく生えているので、竹の密集地を通り抜けるのは容易ではなかった。

竹が割れる音がつづくと、ねぐらにいた鳥たちが不安そうな声で鳴き、中には飛び立つ鳥もいた。ばさばさっと羽ばたく音に女子たちは悲鳴をあげた。

そんな時、「ああっ」と叫んだのは佐々倉だった。

「どうした？」と孝介。

「ズボンが破れた」

「ばっかだなあ」

鶴巻が呆《あき》れたように笑ったが、その声にもどことなく不安がまじっていた。かきわけた竹はまた反動でもどってくるので、注意しないと顔にぶつかってくる。

何とか笹竹の群生地を抜けると、また開けたところに出た。しかし、ここは上空を常緑樹が覆《おお》っているので、月の光が届かない完全な闇の世界だった。空気は冷たくて湿っぽい。それでも、風はこんなところにまで及んでいた。

「この辺に防空壕の入口があるはずなんだ」

孝介が言うと、佐々倉が不安そうに言った。

「俺、もう充分、冒険したよ。この辺で引き返さないか。弱虫と言われたって、かまわないからさ」

「じゃあ、一人で帰れよ。帰りもけっこう怖いぞ。一人でもどれるかな」

鶴巻がそう言って、はやしたてた。

「ヨシカズ、おまえ、俺と一緒に帰らないか？」

「冗談言わないで。オレは行くよ」

美和は一笑に付した。

「富永は？」

「わたしは孝介君と一緒だったら大丈夫。佐々倉君、一人で帰れば？」

ユミも冷たく突き放した。

「多数決だな。四対一で僕たちは突き進むのみ」

孝介はうなずくと、「じゃあ、出発するぞ」と言った。

「みんな、離れないようにしろよ。じゃあ、佐々倉はここでさようなら。明日、学校で会おう」

四人が隊列を組んで歩き始めると、佐々倉は慌てたようにあとをついてきた。

「わかった。俺も行くよ」

「ようし、それでこそ、おまえも選ばれしメンバーだ」

しんがりの鶴巻に背中を突つかれ、佐々倉は仲間にもどった。

裏山の突き当たりに、縄文《じょうもん》時代の遺跡があるというが、それに関して町が発掘したという話は聞いていなかった。大昔の人々の住居跡というのも、ただの言い伝えなのかもしれず、真偽のほどは定かではない。

　孝介が懐中電灯の光を山に向かってあてた。常緑樹林の中、焦《こ》げ茶色の地肌がのぞいているが、どこにその防空壕の跡があるのかわからなかった。

「みんな、明かりをつけてくれ。その場所を探そうぜ」

　女子二人と佐々倉が背負っていたザックのポケットから懐中電灯を抜き出し、五人でいっせいに裏山の山肌を照らしだした。五つの丸い光線が暗闇の中に主役のスターを追い求めるようにせわしなく動いた。

　最初にそれらしきものを見つけたのは、美和だった。

「ねえ、あれじゃないの？」

　彼女がライトを照らしたところに薄汚れた灰色の物体が見えた。五人は同時にライトをあて、ゆっくり近づいていった。平地から丘になったばかりの斜面にそれはあった。

　それは最初、中世西洋の騎士が使った盾《たて》を連想させたが、よく見ると、円形だった。表面に泥が付着しているが、丸い把手《とって》のようなものがついている。

「ドアかな？」

　孝介が把手に触れて、引っ張ってみるが、びくともしない。「これ、マンホールの蓋《ふた》だよ。それをドアに利用してるんだ」

マンホールといっても、直径五十センチほどだから、それほど大きくない。把手はもともとマンホールについていたものではなく、後で溶接して付けたような感じだった。なぜ、こんなものがここにあるのだろう。

孝介の背後から鶴巻が来て、把手に手を触れた。

「防空壕が作られた頃にもマンホールはあったんだろう」

丸いドアの周囲には金属製の枠ができていた。マンホールに合わせて作ったのだろうが、職人がやったように器用に作られている。

「うわあ、わくわくするね」

鶴巻は嬉《うれ》しそうに言った。ドアの向こうに何かがある。ドアを開ければ、その向こうに……。

「僕に任せてくれ」

鶴巻はマンホールと枠の隙間に入りこんでいる泥を近くにあった木の枝でほじくり出し、それから把手を引っ張ってみた。「あ、動くぞ」

よく見ると、蝶番《ちょうつがい》のようなものはなく、蓋を枠の中に嵌《は》めこんでいるだけだった。マンホールと枠の隙間に孝介も手を入れて、二人で蓋を持ち上げた。

「これ、けっこう重いな」と鶴巻。

「道路のマンホールって、軽かったら車に飛ばされて危ないものな。簡単には動かせないようになってるんだ」

二人ではずれた蓋を回転させながら横の斜面に置いた。

「わあお、地下帝国への入口だ」

さっきまで怯えていた佐々倉が興奮した声をあげた。彼はSF映画の熱烈なファンで、日頃から自室にあるコレクションを自慢にしている。受験勉強そっちのけで映画ばっかり見ていたのに、志望校に合格できたので、口の悪い同級生は「おやじが医者だから、裏口だろう」と陰口を叩いていたほどだ。本人はそれを肯定《こうてい》しなかったが、否定もしなかった。

「危ないから、女子は引っこんでて」

孝介がまず穴に顔を近づけ、ライトで中を照らしつけた。黴臭《かびくさ》いにおいが漂ってきた。冷たくはなく、外気より温かい。何かが発酵しているためだろうか。

孝介は穴の中に顔を突っこみ、円形を描くように内部にライトをまわした。彼が何も言わないので、鶴巻が焦《じ》れた。

「何があるんだ?」

「わからない。暗くて光が奥まで届かないんだ」

孝介が穴から顔を出して、ふり返った。

「地下帝国、地下帝国」と佐々倉が小学生のように小躍りしている。

「じゃあ、佐々倉。おまえが最初に入ってみるか?」

鶴巻が皮肉っぽく言った。「地下帝国に最初に入る栄誉を佐々倉文雄君に与える」

「い、いや、俺は遠慮しとくよ」

佐々倉が急に真顔になり、慌てて後ろへさがった。

「じゃあ、仕方がない。僕が入ってみるか」

まず孝介が穴の中に入っていった。穴は大人一人がやっと通り抜けられるほどの大きさだ。足元を照らすと、穴の一メートルほど下に土があった。孝介は思いきって飛び下りた。中は背伸びをしても頭がつかないほど高く、そして両脇に通路のような形で空洞ができていた。

「ホールになってるぞ」

孝介が外に向かって光で合図をすると、鶴巻が入り、富永ユミと三輪美和がつづいた。最後の佐々倉は着ぶくれしていたので、ホールを通り抜けるのがむずかしそうだったが、中から男子二人に引っ張ってもらって何とか入ることができた。頭からぶざまに落ちたので、女子たちがくすくすと笑い、それにつられて男子たちも笑いだした。

笑い声が暗闇の中に吸いこまれていった。開いたマンホールの穴の外からすーっと冷たい外気が流れこんできて、笑いのエネルギーも押し流してしまった。

「そこ、閉めておいたほうがいいんじゃないか」

鶴巻が丸い穴をふり返って言った。

「いや、中からは閉められないよ」

孝介が反論する。「いったん外に出て、それから閉めないといけないわけだからね」

「じゃあ、もしかすると……」

美和が言った。「もしかしてさ。外から誰かにマンホールを閉められたら、みんな、ここから出られなくなるのね？」

「えっ」と言ったまま、孝介の体が硬直した。そのあたりまえの事実にそれまで気づかなかったのだ。

「いや、もし悪い奴があれを閉めようとしても、無理な話さ」

鶴巻のほうが冷静だった。「あの蓋、けっこう重かったよ。二十キロはあるんじゃないか。それを一人で持ち上げようとしたって無理だよ」

「悪者が二人以上だったら、どうなのよ?」と美和。

「できないことはないけど、現実には無理なんじゃない?」

鶴巻は落ち着いていた。「おまえさ、そんな奴が二人以上もいると思うか?」

「うーん、二人以上はありえないかなあ」

「だったら、心配する必要はないよ。こっちは五人もいるんだぜ。数の上でこっちのほうが断然有利さ」

鶴巻の説明にみんなが納得した。

「じゃあ、どっちへ行ってみる?」

孝介は懐中電灯の光を左右に振るが、光は両端に届かなかった。「これって、やっぱり防空壕みたいだね」

「縄文時代の穴居人《けっきょじん》が掘ったものを戦争中の人が再利用したのよ」

ユミが自分の推理を得意げに披露した。「穴を広げたのか、そのまま使ってるのか、わからないけど……」

「でも、あのマンホールはけっこう新しいぞ。少なくとも、戦争以後のものだ」

と鶴巻も自分の推理を言った。

「ホームレスが持ってきたのかなあ」

美和がそう言って首をひねった。

「洞窟おじさんだ」

佐々倉がいきなり叫んだ。

「ああ、そんな人もいたなあ」

〝洞窟おじさん〟とは、十年ほど前に町内の別の丘陵に住んでいたホームレスのことである。中学生の頃に栃木県内で盗みを働き、流れ流れて栗橋の山に逃げこみ、何十年も誰にも知られずに暮らしていた男だった。見つかったのは、農家で盗みを働いて住人に取り押さえられたからだ。警察の調べで、男の年齢は六十五歳、四十年以上も山に住んでいたということがわかった。

「俺、覚えてるよ。あのおじさんは、どうしちゃったんだろう」

鶴巻が懐かしそうに言った。「物好きな編集者が『縄文おじさん』というタイトルで、インタビュー本を出したけど、たいして話題にもならず、おじさん自身もどこかへ姿をくらましてしまったんだ」

「もう死んじゃってるんじゃないか。生きてたら、八十歳くらいだぞ」

孝介は冷静にそう言い、腕時計をライトで照らした。「さあ、時間が貴重だから、思い出話はこのくらいでおしまいだ。右へ行くぞ。みんな、いいね？」

洞窟の高さは三メートルはあるようだ。削りとられたものなのか、それとも自然にできたものなのか、判断はできない。孝介のライトが左右に振られ、横幅が二メートルほどあるのがわかった。のみの削り跡と見えないこともない。ただそれが作られたのが何千年も前なのか、この五十年以内のことなのか、それもわからなかった。

空気の流れが感じられる。マンホールの蓋が開いているだけでは空気が流れるはずもなく、どこかに空気の抜けるところがあるように思えた。

電池の消耗を防ぐため、この中でも先頭と最後尾だけが懐中電灯をつけた。先頭の孝介のライトは闇を切り裂くが、果ての見えない暗闇は貪欲《どんよく》に光を飲みこんだ。最後尾の鶴巻はやや横向きに歩きながら背後の敵を想定して、後ろ向きにライトを闇に投げかける。

暗闇の脅威は上からも横からも真後ろからも迫ってくる。光で照らせば照らすほど、闇の深さは途方もなく深く感じられた。

自然に誰もが無口になった。

どのくらい進んだのか、洞窟は奥深く、果てがないように思えた。途中、左手に洞穴のようなものがいくつかあった。一つをのぞいてみると、明らかに人間の手によってくり抜かれており、四、五人が入ればいっぱいになるほど狭かった。しかし、内部はがらんどうで、最近人が住んでいた形跡はなかった。どこも同じだった。洞窟はゆるやかな曲線を描いてつづいている。時計と反対まわりのような感じもするが、どこまで歩いても、元のマンホールの蓋の入口にはもどらなかった。

暗闇に慣れることはなかった。光がいっさいシャットアウトされているので、目の慣れようがないのだ。

「ねえ、もうそろそろ引き返さない？」

美和の声が震えている。「いつまでもこんなことをやっててもキリがないよ」

「山を一周できるように穴がくり抜いてあるような気がするんだ。絶対元にもどるよ」

「山自体がそんなに大きくないから、遭難するわけないさ」

「もうどのくらい歩いてる？」

「まだ十分くらいだよ」

みんな思い思いに問いかけて、答えを引き出していたが、不安を解消するには至っていない。リーダーの孝介自身でさえ、底なし沼に引きずりこまれるような焦《あせ》りを感じていた。

卒業前の思い出作りにはなったと思う。これだけ怖い思いをして、夜の学校に参集し、未知の裏山に入り、洞窟の中まで探検したのだから。

もう充分だ。達成感はあまりないが、疲労感や恐怖感は充分に味わった。五人の思いはそれぞれ違うが、だいたい同じような感覚を持っていたのではないか。

「じゃあ、そこで一回休憩《きゅうけい》してから、引き返そう」

孝介の提案にみんなが賛成した。近くにあった小さな洞穴に五人が入ると、いっぱいになった。孝介がザックの中から蠟燭《ろうろく》を一本取り出し、マッチで火をつけた。蠟燭を中央に置き、五人がそれを取り巻いて地べたに座った。

「かまくらみたいだね」

美和が炎に手をかざしながら言った。

「雪と洞窟の違いだけだ」

孝介も言って、炎に手をかざす。小さな炎だが、掌《てのひら》が赤く透けて見えるように力強く感じられた。五人の手、五十本の指が炎を取り巻く。そして、いつしか不安と疲労が消えていった。

「めったにできない冒険だったな」

「一生忘れられないぜ」

「学校の近くにこんな秘境があるなんて、びっくりよ」

「みんな、今日の思い出を忘れずに一生固い絆《きずな》で結ばれよう。なんちゃって」

蠟燭の炎を見ていると、心の中をさらけ出すことができた。明るいところで言うと、恥ずかしいことが真面目《まじめ》に表現できた。

「俺、よかったよ」

それまで沈黙を保っていた佐々倉が言った。「ここへ来て満足してるよ。誘ってくれてありがとう」

「そうか。よかったな」

隣りに座っていた孝介が佐々倉の肩を叩いた。

「臆病を治すにはショック療法がいいんだ」

鶴巻が言った。「怖いところに無理やり押しこめると、恐怖感がなくなる。明日から世の中、全然違うものに思えてくるぞ」

「俺、そんな気がしてきた。もう何も怖くない。自信が湧《わ》いてきたよ」

自分の気持ちが素直に口をついて出たようだ。

その時、蠟燭の炎が大きく揺れた。孝介が炎をつかみ、火を消した。突然、奈落の底に突き落とされたような暗闇に包まれた。それまでの束の間の平和な世界が一変した。密度の濃い闇に包まれ、何も見えなくなった。

美和が悲鳴をあげようとする気配を孝介が感じとり、彼女の口を手で押さえた。

「しっ、静かに」

孝介の低い声が飛んだ。「誰かが来る。みんな、じっとして声を出すな」

みんな、押し黙り、全神経を耳に集中した。だが、何も聞こえない。そのまま、一分くらいの時間が経過し、我慢できなくなった鶴巻が怯えた声を出した。

「ほんとに誰か来たのか?」

「足音が聞こえたような気がしたんだ」

「まさか。こんなところに誰が来るって言うんだよ」

「マンホールの蓋を開けといたからね」

孝介と鶴巻が、ひそひそ声で会話を交わした。

「みんな、そろそろ、ここを出ようか。もうすぐ真夜中になってしまう」

鶴巻の提案に異論はなかった。

「でも、もし誰かが外にいたらどうする?」と孝介。

「明かりをつけず、このまま出ていくんだ。元の道をもどっていけば、マンホールのところまで出られるはずだ」

「一二三の掛け声で、みんな、駆け足をするか。でも、暗いと転んだりするぞ」

「ここに来るまで、でこぼこはなかった。両手を前に突き出していくんだ。絶対に元のところにもどれるはずだよ」

「わかった」

孝介はそう言って立ち上がった。「じゃあ、みんな、外へ出よう」

ひとしきり防寒具の擦《こす》れる音がつづき、「こっちだ」と孝介の声のするほうへみんなが移動した。

洞穴の外に出た。孝介はホールに冷たい空気の流れを感じた。風上のほうが彼らがやってきた道だ。そこにもどっていくだけでいいのだ。

「じゃあ、出発するぞ。時々点呼をとる。いいかい、絶対離れないようにね」

孝介はそう言って歩き始めた。彼の足音のほうへ動いていくのはむずかしくなかった。大きく湾曲した洞窟なので、時々、軌道修正する必要があったが、そういう時には孝介が立ち止まり、メンバーの注意を促した。

五分くらいもどったところで、孝介が懐中電灯をつけて、すぐに消した。

「みんな、ついてきてるか？　点呼をとるよ」

孝介が一と言うと、二、三、四、五とすぐに応答があった。「もうすぐだと思う」

「こんなに暗くてわかるの？」

ユミが不安そうに言った。

「穴から風が入りこんでいるから、すぐにわかると思う」

孝介はそう言ってから、「じゃあ、出発」と声をかけた。

彼が懐中電灯をつけて、前方を照らした。向こうへ行くぞという意思表示だ。懐中電灯を消して、隊列が動きだした。暗闇の中であっても、すでに勘《かん》が養われていた。足音によって何となく先頭の動きがわかる。

五分くらいたっただろうか。

先頭の孝介が突然止まった。つづいて歩いていたユミが彼の背中にぶつかる。

「どうしたのよ、孝介君？」

「おかしいな。もうもどってきてもいいんだけど」

「行きすぎちゃったんじゃない？」

「そんなはずはない。外気が入ってきていれば、風の音とかも聞こえるはずだよ。鶴巻、おまえはどう思う？」

「僕は通りすぎてないと思うけどな。通りすぎてたら、五人のうちの誰かが気づいているはずだ」

「わかった。じゃあ、もう少し行ってみよう」

　孝介が再び前方を照らしてみた。

「それから、湯浅。もう出口が近いんだから、みんなの懐中電灯をつけてもいいんじゃないか」

　鶴巻の提案はもっともだった。「穴を見落としたら、困るから」

「ＯＫ。その前に最後の点呼をとる」

　孝介が「一」と叫ぶと、二、三、四とつづき、最後に鶴巻が「五」と締めた。

　ところが、その直後だった。「六」と誰かが叫んだのだ。しかも彼らのかなり後方だった。闇の奥から肉の腐ったようなにおいが漂ってきた。

「六。ねえ、待ってよ」

　低いがよく通る声が洞窟の中を伝わってきた。まだ声変わりしていない少年のような声だった。

　美和がとんでもなく大きな悲鳴をあげた。ふだんは男っぽくふるまっているが、その仮面がはがれ落ちた時、恐怖は何倍もの大きさになって彼女を襲ったのだ。それに一番敏感に反応したのが佐々倉だった。

「うわあ、出たあ」

佐々倉はそう叫んで真っ先に駆けだした。

「待てよ。佐々倉」

孝介が止めるが、いったん始まったパニックを抑えることはできなかった。美和も佐々倉を追っていくと、それを止めるために孝介と鶴巻も駆けだした。ユミが最後になって、悲鳴をあげだした。

みんなが出口に向かって必死に駆けた。五人の足音が洞窟内に響く。

しかし、一分もしないうちに、冷たい風が彼らの頬にあたってきた。

「みんな、出口だぞ」

先頭の佐々倉が息も絶え絶えに言った。前方の暗闇の中に白くて丸い空間がぽっかりと開いていた。佐々倉は太っているにもかかわらず、信じられないくらいの速さで丸い人工の穴に飛びこみ、そのまま外へ姿を消した。

つづいて、孝介が外へ飛び出し、外から中に向かって手を差し延べた。

「僕の手につかまれ」

彼は美和の手をつかんで、外へ引っ張り出した。美和が腰を折って咳きこんでいる時にユミが自力で穴から飛び出してきた。そして、しんがりの鶴巻が出てくると、孝介が叫んだ。

「早く蓋を閉めよう」

孝介と鶴巻は二人で力を合わせて、マンホールの蓋を持ち上げた。

ホールの内部から「ねえ、みんな、待ってよ」という弱々しい声が聞こえていたが、二人は「えいっ」というかけ声とともに蓋を閉めた。その途端《とたん》、甲高《かんだか》い声は消えた。

代わって、裏山の木々を激しく揺らす風の音がした。

佐々倉の姿は消えていた。その場には、月の明かりに呆然と立ち尽くす四人の中学生の姿があるだけだった。

今のは夢だったのか——。

しかし、あの声が本当のことだとすると、彼らは誰かを「ホール」に閉じこめてしまったことになる。一人では持ち上げられないマンホールの蓋の向こう側に。彼らは「殺人者」になってしまったのか。

6

暗い。空気まで墨で塗りつぶしたような闇——。

ここはどこなんだろう。右を向いても左を向いても、見えるのは暗闇だけ。

それまで見ていたのは、ひどい夢だった。

どこかの洞窟に迷いこみ、その唯一の入口であるところを重い扉で閉ざされてしまったのだ。その鋼鉄製の重い扉は、一人の力ではいくら押しても動かなかった。

「ねえ、みんな、待ってよ。ここから出してよ」

そこで夢から覚めた。

だが、現実の世界にもどっても、彼を取り巻く状況はもっとひどかった。夢の世界の中にいたほうがまだましだと思った。

彼は暗闇の中にいた。黒い粒子が彼の細胞の一つ一つに染みこんでくる。

……………

7

石原綾香は不破勇の『ホール』を読み終えた。

富永ユミの持っていた原稿は、そこで終わっていた。もちろん、これにはつづきがあるはずだ。閉じこめられた六人目の話もあるので、小説がここで終わってしまうことはありえなかった。

「ホール」とは異界へ通じる穴を象徴的に使ったのか。それとも、さらに広く、「洞窟」の意味にも使っているのか。あるいは、作者が両方の意図のもとで書いたとも推測できる。

しかし、もしこのことが実話なら、「ホール」という言葉が、メンバーの五人にとっては非常に重要な意味を持っており、彼らがその言葉を聞いただけで怯えるのはよくわかる。綾香は今になってそう思うのである。

もう一つ疑問なのは、富永ユミがなぜこの原稿を持っているのか。彼女もあの夜の冒険の参加者の一人なのだ。この小説を読んで心おだやかでいられるだろうか。しかも、作者が「不破勇」。この不破という作家は、綾香たちの同級生と同姓同名なのだ。いや、違う。ユミはこの原稿をもらったばかりで、読んでいないにちがいない。だから、綾香と待ち合わせることもできたのだ。

ユミは不破勇が作家になったと言っていた。不破が作者だとしたら、彼はあの冒険をまるでその場で見ていたかのような真に迫った書き方をしている。

まさか、不破が六番目の閉じこめられた人間だったとしたら……。

声変わりしていない少年の声。

あの山に防空壕があったという話は昔から知られていた。戦後すぐに子供が冒険して行方不明になったことも伝説めいた話として知られている。

フィクションとして、こんなに真に迫った小説を書けるのだろうか。いや、実力のある小説家だからこそ書けるということも考えられる。嘘をいかにうまく書くかが小説家の腕の見せどころであり、その才能なのだ。

綾香は時計を見た。午前二時十五分。それでも、いっこうに眠気は訪れず、目はますます冴《さ》えわたった。

いずれにしても、この小説には奥の深い秘密がある。

ユミに直接聞いてみようか。いや、だめだ。そうしたら、綾香が原稿をコピーして盗み読みしたことがばれてしまうから。

「どうしたらいいんだろう」

彼女は思わず独り言《ひとりごと》をつぶやいていた。孝介がいたら、問いただせるのに。

三輪美和にしても、こんな時間に連絡をしたら迷惑だろう。

綾香はふと携帯電話を開いてみた。着信メールが一件あった。小説に夢中になっていて、全然気づかなかった。

発信者は湯浅孝介。綾香の胸の鼓動が速くなった。

「旅に出ています。僕を探さないで。さようなら」

またしても、一方的なメール。いったい、どういうことなのだろう。

8

またバイクのエンジン音が聞こえた。

カーテンを外から見られない程度に開いて、窓からのぞいてみた。

また、あいつだ。本当にしつこい。

その人物はカーテンを閉めて、息を止めた。しばらく我慢していれば、あいつは立ち去るはずだ。

エンジン音が停まり、足音が聞こえた。「ゆ・う・び・ん」と間延びした声。

その声に狂気を感じ、戦慄を覚える。じっと耐《た》えていようと、目を閉じて、耳に全神経を集めた。

その時、たいへんなことに気づいた。玄関の鍵を掛け忘れていたのだ。

全身から血の気が失せた。今、玄関まで走っていくのと、あいつが玄関に達するのと、どっちが速いだろう。だめだ、あいつのほうが速い。

その人物は、部屋のドアの鍵を掛けた。もうそうするしかなかったのだ。

どんどんと玄関のドアを叩《たた》く音。

「郵便でーす」

そのまま帰ってくれればありがたい。あいつの呼びかけの後、不気味な沈黙がつづいた。一分、二分が経過する。あきらめて、もう帰っただろうか。

カーテンを薄く開けて外をのぞくと、バイクは依然、家の前に停まったままだった。

「嘘《うそ》だ。まだこの家の近くにいるのか」

じっと嵐の去るのを待とうと思っている時、部屋のドアが叩かれた。目の前のノブががちゃがちゃと動かされる。

「そこにいるのはわかってるんですよ。郵便。ゆ・う・び・ん」

あいつは玄関のドアを開けて、家の中に入りこみ、ここまで足を忍ばせてやって来たのだ。自分の気配を消して、私を驚かそうとしたのだ。ノブが生き物のように動いているのを恐怖をもって見ることしかできなかった。ちょっとした小道具があれば、このロックは簡単にはずれる。

心臓から勢いよく血が全身へ送られていく。〝恐怖〟をたっぷり含んだ血液が、心臓にもどり、全身を何度も循環する。胸の鼓動が部屋の空気を震わせる。
怖い。今まで経験したうちで二番目に怖かった。
一番目は……。
しばらくして、バイク音が聞こえた。あいつが去っていくのだ。
ふっと緊張が抜けて、床にしゃがみこんだ。バイクの音が次第に遠ざかっていく。
それから、ゆっくり立ち上がり、部屋のドアを開けた。
廊下には誰もいなかった。しかし、あいつの残したものがドアに貼《は》ってあった。

栗橋北中学校、三年A組のみんな、元気にしてますか？
……………
告！　栗橋北中学校・三年A組卒業生の選ばれ死君たち
……………
○出席　欠席
本日はご挨拶がわりの「サプライズ」を差し上げました。お気に召したでしょうか。
お粗末さまでした。

タイムカプセルを開く三月十日は、一週間後に迫っていた。

孝介には相変わらず連絡がつかず、綾香は自分一人で謎の核心に迫らなければならないと思っていた。

9

美和は出張の後、有給休暇をとって旅行中で、数日後に帰ってくるという。ユミには外堀を埋めてからもう一度会うべきだと思っていた。その前に佐々倉文雄に会って話を聞いておくべきだった。彼とは電話で言葉を交わしているが、直接話をしていないので、彼に会って「ホール」について反応を見るのが一番いいようだ。昔の記憶が正しければ、佐々倉は反応がすぐに顔に出るタイプのはずだった。

携帯電話に連絡してみて、横浜か東京のどこかで会えないかと言うと、佐々倉は「今、春休みで実家に帰ってるんだ。悪いけど……」とあいまいな返事をした。どうやら、綾香に会いたくないらしい。

だったら、いっそのこと彼の栗橋の実家へ直接訪ねていけばいい。実家にいるところを急襲すれば、違った展開があるかもしれない。そう思った彼女はカメラの機材を車に積んで東北自動車道を北上した。

車の中で彼女は中学時代の太った色白の少年を思い浮かべた。彼が十年たったら、どういう大人になっているのか、頭の中で想像してみた。四年浪人して医大に入り、今はまだ大学二年か三年生だ。少しは医者のたまごらしく知的になっているのだろうか。しかし、想像をいくらたくましくしても、彼女の貧困な想像力では、十五歳の佐々倉文雄しか思い浮かばなかった。

午後一時すぎに栗橋に着いた。佐々倉内科医院の前の駐車場には車が一台だけ停まっているだけだ。午前の診療を終え、患者は帰った後だった。午後の診療時間は三時から六時までということなので、しばらくここに車を置いてもいいだろう。

この前訪ねた別棟の自宅へ行くと、母親が出た。彼女を覚えているらしく、「あら、いらっしゃい」と親しげに言った。

「文雄はまだ寝てるわよ。起こしてくるから、ちょっと待っててね」

急襲には成功したが、佐々倉がすんなり会ってくれるかどうかわからない。しばらくして母親がもどってきて、応接間で待っているように言った。十畳《じょう》ほどの和風の雰囲気のある部屋だ。壁には、緋鯉《ひごい》が描かれた日本画が掛けられている。キャビネットには父親のものとおぼしきゴルフのトロフィーなどがずらりと並べられていた。彼女は部屋の中央に置かれたソファに腰を下ろした。

それから十分ほどして、太った色白の男が現れた。上下のトレーナーは寝巻兼用のものと思われる。

「いやあ、ごめん」とあくびをしながら、太った色白の男が現れた。

それが綾香が想像したとおりだったので、彼女は思わず笑った。中学時代の佐々倉文雄がそのまま成人したようなのだ。おっとりした少年はそのままおっとりした二十五歳の青年になっていた。

「何だよ、ひさしぶりに会ったのにさ。ふつう笑うかなあ」

佐々倉は眠そうな目をこすりながら言った。起きたばかりのせいか、顔全体が腫《は》れぼったい。

「佐々倉君だって、若い女の子を前にだらしない格好をしてるし、あくびをしてるじゃないの。百年の恋も覚めちゃうよ」

「ああ、そうだったな。悪かったよ」

佐々倉は綾香の向かい側に腰を下ろした。「で、今日は何の用？」

「この前、タイムカプセルのことで電話をくれたよね？」

「ああ、あの時はごめん。ちょっとうろたえてたかな」

佐々倉は足を組んだ。ずり上がったズボンの裾《すそ》から毛深い足がのぞいた。

「ショックは癒《い》えた？」

「というか、あの時はびっくりしすぎたんだよ。後で冷静に考えたら、大したことはないって」

「じゃあ、佐々倉君、『ホール』って聞いて、どう思う？」

「ホール」

佐々倉が組んでいた足をほどいて、居住まいを正した。そして、怯えたような目で綾香を見た。

「どういうことかな？」

そう聞き返す彼の視線が不安そうに泳いでいる。

「卒業の前に五人で裏山の防空壕を探検したことよ」

「それ、誰に聞いた？」

佐々倉の顔に朱がぱあっと散った。昔のように反応がすぐ顔に表れる。

「じゃあ、本当のことだったのね？」

やはり、あの小説に書かれていたことは間違いなかったのだ。ただ、どのくらいまで正確に書かれているのかが問題だった。

「夜の十時に学校の裏庭に集合。佐々倉君は校門のそばで美和と合流して集合場所へ行った。集まった五人は、裏山でマンホールの蓋を見つけた。ここまで合ってるよね？」

「ああ、確かに」

佐々倉は唇を噛《か》みしめながら答えた。

「五人はホールの中に入ったよね。それから、探検をして、もどろうとした時、何かの音に気づいた。何の音だったの？」

「人の足音だよ。誰かが洞窟の中にいたんだ」

「それは誰？」

「俺にはわからない。怖くなって、みんなで帰ろうとした時、湯浅が点呼をとったのさ。そしたら……」

「一人多かった。六番目の人間がいたんだよね？」

「そうだよ」

佐々倉はその時のことを思い出したのか、怯えたように顔を歪めた。

「マンホールの穴を抜け出したのは、佐々倉君が最初だったよね？」

「ああ」

「それから、どうしたの？」

「逃げ帰ったのさ。一目散に家に駆けもどったんだ」

「他の人を置き去りにして？」

「仕方なかったんだよ。怖くて、俺の足が勝手に動いたんだ」

「他の人が危険にさらされると思わなかったの？　女子が二人もいたんだよ」

「結果的にみんな無事だったんだから、いいじゃないか」

佐々倉は翌日学校へ行った時のことを話した。「みんな、出席してるし、誰も欠けてる奴はいなかったんだ」

「置き去りにされた少年が死んでしまうとは思わなかったの？」

綾香は非難した。「それって、殺人じゃないの？」

「殺人？　まさか」

佐々倉は首を左右に振ったが、その可能性があることは重々承知しているようだった。

メンバーの連中が「ホール」について過敏に反応するのは、自分たちが「殺人者」であることを思い出すからだろう。

「あの後、そのことをみんなで話し合ったの？」

「翌日、五人が顔を合わせた時、湯浅が『ホール』については封印しよう。何ごともなかったように明るくふるまおうよ、と言っておしまいになった。みんな、忘れたかったんじゃないかな。それに、メンバーは無事でいたわけだし、町のどこからも失踪届は出ていなかったから、そのことは終わりって感じだったんだ。卒業式がすぐだったし、俺もそれでよかったと思った。逃げたのは悪かったと思うけど、誰も俺を責めなかったからな」

「じゃあ、ホールの中にいた人は誰なの？」

「さあ、空耳だったのかもしれない」

「五人全員が聞いたんじゃないの？」

「あのさ。おまえもあの場にいればわかると思うけど、真っ暗闇の中で怖くてたまらなかったんだ。ああいうパニック状況で、みんなが同じように錯覚するってことはあると思うんだよ。風がすごかったし、校舎自体が喉《のど》を裂かれた瀕死《ひんし》の人間みたいな音を出してたくらいだからな」

「あら、さすがに医者のたまご」

「冗談言わないでくれよ。あの夜を思い出すと、俺、小便ちびりそうになるくらいなんだ。史上最強の肝だめしだったと思う。今やれと言われても、俺は断るね。いくら金を積まれてもだ」

「だったら、あの『ねえ、待ってよ』と言った声は、みんなが同時に聞いた空耳になるけど」

「空耳の可能性が九十パーセントだな。マンホールが開いてたから、そこで風が笛のように共鳴したんだ」

佐々倉は当時のことを思い出したのか、少し身震いした。「科学的に説明されても、ああいう極限状況に置かれれば、怖いものは怖いんだ」

「あの夜のことが小説に書かれてるのよ」

「小説？　誰の？」

「佐々倉君は同級生の不破勇って知ってるよね？」

「ああ、一度も顔を見てない。幽霊みたいな奴だ」

「不破君の小説をユミが持ってるのよ」

綾香はユミが編集者であることを説明してから、A4サイズの紙にコピーされた『ホール』の原稿を佐々倉にわたした。コピーを読んでいるうちに、彼の顔色が変わっていった。

「まさか、これ……」

「関係者じゃなければ書けないでしょ？」

「そうだな」

「でも、そんなはずはないよ」

「不破君がいたとしたら？」

「不破君の顔は誰も知らないのよ。彼がいても、誰も気づかない」

「知らない奴がいたら、いやでも気づくよ」

「卒業式を覚えてる？」

「十年前のことだからな」

「その時、何か変なこと、なかった？」

綾香は卒業式に出席していないので、その時の状況を知らなかった。だが、いくら鈍感な佐々倉とはいえ、異常なことがあれば覚えているだろう。

「変といえば変だったかな」

「何があったの？」

佐々倉の顔が不安そうに歪んだ。

「卒業証書の授与の時、みんな、驚いたよ。親が出てきたんだ」

「誰の？」

「だからさ。不破の親だよ。不破勇の……」

佐々倉は当時を思い出したのか、落ち着かない様子になった。

10（十年前）

「ただいまから、栗橋町立栗橋北中学校の卒業式を執《と》り行います」

講堂に雑音まじりの放送が響いた。「これから天皇陛下の玉音放送があります」と告げられても、卒業生の祖父母だったら、すんなりと信じてしまいそうな雰囲気だった。戦後何十年もたってから生まれた子供たちにしても、そうした古い校舎や講堂で三年間もすごしてきたのだから、玉音放送と言われても、意味は知らないにせよ、特に違和感を覚えることはないかもしれない。

木造の講堂は太平洋戦争後まもなく建ったもので、かなり老朽化していた。建設された当時は、吹き抜けの広い空間が斬新だと近隣の市町村から教育関係者が視察にきたほどだ。しかし、さすがに時の流れは非情で、今は壁のあちこちに補修がなされ、継《つ》ぎ接《は》ぎだらけの印象がある。

キーンと耳障りな音が流れた後、校長の挨拶があり、来賓《らいひん》の紹介と退屈な挨拶が長々とつづき、タイミングを図ったかのように卒業生代表のお礼の言葉、在校生代表の送辞、歌などがつづいた。

時々、金属的な雑音を挟みながら、式は粛《しゅく》々《しゅく》と進行し、ようやく最後のイベントというべき卒業証書授与になった。

クラスの数はA組とB組の二つで、それぞれ二十二名と二十三名で合計四十五名。「卒業生起立！」の号令とともに病欠などによる欠席者を除く四十二名が立ち上がった。卒業生と在校生の間にはそれまで弛緩《しかん》した空気が流れていたが、一瞬にして緊張感がみなぎった。

椅子《いす》が床を擦《こす》る音、衣擦《きぬず》れの音がひとしきり講堂内に響いた。

「青木《あおき》一郎《いちろう》」と最初に呼ばれた生徒は、いつも俺が一番先なんだよなあと不満な顔を露《あらわ》に校長の立つ壇上へ上がっていった。つづいて、伊藤美紀《いとうみき》、宇野良夫《うのよしお》といった生徒が壇の下で待機した。

「青木一郎、あなたは本中学校において……」

校長が卒業証書を読み上げる。最初の生徒だけ文面を全部読むが、次の生徒からは名前の後に「以下同文」と繰り返されるだけだ。生徒たちはベルトコンベアに乗った製品のように機械的に名前を呼ばれ、証書を受け取ると、壇から降り、元の席にもどる。

〝儀式〟が大詰めに近づいた頃、またキーンと耳をつんざく音がした。放送機器の具合がだんだん悪くなっていくような感じだ。それから、ネズミがコードをかじるようなガリガリという音がつづき、何人かの女生徒は耳を押さえて、困惑顔で機械を扱っている教師を見た。

B組の最後の生徒、渡辺祐介《わたなべゆうすけ》が卒業証書を受け取り、ちょうど壇から降りるところだった。突然、喪服《もふく》のような真っ黒な服を着た人物が立ち上がり、壇上に向かった。小さなひそひそ声がやがて大きなどよめきに変わっていく。その人物はそうした周囲の状況を意に介《かい》さず、堂々とした足取りで階段を上がり、校長の前に立った。

だが、校長は顔色一つ変えずに卒業証書を手に取った。名前を読み上げた時、またマイクの調子が悪くなり、雑音が名前をかき消しそうになった。

「不破勇《ふわいさむ》。以下同文……」

それに対して、何か不満があったのか、その人物は校長に対して激しく首を振り、「おまえは誰なんだよ」と言った。校長が相手に頭を下げ、「申し訳ありません」と言っているように聞こえた。いくつかのやりとりの後、その人物は誇らしげにそれを受け取り、校長に一礼した。そして、壇から降りる時、卒業生や父母たちを見まわし、みんなに見えるように卒業証書を広げ、得意げな笑みを浮かべた。

……………

11

十年前の三年A組の担任、武田亮二は栗橋町内に今も住んでいた。

卒業式について一番よく知っているのが担任の武田であることは、綾香と佐々倉の共通する認識だった。たまたま茶菓子を持ってきた佐々倉の母親が、二人の会話を少し聞き、口を挟んできたのだ。

「あら、武田先生の住所なら知ってるわよ」と。

佐々倉の母親はかつて武田亮二の妻と町の中央公民館主催の文化講座などで親交があったようで、武田のその後の情報をよく知っていた。今は久喜《くき》市内の中学校で教頭をやっているという話だった。

電話番号を教えてもらい、早速連絡してみると、武田本人が出た。「今日ならいつでも大歓迎だよ」ということだった。

「あなたも一緒に行ってらっしゃい」

母親に言われ、佐々倉も渋々《しぶしぶ》綾香の車に同乗して武田の家へ行くことになった。佐々倉は動きは敏捷《びんしょう》でなくても、少なくともボディガードがわりにはなるので、彼女としては望むところだった。それに、彼女自身、彼にまだ話していないこともあった。

「えっ、湯浅が行方不明だって？」

彼女に「探さないでくれ」と一方的にメールを送ってきただけで、何日も消息不明であることも話した。実家にも連絡がなく、会社には「休暇願」をメールで通知してきただけだという。

「おまえ、心あたりはあるのか？」

と聞かれたので、彼女は栗橋に二人で取材に来たことを話した。訪ねたところは中学校とその裏庭、不破勇と大河原修作と佐々倉の家。

「俺も含めて、三人に会えなかったんだな？」

「そうなの」

「おまえは湯浅が栗橋にいると思ってるんだ？」

「証拠はないんだけど、あの日、東京にもどってから、彼、何か思い出したと言って、どこかへ行ったのよ」

「連絡がつかないのは、その日からなのか？」

「うん」

「メールだけで直接電話してこないのは変だな」

佐々倉のナビゲートで車は武田の家に着いた。建築後二十年くらいたった二階建ての家。車庫の前に古い型の原付バイクがあった。ナンバーは栗橋町だ。綾香の脳裏に武田先生がバイクで学校へ来ていた記憶が甦《よみがえ》った。そうそう、先生の頭が大きいので、ヘルメットの紐《ひも》がはずれそうだったっけ。熱血教師だった武田が夏の暑い盛り、バイクに乗って生徒の家を一軒一軒訪問していたことが懐かしく思い出される。

門のチャイムを押すと、すぐに五十代の男がドアから顔を出した。

「武田先生」

綾香は思わず声を出していた。頭髪がやや後退したが、それ以外はほとんど変わっていない。肥満体型も昔のままだ。

「やあ、懐かしいなあ。まあ、入れ」

妻は大宮に買い物、中学二年と高校一年の娘はそれぞれ部活で不在、今日は一人で寂しく留守番をしているところだという。二人を応接間に通すと、武田は布のすり切れたソファに座り、二人にも座れと言った。

「用件はタイムカプセルのことだろ？」

「どうして、わかりましたか？」

「湯浅から電話があった」

「湯浅君から？」

綾香は思わず身を乗り出した。

「それ、いつですか？」

「二、三日前かな」

おかしい、そんなはずはない。綾香にさえ、連絡してこないというのに。

「三月十日に中学校の裏でタイムカプセルを開くって」

「それ、本当に湯浅君の声だったでしょうか？」

武田はけげんな顔をした。

「十年前の湯浅の声なんか、私は覚えてないぞ。本人が湯浅と名乗れば、こっちには疑う理由はない。男の声だったたし……」

確かにそれはそうだ。極端な話、ここにいる佐々倉が湯浅と名前を騙《かた》っても、声を聞いただけでは先生には区別がつかないだろう。

「実は、湯浅が一週間ほど前から行方不明になってるんです」

佐々倉が言った。綾香はそれに補足してこれまでの経緯を簡単に説明した。

「それはおかしいな。何かあったんだろうか」

武田は腕組みをして考えた。彼が着ている黒いセーターは毛玉がつき、裾《すそ》が伸びっているが、彼はそんなことを気にしている様子は全然なかった。

「先生は卒業式のことを覚えてらっしゃいますよね？」

綾香はそう切り出した。今回の孝介の失踪には何か理由がある。それも十年前にさかのぼったあの日に謎を解く鍵があると思っていた。

「ああ、君たちの卒業式はいろいろな意味で意外性があったからね。忘れるわけがない。石原は怪我をして残念だったが……」

「あの時、不登校の人にも卒業証書がわたされましたよね？」

「そうだった。義務教育だから、出席日数が足りなくても卒業できるからな。不破なんかがそうだった」

「でも、本人は欠席だったそうですね？」

「代理でお父さんが出席したんだよ」

「証書を本人以外が受け取ることは可能だったんですか？」

「そりゃあ、前例がないことはない。私があの学校に赴任するずっと前だったが、裏山で行方不明になった生徒が卒業するはずの式で写真を持ったお母さんが受け取ったという話は聞いている。石原のような欠席者には、担任が家に直接届けるか郵送したね」

「なるほど、それで……」

「教育長からのお達しがあったんだ。代理出席を認めるようにって。不破の父親が圧力をかけたのかもしれないな」

「あれには、びっくりしましたよね」

佐々倉が口を挟んだ。「みんな、あっけにとられて、何も言えなかったんだ。不破の父親が校長先生に名前の呼び方が悪いと食ってかかってたよ」

「そうそう、そんなハプニングもあったなあ」

「先生は、本人に会ったことがありますか？」

「いや、ないねえ。何度か家庭訪問したんだが、いつも留守だった。一度、お母さんというか、かなりの年配の女の人に追い返されたことがある」

「この前、わたしも湯浅君と行ったんですけど、誰もいませんでした」

そう言った時、綾香ははっとなった。

「どうした？」

「今思い出したんですけど、二階のカーテンが揺れたような気がしたんです。何か変だなあと思って。それから、わたしが大河原君の家を訪ねる間、湯浅君が一人でまたあの家へもどったんです」

「もしかして、それが答えかもしれないぞ」

佐々倉が冗談めかして言った。「石原。湯浅は不破の家にいるんだよ。監禁されちゃったりしてさ」

「先生。あそこに今でも同じ家族が住んでるんですか?」と綾香。

「いや、私はよく知らない」

そう言う武田はかぶりを振った。

「ねえ、あの家へ行ってみませんか? わたし一人だと怖いから」

綾香の胸に不安が兆した。不破家の二階に大きな秘密があるとしたらどうだろう。

「『ホール』という小説の書き手が不破勇ということもあるし……」

「ホールって何だ?」

武田が聞いた。彼女は『ホール』のコピーを出した。佐々倉がやめろと言いたげに首を振ったが、彼女はそれを無視して武田にわたした。彼はしばらく原稿に目を通していたが、読み終えると、佐々倉をにらみつけるように見た。

「おまえたち、こんな無謀なことをやってたのか？」

「すみません。卒業記念のつもりで」

佐々倉は頭をかきながら謝った。

「呆れた奴らだな。もし私が知ってたら、絶対止めてたぞ」

武田は原稿を綾香にもどした。「不破がこれを書いてるとしたら、ホールの中に残されたのが不破だという可能性が大きいぞ。それをずっと恨《うら》みに思っていて、おまえたちに復讐《ふくしゅう》しようと考えたとしても不思議じゃない」

「でも、どうして、不破が？」と佐々倉。

「不破だって、タイムカプセルの計画に参加してたんだぞ。どこからか情報をキャッチしたのかもしれない」

武田はそう言うと、立ち上がった。「よし、行ってみるか。おまえら、一緒に来い」

車を運転するのは綾香で、後部座席には佐々倉と武田の重量コンビが乗った。栗橋町の中心部を通り抜け、まっすぐ裏山の北側、不破の家を目指した。少し前に行っているので、道案内は不要だったが、武田は車の運転にいろいろアドバイスをくれた。

男二人は太っていて、ずいぶん頼りなく見えるが、いざという時、相手に威圧感を与えることができそうだ。二人の存在は彼女には心強かった。

季節の上では春になったとはいえ、利根川の南はまだ寒い冬をひきずっていた。空気が冷たく乾いている。山道に入り、舗装《ほそう》が途切れると、タイヤが埃《ほこり》を舞い上げた。バックミラーには、濛々《もうもう》とした埃を通して冬枯《ふゆが》れた景色が映るだけだ。山の斜面に沿って何度か曲がりながら、不破家のある開けた場所に出た。

車は一台もなかった。綾香は車を空き地に停めると、二人と一緒に降りた。その家を目にするのは二度目だったが、この前と別次元の世界に存在するように見えた。

「そうそう、ここだよ。懐かしいなあ。バイクで何度か来たよ。家庭訪問というか、不破の様子を見にきたとか、いろいろ理由をつけてね」

武田が古びた門扉《もんぴ》に手を触れた。押してみると、ギイイと耳障りな音を立てながら門扉が動きだした。

「でも、一度も本人に会わせてもらえなかった」

「不破って、実在の人物なんですか？」

佐々倉が聞いた。「先生は結局一度も本人に会ってないんでしょう？」

「そういうことになるな」

「おかしいと思いませんでしたか？」

「不破は転校する前の学校でも不登校だった。それをそのまま引きずって、こっちへ来ても不登校をつづけたんだ。役場に転入届が出てるし、この世に実在しないってことはありえない」

「ふうん」

「不破の両親がなかなか手ごわかった。あれでは子供が可哀相《かわいそう》だ」

その時、綾香はあっと叫んだ。

「どうした、石原？」

武田が言うと、綾香は二階を指差した。

「カーテンが揺れてます」

孝介と来た時も、カーテンが動いているような気がしたが、錯覚ではなかったのだ。

「誰かいるのかもしれない。行ってみよう」

武田の目にもカーテンの揺れは見えたようだ。元担任のあとを二人はついていった。ところどころ腐りかけている丸太の階段を登り、ポーチに立った。チャイムがないので、武田はライオンのドア叩きでノックした。重々しい音が家の中へ伝わっていく。

しばらく待ったが、応答はなかった。武田はどうするという顔で二人の元教え子を見た。それから、ドアのノブをまわした。

「おいおい、鍵が掛かってないぞ」

武田はそう言ってからドアを開いた。「すみません。どなたかいらっしゃいますか?」

家の中に大声で呼びかけるが、応答はない。そして、前より重い沈黙がもどってきた。武田がドアの中に入り、綾香と佐々倉もつづいた。

がらんとした板敷きの床。靴《くつ》は脱がずに生活できるようになっているようだ。吹き抜けのホール、天井には大きな照明装置がある。二階部分から外光が差しこみ、家の中は照明をつけなくても明るかった。冷たい空気が流れる屋外に比べて、家の中は思った以上に温かかった。だが、生活臭はまったく感じられない。

「すみません。お邪魔します」

武田が確認の意味でもう一度声をかけた。もちろん、応答はなかった。

ホールに面して、ドアが右手と左手に二つずつあった。武田は声をかけながら一つ一つ開けていった。応接間風の間取りの部屋、食堂風の部屋などがあるが、中には調度類もなく、がらんとしていた。人の住んでいる形跡はなかった。

「やっぱり誰もいないのかな」

武田が鼻をひくつかせながら言った。

「そんな感じですね」と佐々倉。

その時、階上でごとんと物音がした。武田は綾香たちをふり返って、二階のほうへ顎をしゃくった。

「行ってみましょう」

綾香が小声で言った。

「わかった。二人とも音を立てるんじゃないぞ」

武田の注意に佐々倉がささやき声で応じた。

「先生こそ、気をつけてくださいよ」

ホールの奥に二階への階段がある。武田はホールを突っ切って階段まで達すると、手すりにつかまりながら、ゆっくり上がっていった。家全体が老朽化しているのか、彼の体の重みでみしりと鳴った。綾香がそれにつづき、佐々倉が階段の数を確認しながら上がってきた。
一、二、惨《さん》、死《し》、誤《ご》、六、七、八、苦《く》、渋《じゅう》、一、二、三……。

「十三階段か」

佐々倉が緊張気味の声で言った。

「縁起でもないわね」と綾香。

二階は廊下が左右に延びており、右に進めば、カーテンが揺れた部屋に行けるはずだ。三人は静かにその部屋へ向かうが、もしそこに人が潜んでいれば、当然、侵入者の動きを察知しているだろう。

綾香は今や、その部屋に孝介が監禁されていると信じていた。彼女の勘《かん》が、そこにこれまでのすべての出来事を解く鍵が隠されていると告げていたのだ。

「先生、そこです」

綾香は興奮する声を抑えて、その部屋を指差した。武田はわかったというようにうなずいた。三人は足音を立てないように廊下を歩き、問題の部屋の前に達した。

武田はノブに手をかけようとして、剝《む》き出しの電線を前にしたように素早く手をもどした。

「いいか、おまえたち」

武田は二人の元生徒に同意を求めると、一気にノブをつかんだ。

綾香は思わず目を閉じた。

武田がノブを引くと、ドアが中から強く押されたように激しい勢いで彼にぶつかってきた。「危ない」と言って、武田の手を引っ張ったのは佐々倉だった。武田の顔をかすめて、ドアが壁に激しくぶつかった。

「ありがとう。危ないところだった」

武田は額に浮かんだ脂汗をジャンパーの裾で拭《ぬぐ》うと、警戒しながら部屋の中に入った。「OK。大丈夫だ」

部屋の中はがらんとして人の気配がなかった。カーテンが揺れていた。カーテンの陰に人が隠れているのかと思ったが、わずかに開いた窓から風が入りこんでいるからだった。ドアは引いた瞬間、外からの風の力を受けて、勢いよく動いただけなのだ。

殺風景な部屋の中で、窓際にあるデスクだけが存在感を主張していた。デスクの上に茶封筒が載《の》っている。芯《しん》が削られた状態の2Bの鉛筆が二本、使いこまれて丸くなった消しゴムが一個、擦り傷だらけの下敷き。それに、なぜか試供品でもらうような香水のミニボトルが二個。

それから、部屋の片隅に折りたたみ式のマットレスが、たたまれた状態で壁に立てかけてあった。

綾香がカーテンを開け放ち、デスクの前の椅子に掛けてみると、家の前の空き地がよく見えた。その向こうに連綿とつづく利根川の土手、そして、壮大な坂東太郎《ばんどうたろう》の水面《みなも》が生き物のようにきらきらと光っているのが見えた。

不破勇がこの世に存在するのかどうかわからなかった。そして、すべての部屋を調べてみた結果、この家に湯浅孝介がいないのは確かな事実だった。

12

暗い。空気まで黒く染めたような深くて濃い闇――。

ここはどこなんだろう。右を向いても左を向いても、見えるのは暗闇だけ。起きては眠り、眠っては起きるの繰り返し。そして、どちらの場合でも、彼が見ているのは悪夢ばかりだった。

どこかの洞窟に迷いこみ、その唯一の入口であるところを重い扉で閉ざされてしまっているのだ。その鋼鉄製の重いマンホールの蓋は、一人の力ではいくら押しても動かなかった。

そうだ。ここはホールなのだ。

「ねえ、みんな。待ってよ」

叫んだところで夢から覚めた。しかし、現実の世界にもどっても、彼を取り巻く状況はさらにひどいものだった。夢の世界の中にいたほうがまだましだと思う。

どこかで人の声が聞こえた。ということは、誰かが助けに来てくれたのか。希望の光が束の間、彼の頭の中に灯《とも》った。ここから出たい。一刻も早く外の世界に出ていきたい。助けを求めれば、聞こえるだろうか。

「おーい、君たち」

声を出してみたが、喉がいがらっぽい。土のにおいがした。埃が彼の口の中に入り、彼は激しく咳きこんだ。

そして、また眠りの世界に入った。

彼がいるのはカプセルの中。彼はタイムカプセルの中に入れられ、棺《ひつぎ》を安置するように穴の中に沈められた。集まった同級生がスコップで、順番に土をかぶせていく。銀色の容器が徐々に土の中に埋まり、やがて全体が隠れた。それから、土を埋めるペースが速まり、あっという間に土の山ができた。

「お墓みたいだな」

その声に聞き覚えがあった。彼の遠い記憶を刺激した。

次の瞬間、彼は目を覚ました。だが、目に映るのは夢と同じ漆黒の闇の世界だった。起きたのはわかっている。瞼《まぶた》が開き、眼球を動かしている感覚があるからだ。

だが、網膜に映るのは、暗幕を垂らしたような黒い世界だった。

ただ、ひどく暑かった。そこが暑いのではなく、彼の体が熱っぽいのだ。彼は重い病気にかかっているらしい。

助けを呼ぶにも、声がかれて出なかった。無理に声を出そうとして、ひどく咳きこんだ。ここはカプセルの中。時の穴道――。

涙ににじむ目に円形の扉が見えた。

あれを押せばもしかして……。希望の光明が差しこんできた。あの向こうに違う世界があるのだ。現実と夢の境界が定かではない。

………

13

栗橋北中学校――。

「懐かしいなあ」

武田亮二は車のウィンドーを下ろしながら言った。

校門は開かれていた。綾香の車は校庭を突っ切り、校舎の裏手にまわった。もし孝介がここにいるとすれば、彼の車があるはずだったが、どこにも見あたらなかった。

ここも違うようだ。

武田がタイムカプセルの位置を確認したいというので、焼却炉の前で車を停めた。この前、綾香が孝介と来た時、その場所に枯れ枝を差しこんでおいたが、少し傾《かし》いでいた。

「じゃあ、佐々倉。問題のマンホールまで案内してくれ」

午後三時をまわっており、裏山あたりには西に大きく傾《かたむ》いた太陽の光が差していた。暗いところでは何も見えず、すべてが恐怖の対象だったが、今はその夜の魔力が消えていた。

「わかりました」

佐々倉は裏山に目を凝《こ》らしながら言った。「あの時、なんで怖がったんだろうなあ。不思議でしょうがないよ」

学校の敷地の境にあった祠《ほこら》は倒れかけ、瓦《かわら》が一部ずり落ちていた。管理していた玉沢さんはとうに死んでいるにちがいない。笹竹が密集しているところを抜けると、裏山がすぐそばに迫ってきた。

「十年前には怖いと思ったんですけどねえ」

佐々倉はかつての呪縛《じゅばく》から解放されたかのように言う。「今明るい時に見ると、何でもない。こんな狭いところがずいぶんだだっ広く思えたんです」

「それだけ、おまえが成長したってことさ。十五歳と二十五歳の目では感じるものが全然違うんだよ」

「さすが、先生。十年たっても、言うことに重みがある」

「ばかもの」

佐々倉の冗談を武田は笑ってかわした。「で、そのマンホールはどこにあるんだ？」

「あれです」

山の斜面に半ば埋もれるように、マンホールがのぞいている。表面には西洋の盾《たて》のような不思議な紋様が描かれていた。

「先生、これ、昔のままです」

綾香は山裾《やますそ》に白茶けた土が広がっているのを見た。つい最近、山の上のほうが崩れ、その土が下へなだれ落ちているようだ。

「うーん、最近、ここを掘り返した跡はないな」

武田はマンホールの表面の泥を手でこすってみたが、ずいぶん前から人が触れた形跡はなかった。把手《とって》を引いてみても、びくともしない。「残念ながら、湯浅はここにもいないな」

焼却炉のそばまでもどった時、自然に校舎の裏側に三人の目が向かった。だが、最近になって不審者が中に立ち入らないよう、管理する町が出入口や窓に内側から×の字状に板を打ちつけていた。校舎の西側、かつて渡り廊下でつながっていた講堂は、すでに取り壊され、跡形もない。

武田は腕時計に目を落とした。

「おやおや、もうこんな時間か。そろそろ引きあげよう。女房たちが帰ってくる頃なんだ」

「すみません。今日はお忙しいところ、付き合っていただいて」

綾香は頭を下げた。

「いや、かまわないよ。おまえたち卒業生は、今でも私の大事な宝ものさ。当日、何人来るか、楽しみだな」

綾香は佐々倉文雄と武田をそれぞれの自宅へ送り届けると、東京へ向かった。心あたりの場所は訪ねたと思うが、何も手がかりはなかった。体の中のどこかで何かがくすぶり、きな臭《くさ》いにおいを発している。

助手席に一枚の写真が置かれていた。十年前、タイムカプセルを埋めた時に記念として撮った写真だ。担任の武田亮二を中心にして、左側に湯浅孝介と富永ユミ、右側に三輪美和と鶴巻賢太郎と佐々倉文雄。合計六人だ。

みんな、カメラに向かって笑顔を見せている。どうして？

先生を除く五人はその数日前にホールに冒険に行き、怖い思いをしているのに、彼らは笑っている。佐々倉の話ではあの夜のことを話題にするのはやめて、表面的には明るくふるまおうという取り決めがなされたという。

『ホール』の一部を読んだだけなのに、綾香は彼らと同じ体験をしているように感じていた。わたしがあの五人なら、マンホールに近いタイムカプセルの埋設地に立って平静な精神状態でいられないだろう。しかも、写真のバックに見えているのは、『ホール』の舞台となった山だ。

彼女の脳の片隅でちかちかと何かが点滅している。車はさいたま栗橋線《くりはしせん》という県道を南下していたが、久喜《くき》インターチェンジの手前で細いわき道に折れた。車の通りの少ない路肩に車を停め、写真を改めて取り上げた。

綾香は写真をじっと見ている。武田は「ホール」に関わっていないので、単純にタイムカプセルの埋設を喜んでいるのだ。卒業生の記念行事に関われて素直に嬉《うれ》しく感じている。その心情が顔に表れていると思えた。

だが、その一方で「ホール」を経験した五人の卒業生は顔は笑っているが、本当の笑みではない。撮影者に「はい、チーズ」と言われて、形だけ作った笑み。心のうちは複雑な心情でいるはずだ。孝介の顔を改めて見ると、どことなくこわばっているように思える。

「助けてくれ」と孝介が写真の中から綾香に呼びかけている。孝介が栗橋にいる証拠は全然なかった。それなのに、綾香は彼が栗橋のどこかに潜んでいると感じていた。

彼女はしばらくその場でじっとして、推理を進める。頭の中で信号が点滅しているが、その先がわからない。

携帯電話を取り出して、さっき別れたばかりの佐々倉文雄を呼び出した。

「何か忘れものでもしたの？」

佐々倉はけげんそうな声を出した。

「写真を撮った時の状況をもっとくわしく教えてほしいの」

綾香は相手のＯＫの返事を聞かないうちに通話を切り、また栗橋へ向かった。

14（十年前）

タイムカプセル埋設の時――。

その時、富永ユミが手を叩いた。「じゃあ、これからカプセルを閉じます。鶴巻君、お願いね」

「みんな、静かに」

鶴巻はうなずくと、地面に置いていた銀色の容器の中に乾燥剤と酸化防止剤の入った小袋を詰め、蓋を閉じた。蓋の四つの六角ネジをレンチで締めて容器を軽く振ってみる。容器いっぱいに詰められているので、音はしなかった。

それを見てから、湯浅孝介がスコップで地面に大雑把《おおざっぱ》な円を描いた。

「先生、こんな感じでどうでしょう?」

「よし、いいぞ。じゃあ、男子が交替で穴を掘るんだ」

武田の号令とともに、最初に湯浅孝介が掘りだした。地面はやわらかく、それほど苦労することはなかった。それから、鶴巻賢太郎、佐々倉文雄が交替で掘って、十五分後には深さ一メートル、直径一メートルほどの大きさの穴ができた。

タイムカプセルの設置は、湯浅孝介と佐々倉が担当した。彼は穴に入ると、鶴巻から容器を受け取り、まっすぐに立つように置いた。

「じゃあ、全員で埋めよう」

穴のそばに掘ってできた土の山があった。それを一人一人が交替でスコップですくい、穴を埋めていく。共同でやったという充実感が生徒たちの中に生まれてきた。カプセルの分だけ土が盛り上がっているので、それを先生が上からスコップで強く叩いて平たくし、さらに上から足で踏み固めた。

「先生、そんなに強く踏んだら、カプセルに失礼だと思うんですけど」

美和が声をかけた。

「いいんだよ。お墓じゃないんだから」と鶴巻。

「ようし、みんな」

先生は手を叩くと、真面目な顔をして宣言した。

「それでは、みんな、十年後、ここで会おう」

「みなさん、記念写真を撮りましょう」

たまたま近くにいた保護者らしき人から声がかかったので、鶴巻はその人にカメラをわたした。埋設場所の前でこの企画に関わった生徒と先生が並ぶと、撮影者が声をかけた。

「はい、二足す二は？」

「死《し》」と言って、みんなの口元が歪んだ瞬間、シャッター音がした。それに被《かぶ》さるように「嘘《うそ》つき」という声が聞こえた。

裏返って少し甲高《かんだか》くなった声。

「おい、今の誰が言った？」

武田が言って、けげんそうに生徒たちを見た。生徒たちは、首を傾げて撮影者を見つめていた。

……

15

「その撮影した保護者なんだけど……」

と綾香は言った。「どうして嘘つきと言ったの？」

「いや、俺はよく知らない。そう言ってるように聞こえたんだけど、違うのかもしれない」

綾香は佐々倉文雄の家の応接間で彼と対していた。

「どうして、その人が撮ることになったの？」

「うーん、それがさあ。わからないかなあ？」

「わからないよ」

綾香は首を左右に振った。

「つまり、記念撮影する時ってさ、近くに人がいたら、知らない人でも頼むよね。じゃなかったら、全員が写真に映らないだろう？」

確かにそうだ。観光地に行った時、撮影ポイントで近くを通りかかった人に頼んで撮ってもらうことは多い。

「セルフタイマーはなかったの？」

「なかったんだ。普通、鶴巻あたりが思いつきそうなものだけど、あいつはタイムカプセルを持ってくる係だったから、たぶん、うっかりしてたんだと思う」

「そうかあ」

「卒業式を終えたばかりだったから、校庭のほうにはあっちこっちに親子連れがいたし、裏庭のほうにも何人かいたんだ」

「じゃあ、その中の一人が近づいてきたのね。どんな感じの人だった？」

「誰かのお母さんって感じだった」

「その人の子供は？」

「覚えてないなあ。焼却炉のあたりに学生服を着た奴がいたような気はするけど」

「佐々倉君は観察力がないんだ。だめだなあ」

「そんなこと言ったって、俺たち、タイムカプセルのことで頭がいっぱいだったんだから」

「そのお母さんを知ってる人は？」

「先生が知ってるかもしれない。家庭訪問とか進路相談なんかやってるからな」

佐々倉は応接間にある電話を見ながら言った。「今なら、先生がつかまるぞ」

彼のアドバイスを受けて、綾香は武田に電話をかけると、本人が出た。

「おっと、石原か。どうした？」

「一つ教えていただきたいことがあるんですが」

「何だ、言ってみろ」

「実は、タイムカプセルを埋めた時、みんなの写真を撮ってくれた人がいましたよね」

「ああ、そんなことがあったな」

「その人をご存知ですか？」

「もちろん、知ってるよ」

そう言って、先生は答えを教えてくれた。どうして、そのことに気づかなかったのだろう。「見えない人」という盲点《もうてん》……。

16

綾香は佐々倉を引っ張りだした。頼りないが、今は彼しか頼りにできる者がいなかった。太った体型で相手に存在感を示すことができるのが一番だ。

「おや、また二人でお出かけ？」

呆れ顔の佐々倉の母親に送られ、綾香たちは車に乗って、一路目的地へ向かった。

「今度こそ、絶対、間違いないわ」

「俺も全然気づかなかった。誰かのお母さんが親切に写真を撮ってくれたと思ってたんだ」

「あの人なら、あそこにいてもおかしくないよね。先生だって、疑問に思わないくらいだから」

彼女は確信していた。孝介はあそこにいる。狭いところに監禁されて苦しい思いをしているのだ。でも、なぜ？　どうして、あの人が……。

「なぜなの？」

ハンドルを持つ手に力が入り、彼女の口から思わずそんな疑問が飛び出した。

「わからないことはないな。俺たちが悪かったのかもしれない」

佐々倉が重い声で言った。

「どういうこと？」

「おまえだって、知ってるだろう？」

佐々倉が前方に視線を向ける綾香を見ていた。「しかとだよ。あいつが学校へ来なくなったのは、たぶん〝無視〟が原因なんだ。それを恨《うら》みに思って俺たちに復讐しようとした」

「タイムカプセルの案内状を送ったのは、彼なの？」

「たぶんね」

「みんなを呼んで何をするつもりなの？」

「復讐するつもりなんだよ」

「どういうふうに？」

彼女はそう聞いてみたものの、その答えを知りたくなかった。

「それはわからない」

佐々倉は暗い声で言った。

午後遅くなってから、風が強くなってきていた。冬に逆もどりしたような冷たい風が道路の粉塵《ふんじん》を巻き上げ、車のフロントウィンドーに細かい土の粒を付着させる。車は住宅街を抜けて、利根川のほうへ向かう。

やがて重畳《ちょうじょう》と連なる長い堤防が前方に見えてきた。日没間近の空が真っ赤に燃えている。堤防へ上がる道路と堤防に囲まれた飛び地のような一角にある住宅街は、すでに日陰に入り、黒いコールタールの海の中に今まさに埋もれようとしていた。

その中に目指す家があった。一度行ったことがあるが、夜の闇に沈みこもうとする町は、異次元の世界に存在するような趣《おもむき》があった。街灯はついているものの、黒い水にミルクを一滴垂らしたかのように、その周辺だけをぼんやり明るくしているだけだった。

ヘッドライトをつけて車を走らせるが、道を右へ左へ曲がっているうちに、方向感覚がなくなり、完全に道に迷っていた。同じ番地を何度か見るので、住宅街の中をぐるぐるとまわっているのだろう。

「おかしいわね」

電柱のそばにいったん車を停めて、住所表示を見る。

「この近くに間違いないんだけどなあ」

住宅街の各家に明かりはついているが、総じて家の奥のほうだった。みな、屋外の暗闇と吸血鬼を恐れて家の中に引きこもってしまったかのようだ。その中にあって、二階に煌々《こうこう》と明かりが灯っている家があった。

「おいおい、あれじゃないか」

佐々倉が指を差した瞬間、二階の明かりが消え、その家全体が闇の中に埋没した。

「あそこだ。間違いないよ」

綾香は車を発進させ、その家の前に停めた。門灯はあるが、明かりはついていない。一階の奥のほうに、鬼火のようにぼうっと灯る光を確認できた。

二人は車を降りて、門のチャイムのボタンを押した。屋内でジリジリと鳴るのが外へも聞こえてきた。

「素直に開けてくれるかな？」

佐々倉が小声で言った。

「押し入るわけにはいかないから、とにかく中に入ることが必要なのよ」

応答がなかったので、ボタンを押しつづけた。しばらくして、ロックがはずれる音がし、ドアが外側に開いた。玄関の明かりがついていないので、それが男なのか女なのか判別できない。

「どちらさま？」と問いかける声も風邪気味なのか、がらがらしたものだった。

「この前お邪魔した石原綾香と申します」

「はい？」

「修作君の同級生の石原です」

「あ、ああ、君は……」

「ちょっとお話があるのですが、よろしいでしょうか？」

玄関の明かりがついて、その人物が男性であるのが明らかになった。この前会った大河原の父親だ。

「よろしいでしょうか、お話があるんです」

綾香は一歩前に踏み出した。

その家の者が一歩後退し、二人の訪問者は狭い玄関に入った。冷たく濁った空気が階下に重く淀んでいる。

17

車の音がした。ここはすぐ近くに道路があるようだ。夢とうつつの間を笹《ささ》の小舟のように行ったり来たりしている。起きている時間は闇の中、眠っている時も闇の中。朝か夜かは鳥のさえずりで判断するしかなかった。

今、車が通りすぎ、また別の車が来て、近くに停まった気配がした。

ここはカプセル。タイムカプセル。十年間の怨念《おんねん》、憎悪、悲哀がつまった小さな空間。窒息《ちっそく》しそうなくらい狭くて濁った空間。

早くここから出してほしい。スコップで被《かぶ》せてある土を取り除き、タイムカプセルを掘り出して、一刻も早くここから脱出させてほしい。

助けを求めてみようか。

「おーい、助けてくれ」

喉にからまった痰《たん》が、声を吸い取り、ごみの詰まった排水口を水が通り抜ける時のような不快な音を立てた。

ごぼごぼごぼ……。

どこかでドアが開くような音が聞こえた。

誰かが助けに来てくれたのだろうか。彼の心の中に急に希望の光が灯った。

「おーい、ここだよ。誰か助けてくれ」

床を足で思いきり叩きつける。

18

「おや、何か聞こえませんでしたか？」

狭い玄関の中で、三人が対峙《たいじ》していた。この家の主人と訪ねてきた綾香と佐々倉。

階上でどーんと何かが落ちるような音がした。

「いいや、聞こえなかったが」

主人は平然とした顔で首を振った。「それで、どういったご用かな？」

「あなたは、タイムカプセルのことをご存知ですね？」

綾香が放った質問に相手は答えず、彼女の目を見返してきた。魚のように何の感情もこもらない目。不気味な沈黙が家の中を満たした。

「どうなんでしょうか？」

綾香は質問を繰り返した。

「よく知らない。学校のことは妻に任せてあるのでね」

男の口から酒のにおいがした。「食事中なんだ。悪いが、帰ってくれるかな？」

男が一歩前に足を踏み出すと、綾香と佐々倉は一歩後退した。佐々倉が綾香の肘《ひじ》に触れ、小声で言った。「仕方がない。帰ろうよ」

それを耳にした男がうなずいた。

「そうだ。帰りなさい。ここは私の家だ。君たちは私の領域に勝手に入りこんでいる。警察を呼ぼうか」

「なあ、石原。だめだよ」

佐々倉が綾香をなだめにかかった。

「佐々倉君の弱虫」

綾香はそう言うと、急に大声を出した。自分でも信じられないくらい大きな声だった。「湯浅君、湯浅孝介君、いたら返事をして」

頭上でどんどんと床を叩くような音がした。

「湯浅君」

また呼びかけると、さらに大きな音がした。

「いるのよ。湯浅君はここにいるのよ」

綾香はそう言うと、靴を脱ぎ、主人の体を押しのけて階段に向かった。彼女は「待ちなさい」と言ってつかみかかってきた相手の手を振り払い、そのまま階段を駆け上がった。無意識のうちに階段の数をかぞえている。
一、二、三、四、五、六……。踊り場はなく、一階から二階へ急傾斜で延びている。階段の上には、夜の闇より濃く吸いこまれそうに深い暗黒があった。
暗黒——。十、十一、十二、十三。

十三。なんて縁起の悪い数字なの。

階段の前にドアがあった。階下からの明かりにぼんやりと浮かんでいる。ドアに一枚の紙が貼りつけてあった。

「だめだ。開けるんじゃない」

下から男の怒号。階段を駆け上がってくる音がした。

「大河原さん、待ってください」と佐々倉が呼びかける。階段の途中で二人がもみ合っている気配がする。綾香がその間にドアのそばのスイッチを押すと、二階の廊下がまばゆい光に満たされた。

タイムカプセルを開くセレモニーの通知が貼りつけてあった。

出席　〇欠席

出欠を選択する欄。欠席に丸がついていた。

彼女はドアを前にしばらくためらった。足元に盆があり、そこに空の茶碗《ちゃわん》と醤油《しょうゆ》の汚れのついた皿、豆腐のかすがついた汁椀《しるわん》が無造作に置かれていた。誰かの食事の痕跡《こんせき》。

「やめろ。そこを開けちゃだめだ」

大河原修作の父親の声が綾香の決意を促した。彼女が丸いノブを握ると、右手に電流のような衝撃が走った。いや、恐怖がそのように感じさせたのだ。

ただのまやかし。

一瞬おいて彼女はノブを再び握り、右にまわした。ドアに鍵は掛かっていなかったが、たわんだドアがドア枠にはまりこんでいる。引いても軋《きし》み音を立てるだけで、ドアはいっこうに動かない。

階段を駆け上がる足音が近づいてきた。父親が十三階段を上がってくるのだ。もう元にはもどれなかった。彼女は壁に左足を押しつけながら、気合いを入れてノブを引っ張った。

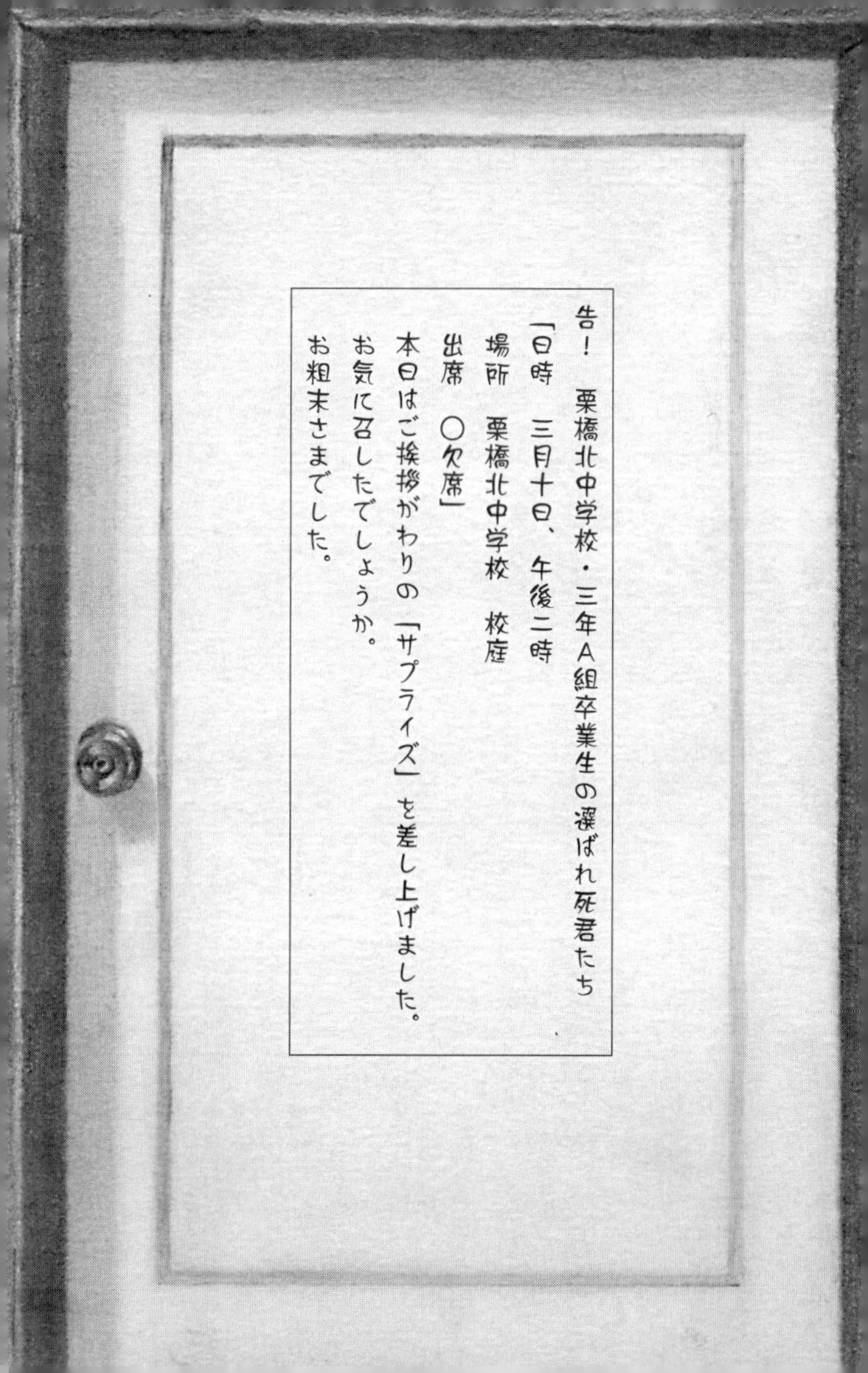
告！　栗橋北中学校・三年A組卒業生の選ばれ死君たち
「日時　三月十日、午後二時
場所　栗橋北中学校　校庭
出席　○欠席」
本日はご挨拶がわりの「サプライズ」を差し上げました。
お気に召したでしょうか。
お粗末さまでした。

ドアは頑強に抵抗したが、やがて断末魔の悲鳴のような鋭い軋み音を立て外側へ開いた。綾香の渾身の力で勢いがついたドアが壁に激しくぶつかった。その反動で綾香はバランスを崩したが、かろうじて転倒を免《まぬが》れ、開いたドアから部屋の中に踏みこんだ。

その時になって、ようやく大河原の父親と佐々倉が二階に上がってきた。

「ああ、なんてことをしてくれたんだ」

父親が悲痛な叫び声をあげる。二階の廊下の明かりで部屋の中がぼんやり明るく見えた。遮光《しゃこう》カーテンの閉まった窓。その前に本が積み上げられた勉強机。そして、部屋の中央にベッドが置かれ、そこに黒い人影があった。身動きもしない死体のような人影。だが、それは死体ではなかった。

綾香はそれが監禁されている孝介だと直感した。

「湯浅君」

「湯浅、ここにいたのか」

佐々倉も同じ結論に達したのか、呻《うめ》くように言った。「大河原さん。あんた、湯浅を監禁してたんだな？」

「ち、違う。私は……」

大河原の父親は観念したのか、その場にへたりこんだ。佐々倉が壁際《かべぎわ》のスイッチをつけた次の瞬間、大河原家の二階の勉強部屋に隠されていたおぞましい真実が明らかになった。

長い間、囚《とら》われて衰弱《すいじゃく》しきった男は背中を向けて、静かに横たわっている。髪は長く伸び、乱れていた。綾香はその肩に触れる。すっかり骨張っている体に、彼女は思わず嗚咽《おえつ》を漏らした。

「湯浅君。助けにきたのよ。よかったね」

彼女が声をかけると、力ない声が返ってきた。

「ありがとう。みんなが来るのを待ってたんだよ」

綾香は涙ぐみながら、背中を向けた体を引いて仰向けにさせた。横たわった男が、彼女を見て弱々しく笑った。ベッドに横たわる男の頬は痩《や》せこけ、不精髭《ぶしょうひげ》が顔を覆っていた。死人が放つような腐臭《ふしゅう》がその口から漂ってきた。

「違う。そいつは湯浅じゃない」

佐々倉が叫んだ。

「だから、言ったじゃないか」

大河原修作の父親がとがめるように言った。「これは、私の息子だ。ずっと君たちが謝りに来るのを待ってたんだぞ。武田先生が家庭訪問の時、君たちに謝りにこさせると言ったのを信じて、十年間、修作は部屋にひきこもっていたんだ」

「そ、そんな……」

綾香と佐々倉は呆然として大河原修作を見下ろした。

大河原修作の目から大粒の涙がこぼれていた。

「ありがとう」

彼の痩せ細った手が綾香のほうへのびてきた。彼女は思わず一歩後退した。

…………

第三部　懐かしき友よ

1

三月十日、土曜日。午後一時五分

春一番はすでに吹いているものの、北からの風は冷たかった。

石原綾香の車は、堤防の道を西へ向かって走っていた。風によって川面《かわも》が魚のウロコのような模様を描き、その一つ一つが太陽の光を浴びて白く輝いている。

今日がタイムカプセルを開けるセレモニーがある日だというのに、彼女の心は晴れなかった。それはそうだろう。湯浅孝介の行方《ゆくえ》が依然わからないのだから。

正体不明の人物がタイムカプセルの通知を配っていたが、実際のセレモニーもいつの間にかそれと同じ日取りになっていた。十年前の卒業式の日にちに近い土曜日といえば、誰が企画しようとしても、三月十日になっていただろう。それでも、謎《なぞ》の黒幕によって、一人一人が将棋《しょうぎ》の駒のように動かされていることに、彼女は一抹《いちまつ》の不安を覚えていた。

集合時間は午後二時、栗橋北中学校旧校舎の校庭。

この日、参加すべき者に確認をとると、みんな、勝手に現地へ向かうと返事をしてきた。鶴巻賢太郎はぎりぎりになるが、電車で向かう。三輪美和は富永ユミの車に同乗する。佐々倉文雄は自宅から適当に現地へ。武田先生は栗橋の自宅からバイクで向かうとのことだった。

綾香としては、一人のほうが考える時間がとれるし、集合の前に学校の周辺をまわっておきたい気持ちがあったので、かえって都合がよかった。カメラで栗橋町の各ポイントを撮影しておいたうえで、学校を全方位から撮っておきたかった。

利根川の土手を走っていると、北側から中学校の校舎とその背後の裏山を望むことができる。彼女は土手から道を下り、裏山の裾《すそ》伝いに学校へ向かった。正確に言うと、廃校になった旧校舎である。

孝介は本当にどこかへ旅行していたのかもしれない。今日のイベントでみんなをびっくりさせようとして、すでに現地で待っている可能性もある。きっと、そうだ。そうにちがいない。

楽観的な考えとともに、希望の光が彼女の心にやわらかな春の日差しのように差しこんできた。

校舎が見えるところまで来ると、彼女は心をプラス思考に切り換えていた。スイッチをプラスにオン、マイナスをオフ。

彼はきっと来ている。絶対、そうに決まっている。

午後一時二十分

太陽は中天からやや西に傾いているが、学校の一帯に春のおだやかな日差しを投げかけている。利根川の川面を吹きつけていた冷たい風は、ここには及んでいない。

レール式の門扉《もんぴ》が、今は開いていた。「立入禁止」の札もどこかへ片づけられている。グラウンドを覆《おお》っていた枯れ草がきれいに片づけられていた。一週間前に来た時はもっと荒廃した印象があったのに。

校門の裏側に大きなショベルカーが一台停《と》めてあった。枯れ草の山が校庭の隅に積み上げられており、校舎解体の前段階として整地作業が始まったのかもしれない。

整備された校庭の上にタイヤ痕《こん》がついている。見ると、校舎の前に原付バイクが一台停められていた。

綾香は校門を抜けて、そのまま校庭を突っ切り、バイクの隣りに停車した。

校舎の一階中央の昇降口が全開している。裏口も開いており、そのまま裏庭へ行けるようになっていた。彼女はそのまま校舎を通り抜けて裏庭に出た。

焼却炉の蓋《ふた》を開けて、中をのぞいている五十代くらいの太った男がいた。

「武田先生」

彼女が呼びかけると、男がふり返った。

「やあ、石原か。待ちきれなくて、先に来ていたんだ」

武田は蓋を閉めると、綾香のほうへ歩いてきた。この日のためか、スーツを着ている。太り気味のためか、大きな腹が白いワイシャツを突き出すようにしていた。腕にジャンパーを持っているところを見ると、彼があのバイクに乗ってきたようだ。

「先生ですか、入口を開けたのは？」

「ああ、教育委員会から鍵を借りてきてね。もうすぐ校舎を解体する時にこうしたイベントをやるというので、特別に貸してくれたんだ。あと一ヵ月後にはこの校舎は見られないんだよ」

「そうですか。先生がいてくださって、よかったわ」

午後一時三十分

不意に背後に人の気配がし、「こんにちは」と大きな声がかかった。

「わっ」と武田が叫んで、ふり返る。綾香も驚いてふり返った。自転車にまたがった佐々倉文雄が、二人のすぐそばで、にこにこと笑っていた。

「なんだ、佐々倉か。驚かすなよ」

武田は胸を押さえ、大きく息を吐《は》きだした。「私は高血圧で狭心症《きょうしんしょう》なんだよ。心臓によくないことは、頼むからやめてくれ」

「すみません」

佐々倉は首にかけたタオルで額の汗をぬぐいながら謝った。「運動不足解消を兼ねて自転車で来たものですから。ふう、暑い暑い」

「でも、先生だって、もっとびっくりさせることをしたんですからね。罪作りですよ」

佐々倉は自転車を降りると、不満そうに口を尖《とが》らせながら言った。

「なぜだ？」

「だって、大河原は先生が言ったことを真《ま》に受けて、十年も部屋で俺たちが訪ねてくるのを待ってたんですからね」

大河原修作の一件は、あの夜、すぐに武田に伝えられ、彼はすぐに大河原家に事情を聞きに向かったのだ。

「私も責任を感じているが、大河原が私の言葉をそんなに重大に考えるとは思わなかった。お父さんの前で必死に謝ったよ。でもね、そんなに長い間両親が息子を説得できないのも情けないと思うよ」

武田の話は恨《うら》み節《ぶし》になった。「おまえたちだって、大河原をいじめたのはよくなかったぞ」

「わたしたちもいじめたつもりじゃないんです。彼って、おとなしい子だったから、無視しちゃったところはあったかもしれません。それをいじめととられたら仕方がないんですけど」

「大河原は繊細《せんさい》な神経の持ち主だったんだ。先生は何度も家庭訪問して、彼の心を開こうとできるかぎりの努力はしたんだよ」

「でも、その件は解決したからよかったじゃないですか」

綾香は話が険悪なほうにエスカレートすることを恐れて、その話題を無理に打ち切ったが、果たして解決したのだろうかと心のどこかで思いながら言った。後味の悪さは今でも彼女の中に澱《おり》のように残っていた。先生の言葉を信じて、あの部屋に十年もひきこもっていたなんて、ちょっと過剰反応というか、病的な気もする。

「それにしても、十年は長かったなあ」

武田は腕組みして、しみじみと言った。

午後一時四十五分

校庭のほうが騒がしくなった。車を高速で走らせている音だ。裏庭にいた三人が校舎を抜けて表へ出ると、赤いスポーツカーが校庭を猛スピードで走っていた。

車はかつてのトラックを左まわりに大きく周回し、朝礼台の残骸《ざんがい》の前で立ちすくむ三人の前で急停止した。

ドアが開いて、運転席のほうからサングラスをかけた派手な黄色のスプリングコートを着た女がさっそうと降りた。

「あれ、ユミじゃない？」と綾香。

助手席のほうからＯＬ風のスーツを着た小柄な女が降りた。

「いやあ、そこの二人は富永と誰だ？」

武田が前に進み出る。

「先生、おひさしぶりです。三輪美和です」

「おおっ、あのヨシカズか。ずいぶん女らしくなったもんだ」

「先生。わたし、昔から女です」

三輪美和は少し憮然《ぶぜん》としながらも昔の担任に会えた嬉《うれ》しさを体いっぱいに表現していた。

午後一時五十五分
「これで、四人がそろったな。あと誰だ？」

武田は携帯電話を開いて時間を確認すると、校門のほうを望んだ。ちょうどタクシーが一台校庭に入ってきたところだった。タクシーはそのまま四人のいるほうへ近づいてきて停まった。

ドアが開き、裾《すそ》の長い黒のコートを着た男が降りた。

「あれは、鶴巻君です」

最近の鶴巻を見ているのは綾香だけなので、彼女はみんなに聞こえるように言った。

黒いフレームの眼鏡をかけた鶴巻賢太郎は、髪を七三にきっちりと分けていた。腕には高級そうな時計がはまっている。

「おひさしぶりです」

鶴巻は武田に会釈し、他のメンバーにも軽くうなずいた。

「これで、湯浅以外、全員そろったんじゃないか」

武田が言った。その時点で集まっていたのは、担任教師の他に五人の元生徒だった。

「裏庭で待っていよう。掘る場所を確認しておかなくてはならないからね」

午後二時一分

「時間になりましたね」

鶴巻が腕時計に目を落としながら言った。十年前にタイムカプセルを購入した責任者として、彼はこれからの進行を仕切りたい気持ちがあるのだろう。

「もうちょっと待ったほうがいいんじゃないか」と武田。

「先生。お言葉を返すようですが、掘り出すのにけっこう時間がかかります。作業だけは始めておく必要があります」

「まあ、確かにそうだな」

錆《さ》びたスコップが焼却炉に立てかけてあった。武田はそれを目にした後、佐々倉を見た。

「佐々倉、おまえ、掘ってくれるか？」

「え、俺が？」

佐々倉はいきなり指名されて困惑した。

「運動不足解消を兼ねてね」

「あ、先生、ずるいですよ。先生だって、相当太ってますよ」

「ばかもの。私は年長者だぞ。掘ってるうちに心臓麻痺《まひ》でも起こしたら、おまえ、責任をとってくれるか。おまえは医者のたまごなんだろう？」

武田は両手で大げさに胸を押さえた。

「わかりました。やればいいんでしょ？」

佐々倉はすねながらスコップを受け取った。その仕草がおもしろいので、三輪美和がくすくす笑った。緊張が漂いかけたその場の雰囲気がにわかになごみ、自然な笑いが全員に広がっていった。

「あーあ、みんな、薄情だなあ」

佐々倉は恨みがましい目で鶴巻を見た。「おまえもな。こんな時には背広なんか着ないでくれればよかったんだ」

「いやあ、ごめん。うっかりして、そのことには気づかなかった」

鶴巻はさらりと受け流し、「早く掘れよ」と言った。佐々倉は「ちぇっ、そういうのを確信犯ていうんだよな」と言って肩をすくめ、タイムカプセルの埋設地点に立った。目印として刺していた枯れ枝がやや傾いている。

校舎の裏は日陰になっており、今朝の冷えこみで一面に霜柱ができていた。全体的に土が盛り上がっている感じだ。土がやわらかいので、作業はそれほどむずかしくないのだが、肥満気味の佐々倉にはたいへんなようで、数分のうちに早くもシャツの背中が汗で濡れ始めていた。
六、七十センチほど掘ったところで、スコップが硬いものに突きあたり、ガリッと音を立てた。
「おお、もしかして、これは……」

佐々倉が他のメンバーを見た。

「やったね、佐々倉君」

美和が嬉しそうに歓声を上げた。

「なんだ、もう見つかったのか」

鶴巻は意外そうに言った。

「ちぇっ、見つかったのが嬉しくないみたいな言い方じゃないか」

佐々倉が額の汗を腕でぬぐいながら不満そうに口を尖《とが》らせた。

「ごめん、ごめん。おまえの運動不足解消のためにはもっと時間がかかったほうがいいと思ったんだ」

「ひどいですよね、先生？」

佐々倉は、腕組みして笑っている元担任を見た。

「見つかってよかったじゃないか」

武田は腕時計に目を落とした。「おっと、ゆっくりしてる時間はないぞ。早く掘りなさい」

「そうよ。佐々倉君、あとひとふんばり」

美和が佐々倉の肩を軽く叩《たた》いた。「わたし、応援してるわ」

「みんな、薄情だなあ。なんだよ」

佐々倉が大きく息を吐いた。

「さあ、つべこべ言わずにやるっ」

それまで黙って見ていたユミがぴしりと言った。

「はい、わかりました」

動きが鈍《にぶ》くなっていた佐々倉の動きがにわかに速くなった。銀色の物体の先端部分が土の中から現れた。佐々倉はスコップでまわりの土を取り除くと、タイムカプセルを取り出し、上で待っている鶴巻に手わたした。

「みんな。これがタイムカプセルだ」

鶴巻は十年の時を経て地上に現れたものを両手で持ち上げ、メンバーに誇らしげに見せた。

それはまさに優勝者に与えられるトロフィーのようだった。

さあ、あなたも三年A組のメンバーとともに
タイムカプセルを開けてみませんか？

午後二時二十分

宇宙船のような銀色の物体を見て、みんな、タイムカプセルがすんなり掘りあてられたことを喜んだ。鶴巻が表面に付着した泥を落とし、乾いたタオルで汚れを拭き取ると、カプセルは十年の時の流れを感じさせないほどのまぶしい輝きを放った。その場にいた全員の口から感嘆の声が漏《も》れた。

「先生、始めちゃっていいですか。もう二時をすぎてますから」

「そうだな。もういいだろう」

鶴巻はやや緊張の面持《おもも》ちでうなずくと、カプセルの接合部分を止めていた六角のネジをレンチで一つずつゆるめていった。

「さあ、全部取れたぞ」

しゃがんでいた鶴巻は立ち上がり、その場のメンバーを見た。「じゃあ、先生。カプセルを開けますよ」

鶴巻はタイムカプセルを地面に立て、その蓋に手をかけると、ゆっくりとはずした。それぞれが期待と不安の入り交じった目で鶴巻の手元を見つめた。

蓋が開かれると、鶴巻のまわりを取り囲む全員からどよめきが起こった。鶴巻はビニール袋に包まれたものをカプセルから抜き出し、地面に置いた。

ふっと香水のようなにおいが漂った。しかし、それを感じたのは綾香だけだったかもしれない。

鶴巻がカプセルの中に何も入っていないのを示すために容器を逆さまにすると、乾燥剤や酸化防止剤を入れた小さな袋がぱらぱらと落ちてきた。

「ごくろうさま。じゃあ、私がみんなに配ろう」

武田がビニール袋を受け取り、中に詰められたものを一つ一つ取り出した。「鶴巻賢太郎。これは君だ」

鶴巻はごわごわとした白い袋を受け取ると、待ちきれないように中身を見た。

「おおっ、『十年後の自分へ』って手紙があるぞ」

武田はつづいて、佐々倉文雄、三輪美和、富永ユミと名前を呼び、本人たちに次々に手わたしていった。

「石原綾香。これはおまえのだ」

綾香は緊張しながらピンク色の封筒を受け取った。彼女がカプセルに入れたのは、十年後の自分への手紙とある人への手紙だった。今考えると、恥ずかしいような内容が書かれているのを知っているが、具体的にどんな文章だったのか、あまり記憶になかった。彼女はピンク色の封筒から二通の手紙を取り出し、そのうちの一通、「十年後の石原綾香へ」と表に書かれた封筒を開いてみた。


「十年後、あなた、いや正確にいうとわたしは何をしているのだろう。

二十五歳のわたし。大学を卒業して普通のＯＬにでもなっているのかな。それとも、大学院なんかに行っちゃったりして。

恋も一度や二度くらい経験しているのだろうか。

結婚して、子供がいたりして。

アハハ、それはないか。でも、子供がいてもおかしくない年齢だよね。

本当のことを言うと、私はカメラマンになりたい。高校に入ったら、写真部に入り、大学の芸術学部に行って、カメラマンとしての腕を磨く。

さあ、十年後の綾香、何をやっているのかなあ」


もう一枚は、もっと真剣な手紙だ。湯浅孝介宛のものだが、渡すべき彼はまだこの場に来ていなかった。

不意に悲しみが彼女の胸にこみ上げてきた。

午後二時二十五分

「じゃあ、次」

武田がみんなの注意を引いた。「どうせ来ないだろうが、一応形式的に呼ぶぞ。いいね？」

武田が口を開こうとしたその時、一陣の突風が吹いて、裏庭の土埃《つちぼこり》を舞い上げた。霧のような白いベールがメンバー全員を包みこんだ。

武田は口を押さえながら叫んだ。

「不破勇《ふわゆう》」

綾香はええっという顔で武田を見た。「ふわゆう」って何？

答えがないので、武田はもう一度大きく、ゆっくりと叫んだ。

「ふ・わ・ゆ・う」

風に乗って「はーい」という声が聞こえた。いや、聞こえたような気がした。

だが、それは風のいたずらだろう。現に校舎だって、悲鳴のような風の音を出していたのだから。

もちろん、幻聴だろうと思って、綾香はまわりを見ると、他のメンバーも一様にけげんそうな顔をしている。みんなにも聞こえたのだ。実際の声、しかも声変わりしていない少年のような甲高《かんだか》い声だ。

「はーい」

もう一度声が聞こえてきた。

白い土埃のベールの向こう側、裏山のほうから黒い影が現れた。

「みんな、あの夜、どうして待ってくれなかったの？　どうして、マンホールの蓋を閉めて帰っちゃったの？　どうして、わたしをあの暗い穴の中に置き去りにしたの？」

埃が去った時、そこにいたのは、綾香たちと同年代の女性だった。すらりとした長身の体に白いスプリングコートをさりげなく着こなし、長い髪を風にひるがえしている。西洋的な体型なのに、顔は一重瞼《ひとえまぶた》で日本的だ。そのアンバランスなところが綾香の目に魅力的に映った。

「ふわゆう？」

武田の問いが、綾香には「Who are you?」と聞こえた。

「アイアム・不破勇《ふわゆう》」

女が口元に笑みをたたえながら答えた。「そう、わたしが不破勇です。みなさん、はじめまして」

その場の空気が衝撃で揺らいだ。

「君が不破勇なのか」

武田はやや興奮気味に言った。「女性であるのは承知していたけど、会うのは初めてだな」

「そうです。はじめましてと言うのも何か変ですけど」

不破は先生に軽く会釈すると、残りのメンバーを見た。「わたしが不破勇です。よろしく」

「いやあ、びっくり。わたし、あなたが男だとばかり思ってたよ。『ふわいさむ』だとばかり……」

三輪美和が目を丸くして言った。「だってさ。クラスの名簿って、男女別じゃなくて、一緒になってたから。ね、綾香？」

いきなり話をふられた綾香も慌ててうなずいた。

「わたしは、実在の人物じゃないと思ってたわよ」

「すっげえ」

佐々倉が驚嘆の息を吐き出した。「十年前にお会いしたかったなあ」

「僕も同感」と鶴巻がうなずいた。

「はい、これは君がカプセルに入れたものだ」

武田が大きな茶封筒を不破勇にわたした。「君の親御さんが私のところに送ってきてくれた」

「ありがとうございます」

不破は封筒を受け取ると、表に『ホール』と鉛筆で薄く記してあるのを確認して、富永ユミに手わたした。「はい、原稿」

「わあお。これで完成ね。ありがとう、勇さん」

ユミは封筒の封を切ると、中身を取り出した。Ａ４サイズの紙に印刷された小説がそこにあった。

「ねえ、ユミ。あなたは不破勇が女性だということを知ってたの？」

綾香は原稿をのぞきこみながら聞いた。

「もちろん」

「いつから知ってたの?」

「彼女から原稿を送ってもらった時から」

「どうして教えてくれなかったの?」

「聞かれなければ、教える必要、ないじゃない」

ユミは不破のそばに寄って、その肩に軽く手を置き、自分の口から話すよう促した。

その場にいるメンバーのほとんどが初めて見る若い女性が、淡々と自らの半生を語り始めた。

不破勇は東京の中学校にいた時にいじめで不登校になり、栗橋に引っ越してからも、そのまま不登校をつづけたことを話した。

「両親が無理に学校へ行くことはないって言ってたし、わたしも好きな小説を書いてすごしたかったんです」

「それがその小説なの?」と綾香。

「そうよ。タイムカプセルを埋める日まで、一生懸命書いたの。ここには十年後、あなたたちがカプセルを開けるまでのことを予想して全部書いてあるのね。わたしの住んでいた家は裏山の地つづきだから、学校から意外に近いし、わたし、何度も学校の裏まで行ったことがあるから、あの辺の地理にくわしいんだ」

「どうやってあの夜の計画を知ったの?」

「ユミさんが手紙をくれたの」

「ごめん、みんな」

ユミがすまなそうに言った。「湯浅君が送らなくていいよと言ったんだけど、勇さんだけにこっそり送っちゃった。謎の人物だし、冒険がミステリアスになると思ってね。でも、どうせ来ないだろうと思ってた」

「あの夜、わたし集合時間の前にここに来てたの。梟《ふくろう》の鳴き声をまねたのはわたしよ」

不破が話を引き取った。

「それから、こっそりみんなのあとをつけていったのね。でも、マンホールの蓋を閉められて、わたしはホールに一人取り残されてしまった。『ねえ、みんな、待って』と呼んだのに、みんな、わたしを置き去りにして……」

「でも、どうしてホールから脱出できたの?」

「玉沢さんというおじいさんが蓋を開けて助けてくれたの。夜中うるさいから見まわりにきて、たまたまわたしの声を聞きつけたらしいんだ。ほんと、ラッキーだった」

「嘘よ」

綾香はユミが持っている原稿を半ばひったくる形で取り上げた。最初のページには、プロローグ、第一部、第二部、そして話は第三部までつづいている。ざっと見たところ、ストーリーは石原綾香の視点で書かれているのだ。

「信じられないわ。十年前の時点で、あなたはこうなることを予見していたって言うの？」

「そういうことになるわね」

「じゃあ、あなたは予言者？」

「今ここで起こっていることも、すべてフィクションなの。わたしの頭の中で展開していることなのよ」

「そんなことは、ありえない」

「本当なんだから、仕方がないわ」

その時、また山のほうから風が吹いてきて、砂埃を舞い上げた。その場にいる全員の姿が薄茶色のベールに覆われ、その姿がぼんやりしてくる。綾香は急に眩暈《めまい》を覚え、立っているのがつらくなった。鶴巻が持っているタイムカプセルが、「アラジンの魔法のランプ」のように見える。鶴巻がカプセルをこすると……。

「石原綾香、あなたは小説の中だけの登場人物だったのだ。この世に存在しないもの」

そして、その他の登場人物も全部、虚構の中の存在——。

時間の歪《ゆが》みが、彼女の記憶も歪ませていく。すべての存在が無になる。

なあんだ、そういうことだったのか。夢オチなんて最悪。すべては富永ユミが不破勇と結託して演出したサプライズ。石原綾香をこの世から消す大マジック——。

……………

我に返った時、綾香は薄暗い廊下のようなところに横たわっていた。頭の下にはクッション、体の下にはタオルのような敷物がある。体を起こしてみると、そこが学校の廊下であることがわかった。木造二階建ての栗橋北中学校——。

「違う、違うよ」

夢のつづきが、彼女を依然混乱させている。

そんなことはありえない。

カプセルから出てきたあの『ホール』の原稿。あれは十年前からそこにあったものではない。マジックでも使わないかぎり、あんなことは起こりえないのだ。

綾香は立ち上がる。よろよろっとして、尻もちをつきそうになった。柱にもたれ、それから校舎の裏口から出ようとした。

タイムカプセルのまわりに先生を始め、かつての栗橋北中学校の生徒たちが集まっている。

ということは、私はこの世に存在しているのだ。これはフィクションではない。昨日までの寝不足で疲れが溜《た》まっていただけ。貧血を起こして倒れた彼女を誰かがこの校舎に寝かせてくれたのだ。

「ごめんなさい。ちょっといたずらがすぎたようね」

不破勇の声がする。

「さすが、不破さん」

富永ユミが言った。「これは十年前のオリジナル原稿よね？」

「ホールに閉じこめられた十五歳の少女の冒険小説です。ユミさんにわたした原稿は、彼女に聞いた話を付け加えてリライトしたものなんです」

不破はそう言って、武田に頭を下げた。

「すみません、先生。せっかくのセレモニーだから、ついでにみんなもびっくりさせようと思って」

「君が登場すること自体がサプライズだよ。それから、女だとわかってもっとびっくりした」

鶴巻が呆《あき》れたように笑った。

「わたしね、不破さんから原稿を送ってもらった時、あの不破勇だとぴんと来たのね」

ユミはそう言って告白を始めた。

「それでわたしたちが〝ホール〟に閉じこめた〝少年〟が不破さんとわかったの。殺人を犯したかもしれないと思ったのが、実は脱出できて無事だと知った。心の重荷がとれて、いつかみんなに発表しようと思ってたわけ」

「ああ、そうだったのか。俺たちも殺人の共犯者でなくなったってことだ」

佐々倉が安堵《あんど》したように言った。

「これで『ホール』と聞いてもびくつかないですむな」

綾香は出ていくタイミングを失い、そのまま彼らのやりとりを舞台の袖《そで》から見るように聞いていた。そして、今読んだ小説のプロローグの場面で、校長が「不破勇《ふわいさむ》」と間違って読み、不破の父親が「おまえは誰なんだ（フーアーユー）」と訂正している場面を思い出していた。

…………

午後二時三十五分

「おい、次に行くぞ」

武田がみんなの注意を引くように言った。「あとわたすべき人は、湯浅のほかに一人いる」

「どうせ来ないでしょうけど、先生、形式的に呼んでみますか？」

仕切り役の鶴巻が言った。

「ああ、わかった」

武田は透明なビニール袋の中の大きな茶封筒を取り出した。「ああ、あったあった。大河原修作と書いてある」

武田は一呼吸おいてから「大河原修作君」と呼びかけた。

「はーい」という男の声が校庭のほうから聞こえてきた。その瞬間、そこにいて思い思いに自分の詰め物をチェックしていた全員が顔を上げ、凍りついたようになった。

「すみません。遅くなりました」

間延びした女の声が校舎の反対方向から聞こえてきたのである。そして、校舎の陰から二人の男女が姿を現した。

「き、君……」

武田がそう言って声を失った。数日前、髪と髭《ひげ》が伸び放題だった大河原は、散髪したのか、ずいぶんさっぱりとしている。

「大河原です。大河原修作……」

痩《や》せこけた頬《ほお》の男は、そう言ってその場にいる連中に頭を下げた。「やあ、みんな、ひさしぶりだね」

黒っぽいスーツが体に合わず、ややぶかぶかだった。ネクタイを締めている首が鳥の喉《のど》のように細くて、しわだらけだった。歩き方がおぼつかないので、母親が横について支えていた。

綾香が大河原の母親を見るのは、これが初めてだった。四国八十八ヵ所の巡礼をつづけていた彼女は、息子のひきこもりが治ったことを聞いて、急ぎもどってきたのだろうか。

「大河原。おまえ、よく来たなあ」

武田は前に歩み出て、骨ばった若者の手を取った。

あの二階の部屋に十年間もひきこもっていた大河原を外の世界に連れだすきっかけを作ったのは綾香たちである。彼女も複雑な思いで母子を見た。出ていこうと思ったが、足が麻痺したように動かなかった。母子の周囲には、近づきがたい妖しいオーラのようなものがあったからだ。

「大河原君。君のはこれだ」

茶封筒に大きく大河原修作と記されていたので、武田はそれを元教え子にわたそうとした。ところが、それより早く母親のほうが封筒をひったくるように受け取った。

驚く武田の前で母親が封筒を開けると、黒っぽい筒が出てきた。

「修作、そこに立ちなさい」

母親は息子に命令口調で言った。「気をつけ。背筋をまっすぐ伸ばすのよ」

大河原修作はふらついたものの、母親の言いつけに従った。

「今から、おまえのために卒業式を執《と》り行います」

母親は呆然《ぼうぜん》とするメンバーを尻目に、筒を開けて中から証書を取り出したのだ。

「卒業証書。栗橋北中学校三年A組 大河原修作。あなたは……」

哀愁を帯びた甲高《かんだか》い声が校舎の裏側に反響する。感極まった母親の目から涙があふれ、途中から嗚咽《おえつ》で声が聞き取りにくくなった。

背筋に寒いものを感じながら、綾香は校舎の中から二人の儀式を見守った。他の連中も同じ気持ちでいるにちがいなかった。

校舎の裏側の空気は凍《い》てついていた。

午後二時五十分

遠くのほうでバイクのエンジン音がした。

綾香は我に返り、校庭の見える位置に移動した。バイクが校門から入ってくると、フルフェイスのヘルメットをかぶった男が校舎のゲタ箱のほうに何かを放り投げ、「郵便です」と叫んだ。そしてバイクの向きを変え、校門のほうへ去っていった。

まもなく廃校となる中学校に郵便物が届くはずがないし、おかしいなと思っていると、入口の靴脱《くつぬ》ぎに一通の封筒が落ちているのが目に入った。

そこへ行って拾い上げてみると、封筒には切手は貼られていなかった。宛名は「栗橋北中学校気付　武田亮二先生」。

裏を返すと、差出人は「湯浅孝介」となっている。彼女は封を手でちぎり、中身を取り出した。

タイムカプセルの案内状。

出席　〇欠席

出欠の意思表示として、欠席に丸印がつけてあった。

何よ、これ？

バイク。エンジン音。切手のない手紙——。

あいつだわ。タイムカプセルのメンバーに手紙を送り届ける「郵便配達人」。今回、湯浅孝介の手紙を武田先生宛に届けにきたのだ。

住所探しのプロにとって、卒業生のその後の住所を追うことはむずかしくなかった。転送手続きをとった後の行方を追うことが可能なのは、郵便局の関係者。クラスの中にそういう人はいたか。

そうか、あいつだ。あいつは頭のネジがはずれている。ネジがはずれているが、職務に忠実なのだ。手紙を頼まれれば、断ることはできない。それがあいつの体に染みついた悲しい習性。湯浅孝介は囚《とら》われの身でありながら、そのことに思い至り、「郵便屋」に手紙を託《たく》し、届けさせたのだ。

だから……。

午後二時五十五分

綾香は一人で車に乗ると、一路、目的の家を目指した。

父親の職業は公務員としか聞いていなかった。民営化される以前の郵便局員はれっきとした公務員だ。あいつが郵便局員だとしてもおかしくない。

前方に巨大な堤防が見えた。まだ枯れ草に覆われた堤防は、西に傾いた太陽の光を浴びて、赤く燃えていた。少し開けているウィンドーから焦《こ》げ臭《くさ》いにおいが入ってくる。どこかで野焼きでもしているのかもしれない。この町の西のほうには田園地帯が広がっており、冬から春にかけて枯れ草を焼く風景があちこちに見られた。

堤防の道に上がり、利根川の上流に向かってスピードを上げる。そして、坂を一気に走りおり、かつてのニュータウンに入った。

あの時、もう少し冷静でいたら、もっと早く孝介を救い出せていただろう。あの異様な光景を見た時点で、彼女の脳は正常に機能しなくなってしまったのだ。

下から呼びかけた時、どんどんと何かを叩《たた》きつける音がしたが、あれは二階の別の部屋だったのだ。

その家の前に車を停めた時、バイクはシャッターの上がった車庫の中にあった。ガソリン臭《しゅう》がするところを見ると、バイクももどったばかりだと思われた。

その時、彼がなぜタイムカプセルの通知を武田先生に届けなかったのか、その理由がわかった。担任は大河原の父親の職業を知っていたからだ。「郵便」と言って手紙を届ければ、先生はすぐに気づいてしまうだろう。

彼女は車を降りると、門を通り抜け、玄関に達した。この家の主人は玄関の鍵を閉めているだろうか。静かにノブをまわすが、ロックが掛かっていた。

今、この主人にドアを開けさせる方法といえば……。

一つだけ方法があった。

彼女はインタホンのボタンを押した。カチャッと音がして、「はい」と低い男の声が聞こえてきた。

「郵便です」

「はーい」とはずんだ声が返ってきた。綾香は相手が出てくるのを待った。「ひらけ、ごま!」の合言葉で洞窟の扉が開くように、「郵便」と言えば、彼は反応する。体に染みついた職業本能のようなものなのだ。

いつか、彼女がこの家を訪ねた時、タイムカプセルの通知が届いたことがあったが、あれはあいつの自作自演だったのだ。

ドアが開き、顔を輝かせた男が現れたが、綾香を見た途端《とたん》、困惑気味の表情になった。「ああ、君か。何の用だね?」

綾香はコートのポケットに入っていた手紙を出した。宛名は「湯浅孝介様」。タイムカプセルから取り出したものだ。相手は郵便配達のプロ。体の芯《しん》から職業人としての郵便屋である彼は、反射的に手紙を受け取った。

「わかった。届けるよ」

彼はあきらめたようにドアを開き、彼女を家の中に招じ入れた。彼が二階の階段を上がる前に、彼女は階段を駆け上がった。

十三階段。突きあたりの部屋に、十年間部屋にひきこもっていた大河原修作がいた。

その隣りの部屋。今見ると、そのドアにもタイムカプセルの案内状が貼ってあるではないか。

栗橋北中学校、三年A組のみんな、元気にしてますか？
突然の手紙で驚いたと思います。みんなは卒業式の後、タイムカプセルを埋めたことを覚えているよね？
…………
告！　栗橋北中学校・三年A組卒業生の選ばれ死君たち
「日時　三月十日、午後二時
場所　栗橋北中学校　校庭
出席　○欠席」

本日はご挨拶がわりの「サプライズ」を差し上げました。お気に召したでしょうか。

お粗末さまでした。

欠席に○がついていた。

「息子をいじめた仕返しに、彼を部屋に閉じこめてやったんだ。息子がどんな思いでこの十年をすごしてきたのか、わからせるためにね。学級委員長の彼がわざわざ一人で訪ねてきたから、この機会を逃すものかって。息子が耐えた十年に比べれば、ずいぶん短いだろう」

「どうして、学校へ手紙を届けにきたんですか？」

「彼に先生に届けるよう頼まれたからだ。郵便屋は手紙を託《たく》されたら、日本全国、どこへでも配達しにいかなくてはならないのだ」

やはりこの男は正常ではない。

「だからって、監禁するなんて、ひどいわ」

彼女はドアのノブをつかんだ。

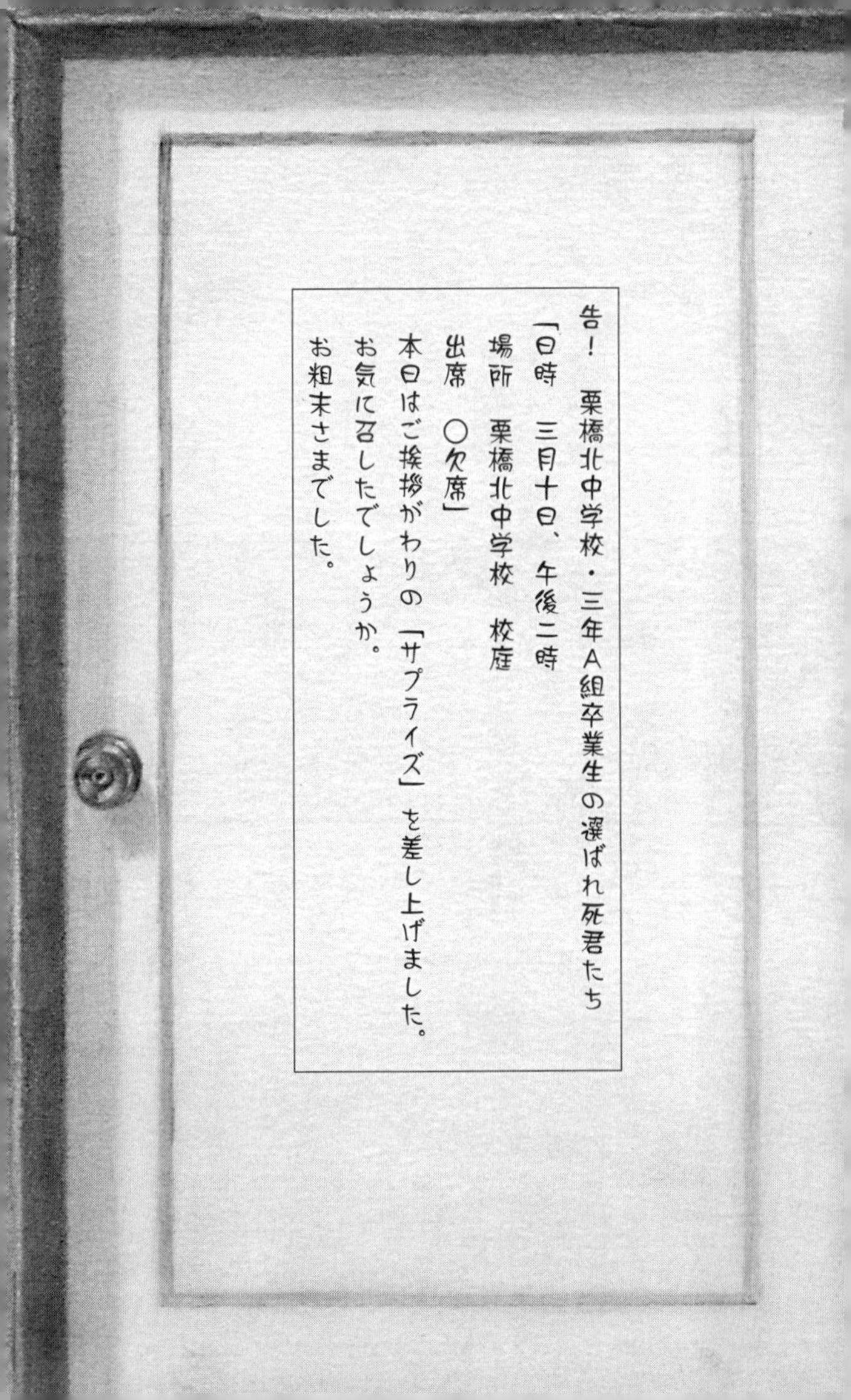
告！　栗橋北中学校・三年A組卒業生の選ばれ死君たち
「日時　三月十日、午後二時
場所　栗橋北中学校　校庭
出席　〇欠席」
本日はご挨拶がわりの「サプライズ」を差し上げました。
お気に召したでしょうか。
お粗末さまでした。

そして、彼女はそのドアを開いた。暗い部屋だった。窓には遮光《しゃこう》カーテンが閉められ、外の光を完全にシャットアウトしていた。壁際《かべぎわ》のスイッチを入れると、部屋の中が一瞬にしてまばゆい光に満たされた。部屋の中央のベッドの上に静かに横たわっている男。

ここは、まさに人を監禁するための「カプセル」だった。

男の髪は伸び、不精髭《ぶしょうひげ》が顔全体を覆っていた。しかし、まぎれもなく湯浅孝介だった。縛《しば》られていないのに身動き一つしないのは、薬でも飲まされているのだろうか。

深い悲しみが彼女の胸を突き上げてきた。

「湯浅君、大丈夫？」

彼女は孝介の肩を揺すった。それから、カーテンを開け放ち、窓を全開にした。彼女はふり返らず、背後の男に言った。

「あなた、何をしたのか、わかってるの、大河原さん？」

大河原は観念したように答えた。

「息子のためだったんだよ。あいつの喜ぶ顔を見るためなら、わたしと妻は何でもやった。二人三脚でね」

大河原はその場にしゃがみこみ、泣きじゃくった。

「今日、あいつと母親はタイムカプセルを楽しみに学校へ出かけていったんだ。とても嬉《うれ》しかったよ」

「もし、わたしたちが修作君を部屋から引きずり出さなかったらあなたたちは何をしてたんですか?」

大河原は涙に濡れた顔を上げると呻《うめ》くように言った。

「二人で何をしていたかわからないよ。想像するのも怖い」

西日が部屋に差しこんできて孝介の顔を赤く染めた。彼の瞼《まぶた》が痙攣《けいれん》し、その目が静かに開いた。そして、心配そうにのぞきこんでいる綾香の顔を見ると、口元にかすかな笑みを浮かべた。

「ここから出られるんだね?」

孝介が安心したように言い、目を閉じた。

エピローグ

午後五時三十分

病院のベッドに憔悴《しょうすい》しきった男が横たわっている。

その枕元にビニールに包まれた封筒が一つ。それから、彼宛《あて》の一通の手紙が置かれている。

男の目が開くと、ベッドのそばに立っていた石原綾香の口から溜息《ためいき》が漏《も》れた。

「ここは？」

孝介は起き上がろうとしたが、力が出ないのか、またぐったりと倒れこんだ。

「無理をしないで」

綾香はタイムカプセルのイベントが終わり、彼が助け出された経緯を手短に語った。

孝介は目を閉じ、ふうっと息をついた。「カプセルを開けるところに立ち会いたかったな。でも、仕方がない」

その時、彼は枕元の手紙に気づいた。

「これは？」

「わたしがタイムカプセルに入れてたもの。十年前の湯浅君宛の手紙」

「そうか。僕の袋はなかったのかな？」

「そこのビニールの中」

綾香は彼の枕元からビニール袋を取り上げ、中身を出してやった。一通は彼自身に宛《あ》てたもの。もう一通は宛名がなかった。

「これは君宛の手紙」

二人は手紙を交換し、それぞれの手紙に目を通すと、にっこり笑い合った。

「十年前のラブレターか。今でも有効？」

孝介の問いに綾香はうなずいた。

「そうか」

あとがき　江戸時代の「タイムカプセル」

私が小学生の時、今は亡き祖母に不思議な話を聞いた。

江戸時代後期（十九世紀初頭）、わが折原家が質屋を営んでいた頃のことだ。私から数えて六代前の当主の葬儀の日、遺体《いたい》を入れるために大きな棺桶《かんおけ》が用意された。もちろん、当時は今のように火葬ではなく、遺体をそのまま地中に埋《う》める土葬が一般的だった。棺桶は木製の風呂桶《ふろおけ》のような形状なので、遺体は当然のことながら正座した状態で中に安置された。

さて、それから百年あまりの歳月が流れて、大正時代になる。大正二年（一九一三年）、十七歳で折原家に嫁《とつ》いできた祖母は、使用人から怖い話を聞いた。

折原家の墓地《ぼち》が狭くなったので、墓域を広げるために土を掘り返していたところ、数代前のご先祖様の棺桶が見つかったというのだ。墓掘りを頼んだ人たちが棺桶を動かそうとした時、少し傾いた拍子《ひょうし》にその蓋《ふた》がはずれて中が見えてしまった。

そこからが話の肝《きも》である。

棺桶の中の人物は正座した状態で、昔のままの着物を身につけていたという。ちょんまげもそのまま頭にのっており、まるで書斎で読書をしているかのようだった。使用人たちは驚いて後退し、少し離れた位置から改めて棺桶の中の人物を見た。顔はミイラのようにどす黒く、死んでいるのは明らかだったが、一陣の突風が吹きつけてきた次の瞬間、体が動きだした。使用人たちは死体が生き返ったかと思って泡を食い、墓から逃げようとした。

すると、棺桶の中の人物のちょんまげが崩れ、風に飛ばされるのを合図にするかのように、体が前のめりになり、体全体がぐずぐずと溶け始めた。そして、残ったのは大量の骨の粉と遺体が身につけていた着物だけ。あっという間の出来事だったという。

祖母はご先祖様のこのエピソードを何度も繰り返して私に聞かせた。祖母は、新鮮な空気に触れて遺体が一気に崩れてしまったのだろうと推理したが、果たしてそうなのかと私は子供心に疑問に思ったものだ。

後年、ドラキュラの物語を映画で見るたび、私は祖母から聞いた話を思い出した。クリストファー・リー演じるドラキュラの胸に楔《くさび》が打ちこまれ、朝日を浴びる場面だ。悶《もだ》え苦しむ吸血鬼の体は太陽の光を受けて崩れだし、やがて骨粉《こっぷん》となり、風に吹き飛ばされてしまう。そのシーンがちょんまげ姿のわが先祖の消失場面とオーバーラップした。

理論社ミステリーYA!のシリーズに収録された今回の作品を書こうとした時、最初に頭に閃《ひらめ》いたのは「タイムカプセル」がテーマの小説だった。それと同時に、祖母から聞いた話が再び脳裏に浮かんだのだ。大正時代の墓掘りの人たちが見つけた棺桶は、まさに江戸時代のタイムカプセルだったのではないかと思った。

これを何とか現代を舞台にした話にできないものかと、いろいろ考えた末、埼玉県北東部、茨城県と境を接する栗橋《くりはし》という小さな町を舞台に決めた。

町の北部を日本一の流域面積を誇る利根川《とねがわ》が流れ、巨大な堤防がまさに万里の長城のような威容を見せる。その大河をわたるJRの鉄橋を電車が轟音《ごうおん》をたてて走る。真っ赤な夕焼け、上州《じょうしゅう》から吹きつけてくる冷たい空っ風……。そうしたイメージが私の頭の中にぱあっと広がった。

そこに住む中学三年の生徒たちが卒業の記念にタイムカプセルを埋める計画を立てる。そして、十年後か二十年後に校庭を掘って開いてみると、カプセルの中から「何か」が出てくる。

ストーリーの骨格は、……………そのようにしてばたばたとできていったのである。

話はカプセルを埋めてから十年後に始まる。タイムカプセルを開くセレモニーの通知がメンバーのもとに届き、卒業生たちの周囲で不思議な事件が次々と起こる。そして、メンバーがかつての中学校に集合し、タイムカプセルを開くと……。

登場人物とともに読者がタイムカプセル（袋とじ）を開くのが、この小説の最大の趣向。卒業生たちとともにわくわくしながら封を切ってほしい。

ただし、人骨は出てこないので、その点だけはご安心を。

果たして、タイムカプセルから何が出てくるのだろう。心して読んでほしい。

折原一

解説

大矢博子

二〇〇〇年代、ジュヴナイルからヤングアダルト向けの書き下ろしエンターテインメントの叢書が、相次いで刊行された。はやみねかおる「都会《まち》のトム&ソーヤ」シリーズやあさのあつこ「NO.6〔ナンバーシックス〕」シリーズを擁する講談社の「YA! ENTERTAINMENT」、同じく講談社から「かつて子どもだったあなたと少年少女のための」と銘打たれた、より若年層向けの「ミステリーランド」、そして理論社の「ミステリーYA!」。

子どもの頃に読んだ本の印象というものはなかなか強烈で、「私がミステリを好きになったのは、あのジュヴナイル作品がきっかけだったな」などということは何歳になっても覚えているものだ。おそらく今の大学生の中には、これらの叢書でミステリに出会ったという人も少なくないのではないだろうか。

本書『タイムカプセル』は、二〇〇七年に「ミステリーYA！」から出された作品である。「自由な発想で自分の道を切り開こうとしている若い世代に、このシリーズを読んだことをきっかけに、さまざまな分野への興味を広げてもらいたいと願っている」という刊行の言葉が印象的だったこの叢書には、山田正紀、皆川博子、田中芳樹、海堂尊、有栖川有栖などなど、二十六人もの豪華な顔ぶれが参加して、ティーンズのみならず大人のファンをも喜ばせてくれたものだ。それの第一回配本のうちの一冊が本書だったのである。版元も著者も気合いの入った一冊だったと言っていいだろう。

そして『タイムカプセル』は、「若い世代に、このシリーズを読んだことをきっかけに、さまざまな分野への興味を広げてもらいたい」という精神をまさに具現化した作品なのである。

物語は謎めいたプロローグのあと、二十五歳の駆け出しカメラマン・石原綾香《いしはらあやか》の視点で進む。中学時代の同級生が十年経《た》ってどんなふうに変わっているか、それを写真で追跡したら面白いんじゃないか――そんな企画を考えていたところに、元同級生・三輪美和《みわ》から連絡が入る。中学卒業のときに有志で埋めたタイムカプセルを掘り出す、という奇妙な招待状が届いたというのだ。

切手も消印も差出人の名前もない、オートロックのマンションなのに直接部屋まで届けられた不気味な招待状。綾香は、タイムカプセルに関わった他のメンバーにも連絡をとってみた。タイムカプセルのイベントに参加したのは生徒八名と担任教師。

誰が何のために、こんなことをしているのか。調べるうちに綾香は、自分以外のメンバーが「ホール」という言葉に過剰に反応することに気づく。ホールとは何なのか。ときおり挿入される謎の人物のモノローグは誰のものなのか。一度も登校したことのないクラスメートの正体は。物語は現在と過去を行き来しながら進む。そしてついにタイムカプセルを開ける日がやってくる――。

と、こうしてあらすじをまとめているだけでも謎がてんこもりなのだが、謎ひとつひとつもさることながら、本書が若い読者にとって「このシリーズを読んだことをきっかけに、さまざまな分野への興味を広げ」る足がかりとなるような趣向が各所に配置されていることに注目してほしい。

その最たるものは、終盤の袋綴《ふくろと》じだ。

物語のクライマックスで、さあ今からタイムカプセルを開けますよ、という場面から先が袋綴じになっているというこの構成にはふたつの意味がある。ひとつは、登場人物たちと一緒に、長い間封印されていたカプセルを開くという行為の楽しみやドキドキ感、その先に何が隠されているのだろうという恐れを共有できるということ。そしてもうひとつは、「ミステリというジャンルには、こういうやり方があるんですよ」ということを著者が若い読者に示しているということだ。

袋綴じと言ってオールドファンが真っ先に連想するのはバリンジャーの『歯と爪』（創元推理文庫）だろう。初めて〈袋綴じ〉という造本を見たときの、なんともいえない興奮を思い出す。謎の答がこの中にある、これを開けば答がわかるが、開いちゃったらもう終わり。開けたい、開けたくない、あの楽しいジレンマを若い読者が本書で抱くかと思うと、それだけで嬉《うれ》しくなるではないか。

他にも、ドアの向こうに何が待っているのか、という複数の場面で実際に左ページいっぱいにドアの絵が描かれているという趣向にも留意されたい。ページをめくるというごく普通の読書の行為が、その箇所でだけ未知の部屋に通じる扉を開くという行為に変わる。小説というものが持っている奥行き、ページの先には何が待っているかわからないという期待と恐怖。ページを開くことで新しい展開に出会えるのが読書だということを、著者はこのような演出で若い読者に教えているのである。

そう考えてみれば、本書の内容そのものも随所に「ビギナー向け」の工夫がほどこされていることがわかる。

真夜中に「郵便です」という声とともに届く招待状。風呂の最中に部屋に届いている招待状。細く開けたドアから招待状を持った手だけが伸びてくる。そんな不気味な事象が次々と起こる様《さま》はまるで怪談で、その恐怖は十年前に中学生たちが体験した防空壕での冒険パートでマックスに達する。そのサスペンスの醍醐味。

タイムカプセルを開いたあとに待ち受ける〈真実〉も然《しか》り。「えっ、そうだったの!?」というサプライズ。「そんなところにヒントがあったのか」という、してやられたという苦笑いを伴う快感。随所にちりばめられた言葉遊び。

そして何より、真相を知ったあとでもう一度読み返してわかる緻密《ちみつ》な構成。小説には「入れ子」という構造があることを、本書は教えてくれる。字体を変えて綴《つづ》られる過去パートと現在パートに仕掛けられた企みは、最後まで読めば氷解する。具体的には触れられないが、過去パートで同じ場面が二度繰り返される箇所が複数ある。そこを丹念に読み比べていただきたい。

すべての謎が懇切丁寧《こんせつていねい》に解説されるわけではない、というところにも著者の深謀が透けてみえる。真相を知ったあとで、綾香以外の視点で描かれるパートを再度読んでみてほしい。そのパートの視点人物は誰なのか。再読すれば「ああ、これはあの人物だったのか」というのがあらためて腑《ふ》に落ちる、そのカタルシス。じゃあ、あれは何だったんだろう、説明されてないけどもしかしたら……と、自分の中でさらに推理を進める楽しみ。「あれって結局、どういうことだったんだと思う？」と友人と議論する楽しみ。

折原一作品をずっと読んでいる手慣れた読者には、もしかしたら本書はあっけなく映るかもしれない。しかしそれは麻薬のようなもので、一度強い薬を試すとどんどん強いものが欲しくなるのと一緒だ。思い出してほしい。「字体が違う」というそれだけであれこれ想像してわくわくするようになったのは、折原一作品に出会ってからではなかったろうか。

本書は、ミステリとは単に事件の謎を解く物語だと思っているビギナー読者に、こういう種類のミステリもあるのだと瞠目《どうもく》させるにうってつけの一冊なのだ。

そしてもうひとつ、本書を読んで強く感じたことがある。

ここに登場するメンバーは皆、学級委員をしていたり都会からの転校生だったり医者の息子だったりと、何らかの形でクラスで目立つ者ばかりだ。中学生活を謳歌《おうか》し、何のてらいもなく他人と会話し、遊び、楽しみを見つけることができる彼らは、気の弱い生徒が何をどう感じるかの想像力を持たない。自分たちの行為が何を招くかという想像力を持たない。想像力を持たないということが、どれだけ重い罪かということもまた、本書に込められたメッセージなのである。

小説を読むということは、想像力を育てる行為に他ならない。他人の人生を、他人の感情を追体験する、それが読書だ。

折原一が若い読者に向けて書いたこの物語は、ミステリというジャンルが持つ構造の面白さを余すところなく見せていると同時に、「心を育《はぐく》む」という読書をも提供しているのである。

本書は二〇〇七年三月に理論社のミステリーYA！にて刊行されたものです。

|著者|折原 一　埼玉県生まれ。早稲田大学第一文学部卒業。編集者を経て1988年に『五つの棺』でデビュー。1995年『沈黙の教室』で日本推理作家協会賞〈長編部門〉を受賞。『倒錯のロンド』は、デビュー年の第34回江戸川乱歩賞に応募した作品が原型。その後、叙述トリックを駆使した本格ミステリーで話題作を連発する。著書に『倒錯の死角《アングル》』『倒錯の帰結』『異人たちの館』『叔母殺人事件』『冤罪者』『傍聴者』『グランドマンション』『黙《もく》の部屋』など。

タイムカプセル

折原《おりはら》 一《いち》

2012年10月16日第1刷発行
2022年10月24日第4刷発行

講談社文庫
定価はカバーに
表示してあります

発行者――鈴木章一
発行所――株式会社 講談社
東京都文京区音羽2-12-21　〒112-8001
電話 出版 (03) 5395-3510
販売 (03) 5395-5817
業務 (03) 5395-3615

KODANSHA

デザイン―菊地信義
本文データ制作―講談社デジタル製作
印刷―――株式会社KPSプロダクツ
製本―――株式会社国宝社

Printed in Japan

ISBN978-4-06-277377-5

講談社文庫刊行の辞

二十一世紀の到来を目睫に望みながら、われわれはいま、人類史上かつて例を見ない巨大な転換期をむかえようとしている。

世界も、日本も、激動の予兆に対する期待とおののきを内に蔵して、未知の時代に歩み入ろうとしている。このときにあたり、創業の人野間清治の「ナショナル・エデュケイター」への志を現代に甦らせようと意図して、われわれはここに古今の文芸作品はいうまでもなく、ひろく人文・社会・自然の諸科学から東西の名著を網羅する、新しい綜合文庫の発刊を決意した。

激動の転換期はまた断絶の時代である。われわれは戦後二十五年間の出版文化のありかたへの深い反省をこめて、この断絶の時代にあえて人間的な持続を求めようとする。いたずらに浮薄な商業主義のあだ花を追い求めることなく、長期にわたって良書に生命をあたえようとつとめるところにしか、今後の出版文化の真の繁栄はあり得ないと信じるからである。

同時にわれわれはこの綜合文庫の刊行を通じて、人文・社会・自然の諸科学が、結局人間の学にほかならないことを立証しようと願っている。かつて知識とは、「汝自身を知る」ことにつきていた。現代社会の瑣末な情報の氾濫のなかから、力強い知識の源泉を掘り起し、技術文明のただなかに、生きた人間の姿を復活させること。それこそわれわれの切なる希求である。

われわれは権威に盲従せず、俗流に媚びることなく、渾然一体となって日本の「草の根」をかたちづくる若く新しい世代の人々に、心をこめてこの新しい綜合文庫をおくり届けたい。それは知識の泉であるとともに感受性のふるさとであり、もっとも有機的に組織され、社会に開かれた万人のための大学をめざしている。大方の支援と協力を衷心より切望してやまない。

一九七一年七月

野間省一

大沢在昌　夢の島
大沢在昌　新装版 氷の森
大沢在昌　暗黒旅人
大沢在昌　新装版 走らなあかん、夜明けまで
大沢在昌　新装版 涙はふくな、凍るまで
大沢在昌　語りつづけろ、届くまで
大沢在昌　罪深き海辺 (上)(下)
大沢在昌　やぶへび
大沢在昌　海と月の迷路 (上)(下)
大沢在昌　鏡の顔 〈傑作ハードボイルド小説集〉
大沢在昌　覆面作家
大沢在昌　ザ・ジョーカー 新装版
大沢在昌　亡命者 〈ザ・ジョーカー 新装版〉
大沢在昌／藤田宜永／堂場瞬一／井上夢人／今野敏／月村了衛／東山彰良　激動 東京五輪1964
逢坂剛　十字路に立つ女
逢坂剛　奔流恐るるにたらず 〈重蔵始末(八)完結篇〉
逢坂剛　新装版 カディスの赤い星 (上)(下)
オノ・ヨーコ　飯村隆彦編　ただの私《あたし》
オノ・ヨーコ　南風椎訳　グレープフルーツ・ジュース

折原一　倒錯の帰結
折原一　倒錯のロンド 〈完成版〉
小川洋子　ブラフマンの埋葬
小川洋子　最果てアーケード
小川洋子　琥珀のまたたき
小川洋子　密やかな結晶 〈新装版〉
乙川優三郎　霧の橋
乙川優三郎　喜知次
乙川優三郎　蔓の端々
乙川優三郎　夜の小紋
恩田陸　三月は深き紅の淵を
恩田陸　麦の海に沈む果実
恩田陸　黒と茶の幻想 (上)(下)
恩田陸　黄昏の百合の骨
恩田陸　『恐怖の報酬』日記 〈酩酊混乱紀行〉
恩田陸　きのうの世界 (上)(下)
恩田陸　七月に流れる花／八月は冷たい城
奥田英朗　新装版 ウランバーナの森
奥田英朗　最悪

奥田英朗　マドンナ
奥田英朗　ガール
奥田英朗　サウスバウンド
奥田英朗　オリンピックの身代金 (上)(下)
奥田英朗　ヴァラエティ
奥田英朗　邪魔 (上)(下) 〈新装版〉
乙武洋匡　五体不満足 〈完全版〉
大崎善生　聖《さとし》の青春
大崎善生　将棋の子
小川恭一　江戸の旗本事典 〈歴史・時代小説ファン必携〉
奥泉光　プラトン学園
奥泉光　シューマンの指
奥泉光　ビビビ・ビ・バップ
折原みと　制服のころ、君に恋した。
折原みと　時《とき》の輝き
折原みと　幸福のパズル
大城立裕　小説 琉球処分 (上)(下)
太田尚樹　満州裏史 〈甘粕正彦と岸信介が背負ったもの〉
太田尚樹　世紀の愚行 〈太平洋戦争・日米開戦前夜〉

大島真寿実　ふじこさん
大泉康雄　あさま山荘銃撃戦の深層 (上)(下)
大山淳子　猫弁〈天才百瀬とやっかいな依頼人たち〉
大山淳子　猫弁と透明人間
大山淳子　猫弁と指輪物語
大山淳子　猫弁と少女探偵
大山淳子　猫弁と魔女裁判
大山淳子　猫弁と星の王子
大山淳子　猫弁と鉄の女
大山淳子　雪　猫
大山淳子　イーヨくんの結婚生活
大倉崇裕　小鳥を愛した容疑者
大倉崇裕　蜂に魅《ひ》かれた容疑者〈警視庁いきもの係〉
大倉崇裕　ペンギンを愛した容疑者〈警視庁いきもの係〉
大倉崇裕　クジャクを愛した容疑者〈警視庁いきもの係〉
大倉崇裕　アロワナを愛した容疑者〈警視庁いきもの係〉
大鹿靖明　メルトダウン〈ドキュメント福島第一原発事故〉
荻原　浩　砂の王国 (上)(下)
荻原　浩　家族写真

小野正嗣　九年前の祈り
大友信彦　オールブラックスが強い理由〈世界最強チーム勝利のメソッド〉
乙　一　銃とチョコレート
織守《おりがみ》きょうや　霊感検定
織守きょうや　霊感検定〈心霊アイドルの憂鬱〉
織守きょうや　霊感検定〈春にして君を離れ〉
織守きょうや　少女は鳥籠《とりかご》で眠らない
おーなり由子　きれいな色とことば
岡崎琢磨　病弱探偵〈謎は彼女の特効薬〉
小野寺史宜《ふみのり》　その愛の程度
小野寺史宜　近いはずの人
小野寺史宜　それ自体が奇跡
小野寺史宜　縁《ゆかり》
大崎　梢　横濱エトランゼ
太田哲雄　アマゾンの料理人〈世界一の美味しいを探して僕が行き着いた場所〉
小竹正人　空に住む
岡本さとる　駕籠屋《かごや》春秋　新三《しんざ》と太十《たじゅう》
岡本さとる　質屋の娘〈駕籠屋春秋　新三と太十〉
岡本さとる　雨やどり〈駕籠屋春秋　新三と太十〉

岡崎大五　食べるぞ!世界の地元メシ
荻上直子　川っぺりムコリッタ
海音寺潮五郎　新装版 江戸城大奥列伝
海音寺潮五郎　新装版 孫子 (上)(下)
海音寺潮五郎　新装版 赤穂義士
加賀乙彦　新装版 高山右近
加賀乙彦　ザビエルとその弟子
加賀乙彦　殉教者
加賀乙彦　わたしの芭蕉
柏葉幸子　ミラクル・ファミリー
勝目　梓　小説家
桂　米朝　米朝ばなし〈上方落語地図〉
笠井　潔　梟《ふくろう》の巨《おお》なる黄昏《たそがれ》
笠井　潔　青銅の悲劇〈瀕死の王〉(上)(下)
笠井　潔　転生の魔〈私立探偵飛鳥井の事件簿〉
川田弥一郎　白く長い廊下
神崎京介　女薫の旅　放心とろり
神崎京介　女薫の旅　耽溺《たんでき》まみれ
神崎京介　女薫の旅　秘に触れ

講談社文庫　目録

桐野夏生 新装版天使に見捨てられた夜
桐野夏生 新装版ローズガーデン
桐野夏生 ＯＵＴ(上)(下)
桐野夏生 ダーク(上)(下)
桐野夏生 猿の見る夢
京極夏彦 文庫版姑獲鳥《うぶめ》の夏
京極夏彦 文庫版魍魎《もうりょう》の匣《はこ》
京極夏彦 文庫版狂骨《きょうこつ》の夢《ゆめ》
京極夏彦 文庫版鉄鼠《てっそ》の檻《おり》
京極夏彦 文庫版絡新婦《じょろうぐも》の理《ことわり》
京極夏彦 文庫版塗仏《ぬりぼとけ》の宴《うたげ》―宴の支度
京極夏彦 文庫版塗仏の宴―宴の始末
京極夏彦 文庫版百鬼夜行―陰
京極夏彦 文庫版百器徒然袋―雨
京極夏彦 文庫版百器徒然袋―風
京極夏彦 文庫版今昔続百鬼―雲
京極夏彦 文庫版陰摩羅鬼《おんもらき》の瑕《きず》
京極夏彦 文庫版邪魅《じゃみ》の雫
京極夏彦 文庫版今昔百鬼拾遺―月

京極夏彦 文庫版死ねばいいのに
京極夏彦 文庫版ルー＝ガルー〈忌避すべき狼〉
京極夏彦 文庫版ルー＝ガルー2〈インクブス×スクブス 相容れぬ夢魔〉
京極夏彦 文庫版地獄の楽しみ方
京極夏彦 分冊文庫版姑獲鳥《うぶめ》の夏(上)(下)
京極夏彦 分冊文庫版魍魎《もうりょう》の匣《はこ》(上)(中)(下)
京極夏彦 分冊文庫版狂骨《きょうこつ》の夢《ゆめ》(上)(中)(下)
京極夏彦 分冊文庫版鉄鼠《てっそ》の檻《おり》全四巻
京極夏彦 分冊文庫版絡新婦《じょろうぐも》の理《ことわり》全四巻
京極夏彦 分冊文庫版塗仏《ぬりぼとけ》の宴《うたげ》 宴の支度《したく》(上)(中)(下)
京極夏彦 分冊文庫版塗仏《ぬりぼとけ》の宴《うたげ》 宴の始末《しまつ》(上)(中)(下)
京極夏彦 分冊文庫版陰摩羅鬼《おんもらき》の瑕《きず》(上)(中)(下)
京極夏彦 分冊文庫版邪魅《じゃみ》の雫(上)(中)(下)
京極夏彦 分冊文庫版ルー＝ガルー〈忌避すべき狼〉(上)(下)
京極夏彦 分冊文庫版ルー＝ガルー2〈インクブス×スクブス 相容れぬ夢魔〉(上)(下)
北森鴻 親不孝通りラプソディー
北森鴻 花の下にて春死なむ〈香菜里屋シリーズ1〈新装版〉〉
北森鴻 桜宵〈香菜里屋シリーズ2〈新装版〉〉
北森鴻 螢坂〈香菜里屋シリーズ3〈新装版〉〉

北森鴻 香菜里屋を知っていますか〈香菜里屋シリーズ4〈新装版〉〉
北村薫 盤上の敵〈新装版〉
木内一裕 藁の楯
木内一裕 水の中の犬
木内一裕 アウト&アウト
木内一裕 キッド
木内一裕 デッドボール
木内一裕 神様の贈り物
木内一裕 喧嘩猿
木内一裕 バードドッグ
木内一裕 不愉快犯
木内一裕 嘘ですけど、なにか？
木内一裕 ドッグレース
木内一裕 飛べないカラス
北山猛邦 『クロック城』殺人事件
北山猛邦 『アリス・ミラー城』殺人事件
北山猛邦 私たちが星座を盗んだ理由
北山猛邦 さかさま少女のためのピアノソナタ
北康利 白洲次郎 占領を背負った男(上)(下)

今野　敏　特殊防諜班　最終特命
今野　敏　茶室殺人伝説
今野　敏　奏者水滸伝　白の暗殺教団
今野　敏　同　期
今野　敏　欠　落
今野　敏　変　幻
今野　敏　警視庁ＦＣ
今野　敏　カットバック　警視庁ＦＣⅡ
今野　敏　継続捜査ゼミ
今野　敏　エムエス〈継続捜査ゼミ2〉
今野　敏　蓬　萊〈新装版〉
今野　敏　イ　コ　ン〈新装版〉
後藤正治　拗《す》ね者たらん〈本田靖春　人と作品〉
幸田　文　崩　れ
幸田　文　季節のかたみ
幸田　文　台所のおと〈新装版〉
小池真理子　冬の伽藍
小池真理子　夏の吐息
小池真理子　千日のマリア

五味太郎　大人問題
鴻上尚史　あなたの魅力を演出するちょっとしたヒント
鴻上尚史　鴻上尚史の俳優入門
鴻上尚史　青空に飛ぶ
小泉武夫　納豆の快楽
近藤史人　藤田嗣治「異邦人」の生涯
小前　亮　趙《ちょう》匡《きょう》胤《いん》〈宋の太祖〉
小前　亮　始皇帝の永遠〈天下一統〉
小前　亮　劉《りゅう》裕《ゆう》〈豪剣の皇帝〉
香月日輪　妖怪アパートの幽雅な日常①
香月日輪　妖怪アパートの幽雅な日常②
香月日輪　妖怪アパートの幽雅な日常③
香月日輪　妖怪アパートの幽雅な日常④
香月日輪　妖怪アパートの幽雅な日常⑤
香月日輪　妖怪アパートの幽雅な日常⑥
香月日輪　妖怪アパートの幽雅な日常⑦
香月日輪　妖怪アパートの幽雅な日常⑧
香月日輪　妖怪アパートの幽雅な日常⑨
香月日輪　妖怪アパートの幽雅な日常⑩

香月日輪　妖怪アパートの幽雅な食卓〈るり子さんのお料理日記〉
香月日輪　妖怪アパートの幽雅な人々〈妖アパミニガイド〉
香月日輪　妖怪アパートの幽雅な日常〈ラスベガス外伝〉
香月日輪　大江戸妖怪かわら版①〈異界より落ち来る者あり〉
香月日輪　大江戸妖怪かわら版②〈異界より落ち来る者あり　其之二〉
香月日輪　大江戸妖怪かわら版③〈封印の娘〉
香月日輪　大江戸妖怪かわら版④〈天空の竜宮城〉
香月日輪　大江戸妖怪かわら版⑤〈雀、大浪花に行く〉
香月日輪　大江戸妖怪かわら版⑥〈魔狼、月に吠える〉
香月日輪　大江戸妖怪かわら版⑦〈大江戸散歩〉
香月日輪　地獄堂霊界通信①
香月日輪　地獄堂霊界通信②
香月日輪　地獄堂霊界通信③
香月日輪　地獄堂霊界通信④
香月日輪　地獄堂霊界通信⑤
香月日輪　地獄堂霊界通信⑥
香月日輪　地獄堂霊界通信⑦
香月日輪　地獄堂霊界通信⑧
香月日輪　ファンム・アレース①

笹生陽子 世界がぼくを笑っても
沢木耕太郎 一号線を北上せよ〈ヴェトナム街道編〉
佐藤多佳子 一瞬の風になれ 全三巻
笹本稜平 駐在刑事
笹本稜平 駐在刑事 尾根を渡る風
西條奈加 世直し小町りんりん
西條奈加 まるまるの毬《いが》
西條奈加 亥子《いのこ》ころころ
佐伯チズ 改訂完全版 佐伯チズ式「完全美肌バイブル」〈123の肌悩みにズバリ回答!〉
斉藤 洋 ルドルフとイッパイアッテナ
斉藤 洋 ルドルフともだちひとりだち
佐々木裕一 公家武者 信平《のぶひら》〈消えた狐丸〉
佐々木裕一 逃げた名馬〈公家武者 信平㈡〉
佐々木裕一 比叡山の鬼〈公家武者 信平㈢〉
佐々木裕一 公《く》卿《ぎょう》の罠《わな》〈公家武者 信平㈣〉
佐々木裕一 狙われた旗本〈公家武者 信平㈤〉
佐々木裕一 赤い刀身〈公家武者 信平㈥〉
佐々木裕一 帝《みかど》の刀《とう》匠《しょう》〈公家武者 信平㈦〉
佐々木裕一 若君の覚悟〈公家武者 信平㈧〉

佐々木裕一 くもの頭領〈公家武者 信平㈨〉
佐々木裕一 宮中の誘い〈公家武者 信平㈩〉
佐々木裕一 雲《ひ》雀《ばり》の太刀〈公家武者 信平(十一)〉
佐々木裕一 決着の鬨《とき》〈公家武者 信平(十二)〉
佐々木裕一 姉妹の絆〈公家武者 信平(十三)〉
佐々木裕一 狐のちょうちん〈公家武者信平ことはじめ㈠〉
佐々木裕一 姫のため息〈公家武者信平ことはじめ㈡〉
佐々木裕一 四谷の弁慶〈公家武者信平ことはじめ㈢〉
佐々木裕一 暴れ公卿〈公家武者信平ことはじめ㈣〉
佐々木裕一 千石の夢〈公家武者信平ことはじめ㈤〉
佐々木裕一 妖《あや》し火〈公家武者信平ことはじめ㈥〉
佐々木裕一 十万石の誘い〈公家武者信平ことはじめ㈦〉
佐々木裕一 黄《よ》泉《み》の女〈公家武者信平ことはじめ㈧〉
佐々木裕一 将軍の宴〈公家武者信平ことはじめ㈨〉
佐々木裕一 宮中の華〈公家武者信平ことはじめ㈩〉
佐藤 究《きわむ》 QJKJQ
佐藤 究 Ank〈a mirroring ape〉
佐藤 究 サージウスの死神
佐野 晶 三田紀房・原作 小説アルキメデスの大戦

澤村伊智 恐怖小説キリカ
さいとう・たかを 戸川猪佐武 原作 歴史劇画 大宰相〈第一巻 吉田茂の闘争〉
さいとう・たかを 戸川猪佐武 原作 歴史劇画 大宰相〈第二巻 鳩山一郎の悲運〉
さいとう・たかを 戸川猪佐武 原作 歴史劇画 大宰相〈第三巻 岸信介の強腕〉
さいとう・たかを 戸川猪佐武 原作 歴史劇画 大宰相〈第四巻 池田勇人と佐藤栄作の激突〉
さいとう・たかを 戸川猪佐武 原作 歴史劇画 大宰相〈第五巻 田中角栄の革命〉
さいとう・たかを 戸川猪佐武 原作 歴史劇画 大宰相〈第六巻 三木武夫の挑戦〉
さいとう・たかを 戸川猪佐武 原作 歴史劇画 大宰相〈第七巻 福田赳夫の復讐〉
さいとう・たかを 戸川猪佐武 原作 歴史劇画 大宰相〈第八巻 大平正芳の決断〉
さいとう・たかを 戸川猪佐武 原作 歴史劇画 大宰相〈第九巻 鈴木善幸の苦悩〉
さいとう・たかを 戸川猪佐武 原作 歴史劇画 大宰相〈第十巻 中曽根康弘の野望〉
佐藤 優 人生の役に立つ聖書の名言
佐藤 優 戦時下の外交官〈ナチス・ドイツの崩壊を目撃した吉野文六〉
佐藤 優 人生のサバイバル力
斉藤詠一 到達不能極
佐々木 実 竹中平蔵 市場と権力「改革」に憑かれた経済学者の肖像
斎藤千輪 神楽坂つきみ茶屋〈禁断の「盃《さかずき》」と絶品江戸レシピ〉
斎藤千輪 神楽坂つきみ茶屋2〈突然のピンチと喜寿の祝い膳〉
斎藤千輪 神楽坂つきみ茶屋3〈想い人に捧げる鍋料理〉

講談社文庫　目録

2022年 9 月 15 日現在